Le glaive de Némésis

Henri Weigel

Le glaive de Némésis

Thriller

Éditions
Fleur de Sel Noir

Site Internet: http://fleurdeselnoir.com
Courriel: info@fleurdeselnoir.com

ISBN: 978-2-37930-003-5

Le cabinet *Joliet & Grandjean*

Ce jour-là d'avril 1981, Marc Barroux est particulièrement agacé. Louis Grandjean, le patron du cabinet comptable *Joliet & Grandjean* où il est employé depuis dix ans, expert-comptable depuis quatre, vient de lui demander de pallier l'absence soudaine pour maladie de son collègue Yves Le Floch. Le dossier de clôture des comptes annuels d'une société lui échoit en plus d'une liste déjà longue de bilans à boucler pour la fin du mois. Alors voilà que le week-end à venir, plus celui de la semaine prochaine vont être employés à cette corvée. Et le mot corvée prend toute sa signification au vu de l'état dans lequel lui sont transmises les pièces du dossier. Rien n'est vérifié et toutes les écritures n'ont pas été passées. Marc aime bien son métier; il voudrait seulement l'exercer sereinement dans une ambiance moins pesante que celle du bureau actuellement. Une succession de départs ces derniers mois ont fait augmenter la tension parmi les membres *survivants* du cabinet. Bien entendu le premier trimestre de l'année est toujours la période de clôture des exercices comptables des clients, mais malgré cela Marc a toujours pu prendre un peu de temps en fin d'après-midi pour se permettre une séance de cinéma sur les boulevards, à deux pas du bureau. Josette, sa jeune épouse, est employée au rayon parfumerie des Galeries Lafayette derrière le quartier de l'Opéra. Elle rentre généralement vers 20 heures à leur appartement, ce qui lui laisse du temps entre son occupation professionnelle et sa vie conjugale. Ce vendredi, il comptait bien se rendre à la séance de 18 heures voir *Kramer contre Kramer* au *Gaumont*. Il attend ce moment depuis plusieurs semaines. Marc adore Dustin Hoffman et Josette n'est pas cinéphile comme lui. Elle préfère de loin aller danser plutôt que s'enfermer dans le fond d'une salle obscure où elle s'endort la plupart du temps bien avant la fin du film.

Josette et lui se sont rencontrés dans le quartier. Après s'être croisés plusieurs fois à la terrasse du Café de la Paix, un jour, elle l'a taquiné depuis la table d'à côté où elles étaient assises avec une amie et chahutaient beaucoup. Du haut de ses 22 ans, cette jolie jeune femme, blonde à la taille de guêpe, avait été un tantinet effrontée, ce qui n'avait finalement pas déplu à Marc, lui d'ordinaire plus réservé.

Josette et Marc s'étaient revus régulièrement ensuite à la pause déjeuner et le couple s'est formé à l'occasion d'une première sortie au cinéma un après-midi. Ils avaient pris tous les deux ce moment de liberté et s'étaient retrouvés devant le *Gaumont-Opéra Impérial* pour la séance de 14 heures. Josette avait choisi *Bilitis*. De ses amies lui avaient fait un certain éloge de ce film érotique, ce qui avait commencé à l'attiser bien avant que la pellicule ne se déroule entre les bobines du projecteur. Cet après-midi-là, la salle était quasiment vide. Trois personnes étaient assises dans les premiers rangs de fauteuils du bas de la salle, Josette avait entrainé son nouvel ami vers le fond, tout en haut. Il ne s'était pas écoulé un quart d'heure depuis la fin du générique qu'elle se *collait* contre lui pour lui arracher leur premier baiser. Le second fût plus intense. Pour le troisième, franchement ardent, Josette était assise sur les genoux de Marc. Lui était quelque peu confus d'abord, assez peu coutumier de ce genre de démonstration *débauchée* dans un endroit public, bien que quasiment désert et obscur. Il se laissa ensuite entraîner dans ce contact voluptueux, faiblesse masculine. Sa virilité l'avait emporté. Puis Josette gravit dans son escalade amoureuse. Elle dégrafa très habilement la ceinture de Marc, fit coulisser lentement la fermeture éclair, glissa sa main. Marc la regardait faire dans le clair-obscur ambiant et vit qu'elle retirait lestement de sa main droite sa culotte en la faisant glisser sur ses jambes jusqu'à ses pieds déjà abandonnés par leur escarpin. Marc eu un frisson de plaisir qui le parcouru jusque dans le dos. Elle avait obtenu l'effet désiré. Sans précipitation elle se balança doucement comme savourant chaque seconde du crescendo de son plaisir. Son orgasme explosa soudainement accompagné d'un cri d'animal blessé. Le soupir d'extase fusa si fort que Marc fut sorti de l'état narcotique dans lequel il était en train de sombrer. Il regarda vers le bas de la salle, du côté des autres spectateurs, mais personne ne se retourna, probablement parce qu'ils ne comprirent pas que ce son était étranger au film.

A partir de ce jour, Josette et Marc entrèrent dans un épisode de rapports sexuels fréquents, répetés et débridés. Ces évènements s'espacèrent ensuite et se calmèrent pour devenir des rapports plus routiniers enfermés dans la monotonie quotidienne.

*

Josette a un besoin de maturité. Marc lui apporte cette sagesse flagrante.

Depuis deux ans qu'ils sont unis, la vie glisse aujourd'hui sans passion particulière. Lui la trouve gaie et amusante, mais a quelques doutes sur sa fidélité. Des retards le soir, des retours un peu déconfits, des réponses hésitantes de Josette le font douter. Mais il n'a pas de certitude, pas de preuve indiscutable. Même si ensuite elle redouble de démonstrations câlines, Marc doute. Il s'interroge régulièrement sur le choix de vie qu'il a fait en épousant une femme-enfant, tout comme il doute souvent sur le choix de vie professionnelle dans lequel il s'est engagé. Après les premières années au cabinet, sa période de formation, ses examens qui l'ont conduit au diplôme d'expertise comptable, il a pénétré dans ce métier obscur et dénué d'exaltation. Son rôle consiste essentiellement en celui de spectateur des prouesses ou des erreurs des autres. Il constate, conseille, ajuste au mieux les résultats de ses clients mais en aucun cas en possède la maîtrise. Il aurait finalement préféré exercer un métier d'initiatives et de risques. Chaque jour il se sent un peu plus frustré.

Marc et Josette habitent à 15 minutes à pied du quartier de l'Opéra, rue d'Enghien au numéro 1, un petit appartement au-dessus de la pharmacie Vée, la plus ancienne pharmacie de Paris. Il parait, comme une légende le rapporte, que Bonaparte y aurait habité encore jeune lieutenant sorti de Brienne. Marc a acheté cet appartement en 1971 avec le petit héritage que son père lui a laissé à sa mort, un livret de caisse d'épargne concrétionné après des années de vie placide et la vente de la maison parentale à Olivet dans la banlieue sud d'Orléans. Ce petit appartement *trois pièces* était vétuste lors de son acquisition, mais d'année en année, Marc y a investi ses économies pour l'améliorer et même le rendre particulièrement coquet. Rapidement, après leur rencontre, Josette s'y est installée. Pour elle c'était une opportunité de quitter le domicile parental à moindre frais et de couper les liens avec un père tyrannique et une mère transparente. Le mariage est intervenu quelques mois plus tard lorsque Josette a connu une alerte de grossesse. Commination vite évaporée quelques jours après la cérémonie à la mairie du 10e arrondissement entre quatre amis. Elle n'avait pas désiré faire participer, ni ses parents détestés, ni sa sœur aînée expatriée depuis longtemps aux Etats-Unis où elle y a suivi un étudiant américain rencontré sur les bancs de la Faculté de Nanterre. Quant à Marc, enfant unique, ses parents étaient décédés depuis plusieurs années. En dehors d'un oncle, imprimeur à Haubourg, il n'a pas de famille. Pour ne pas chagriner Josette, il ne l'avait pas invité, pas plus que sa tante Monique, ni Philippe, son cousin, s'excusant auprès d'eux en prétextant le désir de sa future épouse de se marier dans la plus stricte intimité.

Marc a aussi quelques doutes sur la sincérité de cette grossesse. Josette ne lui ayant pas caché qu'elle n'attendait qu'une opportunité, comme sa rencontre avec Marc, pour se détacher définitivement de sa famille. Son petit salaire aux Galeries Lafayette ne suffisait pas pour prendre son envol, payer un loyer, se vêtir au niveau de ses goûts et sortir. C'était donc une aubaine que de rencontrer un *vieux garçon*, expert-comptable au salaire confortable, qui plus est propriétaire de son appartement et pouvant être *large* avec elle quand elle sait s'y prendre.

*

Ce vendredi 18 avril, Marc rentre chez lui vers 18 heures les bras chargés de ce dossier qui vient de lui échoir. Il compte s'y consacrer le week-end et le suivant. Sans attendre, il étale les documents sur la table du salon, se sert une bière dans le réfrigérateur et commence à établir point par point la situation des pièces comptables. Trois heures passent et la nuit commence à envahir l'appartement. Marc se lève pour allumer le plafonnier tout en consultant sa montre.

– Tient, se dit-il, il est neuf heures et Josette n'est pas encore rentrée. Encore une entorse? poursuit-il en pensée.

Puis il se remet au travail, l'oubliant durant tout ce temps. La plongée au plus profond d'un dossier comptable a ce pouvoir sur lui, de le couper du monde périphérique.

Il est 23 h 15 lorsque finalement Josette pénètre dans le couloir de l'appartement. Elle s'avance jusqu'à lui avec l'air à la fois déterminée et provocante. Elle a les yeux brillants, comme sous l'effet d'une absorption d'alcool. Marc est soudainement extrait de sa tâche qui l'avait emporté dans une concentration de chiffres et de comptes. Il la fixe l'œil interrogatif, curieux d'entendre ce qu'elle va lui avancer comme excuse de sa rentrée tardive.

Mais le ton de la jeune femme est assuré, voir arrogant:

– Je suis décidée, je te quitte!

– Comment, tu me quittes?

– Oui, j'ai décidé, je pars maintenant.

– As-tu rencontré un autre homme?

– Oui, je le vois souvent depuis plusieurs semaines et je pars vivre avec lui.

– Réfléchis bien, Josette. Tu es encore jeune et tu as besoin de quelqu'un qui t'assure un certain bien-être matériel et pas seulement sentimental et sexuel.

– Je n'aurai pas de problème. Il a une bonne situation, bien meilleure que la tienne.

– Ah? Je le connais?

– Non, tu ne le connais pas.

– Qui est-ce? Tu peux me le dire. Je ne m'oppose pas à notre séparation ni que tu partes vivre avec lui.

– Bon, puisque tu me comprends, je peux te le dire, c'est mon directeur.

L'accident

Quelque temps passent et Marc se remet plutôt bien de sa séparation d'avec Josette. Il la pressentait depuis des mois. Son travail l'absorbe tellement au cours des semaines qui suivent qu'il l'oublie par moment totalement.

Un évènement inattendu vient par la suite bouleverser sa vie, encore plus que ses démêlés conjugaux.

Le lundi 2 juin, il reçoit un appel téléphonique de la gendarmerie de Nemours lui annonçant que son oncle Marcel Barroux et son cousin Philippe ont eu dans la soirée de dimanche un grave accident de la circulation sur le raccordement autoroutier de l'A6 à la RN7 avant la commune de Dordives dans le département du Loiret. La voiture conduite par Marcel Barroux qui roulait apparemment à grande vitesse a quitté la chaussée pour aller s'encastrer dans les glissières de sécurité. Philippe Barroux a été tué sur le coup. Marcel Barroux a été désincarcéré par les pompiers des services de secours de Nemours après trois-quarts d'heure d'efforts pour être transféré dans un état grave dans les services spécialisés de l'hôpital de cette ville.

Sans perdre une minute, Marc prend des dispositions d'urgence avec sa hiérarchie pour son travail en cours et passe rue d'Enghien préparer un sac de voyage. Il se rend ensuite par le métro jusqu'à le gare d'Austerlitz où il monte dans le premier train vers Nevers qui le conduira à Nemours.

Sur place, en fin d'après-midi, à la gare de Nemours, Marc *saute* dans un taxi pour se faire conduire à l'hôpital. Mais se présentant à la réception, l'hôtesse d'accueil lui fait part du décès dans l'après-midi de son oncle, Marcel Barroux. Parvenu ensuite, au troisième étage, dans le service des soins aux grands blessés, la surveillante, lui confirme:

– Malheureusement, monsieur Barroux nous est arrivé dans un état critique. Ses blessures étaient très graves. Il souffrait d'une fracture du crâne et d'un profond enfoncement de la cage thoracique. Il a été opéré en urgence, mais, à l'issue de son intervention, le chirurgien nous avait fait part d'un pronostic vital engagé.

Marc parait totalement dépité. Il remercie la surveillante et reprend l'ascenseur. Au rez-de-chaussée, il s'arrête dans le hall, devant le comptoir d'accueil, où sont disposées des rangées de sièges en vis-à-vis pour les patients et visiteurs en attente. Il s'assied comme sonné par le déroulement de cette journée et son issue ce soir. La jeune femme qui l'a informé quelques minutes plus tôt, peinée de son chagrin manifeste, s'approche avec un gobelet de café et lui adresse quelques mots de consolation. Dans la sérénité de l'instant, Marc se confie à elle, lui relatant ce qu'avait été sa famille dont les deux derniers membres viennent de disparaitre dans un stupide accident de la circulation. Marcel était le frère cadet d'André Barroux, son père. Ils étaient les deux fils de Jules, le grand-père, qui possédait une petite imprimerie centenaire à Haubourg, déjà héritée d'Edouard, l'arrière-grand-père. Jules Barroux y travailla les dernières années de sa vie avec l'oncle Marcel. André, le père de Marc, lui, était professeur de mathématiques et n'avait eu aucune des prédispositions pour le métier d'imprimeur que Marcel possédait, lui, depuis son tout jeune âge. Enfant puis adolescent, Marcel circulait les jeudis ou samedis dans l'atelier paternel en portant des rames de papier, faisait son "jeu" des planches de composition où il alignait très habilement les petits caractères de plomb, à l'heure où les autres gamins de son âge jouaient aux billes. Des ouvriers de l'atelier, il avait hérité d'un surnom: *Colophon*[1]. On n'a jamais su exactement pourquoi. Peut-être était-ce parce qu'il connaissait déjà beaucoup du métier de typographe. André, frère de Marcel et père de Marc et sa mère Janette sont décédés tous les deux la même année, il y a dix ans à Orléans où ils avaient été professeurs dans le même lycée durant quarante ans. Elle, avait succombé à un cancer du sein et lui trois mois plus tard d'une crise cardiaque. Marc avait été leur seul enfant. Marcel Barroux, lui aussi, n'a eu qu'un fils, Philippe. Celui-là même qui vient de mourir, dans l'accident. Il n'avait que 24 ans et devait reprendre les rênes de l'entreprise, les *Etablissements Jules Barroux & Fils* devenus la *SA Impritech* depuis dix ans. Cette entreprise que Marcel Barroux avait considérablement développée et modernisée. A l'heure de leur mort, Impritech emploie 300 salariés, dans des bâtiments modernes de la zone industrielle de Hau-

[1] Colophon désigne la note finale d'un manuscrit ou d'un livre imprimé.

bourg, et dispose des dernières technologies d'impression. Marc les a revus pour la dernière fois l'été précédent lors de l'enterrement de Monique, sa tante, épouse de Marcel et mère de Philippe, décédée subitement d'une thrombose. Il avait passé pour cette circonstance malheureuse, trois jours à Haubourg auprès d'eux et avait eu l'opportunité de visiter l'entreprise qu'il n'avait pas revue depuis plus de dix ans. Avec ces deux disparitions, Marc se retrouve être le dernier membre vivant de la famille. Il dit que sa vie va basculer vers des lendemains qui ne s'étaient pas dessinés ainsi lorsqu'il faisait ses études de comptabilité. Il ajoute que toute sa vie professionnelle va être chamboulée puisque c'est lui désormais qui va hériter des biens de son oncle et de son cousin.

– Je dois dans un premier temps prendre en charge l'organisation de leurs funérailles, avance-t-il à l'hôtesse qui l'écoute avec compassion.

– Nous sommes avec vous pour ces formalités, nous avons l'habitude. Je vais demander à la secrétaire du service de la morgue de prendre contact avec vous et la gendarmerie pour coordonner tout cela.

L’héritage

Le soir même, Marc est à Haubourg et se rend au domicile de Marcel Barroux. L’été est proche mais il fait froid et il pleut sans discontinuer depuis son passage à Nemours. Dans la précipitation, au départ de Paris, il n’a pas pris d’imperméable et la veste qu’il porte n’est pas très chaude.

Son oncle habitait dans le quartier bourgeois de la ville, une grande et élégante maison de maître *Les Tilleuls*, couverte sur toute une face par une vigne vierge. Celui-ci occupait le rez-de-chaussée tandis que Philippe s’était installé au 1er étage depuis son retour de Nantes où il a fait des études à l’École des Métiers Graphiques. Marc est venu ici de nombreuses fois au cours de son enfance, puis de son adolescence, à l’époque où ses grands-parents étaient encore en vie et habitaient cette demeure. Il connait bien Thérèse, la vieille domestique qui est attachée à la famille depuis la nuit des temps. Elle devait se retirer pour une retraite bien méritée à sixante-dix ans, mais avec la disparition en août dernier de la maîtresse de maison Monique Barroux, elle a différé son départ pour ne pas abandonner Marcel et Philippe.

Dès que Marc descend du taxi qui l’amène de la gare, Thérèse vient au-devant de lui avec un parapluie sous une trombe d’eau. Il a prévenu la vieille dame par un appel téléphonique depuis le hall de l’hôpital. Ses yeux sont rougis. Elle a visiblement beaucoup pleuré depuis l'annonce de l'accident dimanche soir et probablement encore plus lorsque le service d'accueil de l'hôpital lui a confirmé le décès de Marcel aujourd'hui.

– Ah, Mon petit Marc. Je suis heureux de te voir. Je ne peux pas réaliser qu'ils sont morts tous les deux. Je les ai encore vus dimanche matin. Comment imaginer une fin si tragique?

– Oui, ma chère Thérèse, je suis moi-même bouleversé. J'ai dû attendre assis un long moment à l'hôpital tout à l'heure, avant de retrouver mes esprits. Comment Oncle Marcel a-t-il pu commettre une telle erreur de conduite? Les gendarmes de Nemours m'ont dit qu'il conduisait très vite, trop vite. Ce n'était pas dans son habitude pourtant. D'où venaient-ils dimanche soir tard tous les deux? Apparemment ils avaient quitté Nemours pour rentrer ici à Haubourg?

– Ça je ne le sais pas. Ce dont je me suis aperçu depuis quelque temps, c'est qu'ils étaient tous les deux absorbés. Quelque chose semblait les inquiéter. Veux-tu entrer, nous allons parler de tout ça à l'intérieur, au sec.

Marc doit parer au plus pressé, il reprendra contact avec la gendarmerie plus tard. Dans l'immédiat, il demande à Thérèse de l'aider à réunir les documents, livret de famille, documents bancaires, pour, d'une part, charger une entreprise de pompes funèbres d'organiser les funérailles et d'autre part, prendre contact avec un notaire pour procéder à la succession. La soirée est occupée à cela. Thérèse lui prépare ensuite un repas et la chambre d'amis où il passe la nuit. Il a du mal à trouver le sommeil, il sait qu'il va devoir dès le lendemain prendre en main l'entreprise sans en avoir été préparé du tout. Mais Marc Barroux est un homme au caractère trempé, il ne vacillera pas.

Dans la matinée du mardi, aidé de Thérèse et du service mortuaire de l'hôpital de Nemours, tout est organisé pour que les corps soient transférés et les funérailles organisées pour le jeudi au cimetière de Haubourg.

En début d'après-midi, Marc emprunte *l'Alfetta* de son cousin, garée dans le garage familial, pour se rendre sur la zone industrielle chez Impritech.

Il s'annonce à la réception et demande à être reçu par Armand Febvre, le directeur technique qu'il connait depuis qu'il était encore enfant, puis adolescent, lorsqu'il venait pendant des périodes de vacances, retrouver son grand-père ou son oncle à l'usine. La réceptionniste a un léger sursaut lorsqu'il lui dit être Marc Barroux.

– Vous êtes parent avec messieurs Marcel et Philippe?

– Oui, je suis leur neveu et cousin germain.

– Ah, mon dieu! Nous sommes tous ici sous le choc depuis hier. Puis-je me permettre de vous adresser mes condoléances.

– Je vous remercie.

– Pouvez-vous patienter, Monsieur Armand Febvre est prévenu, il envoie quelqu'un vous chercher.

Plus de dix minutes s'écoulent. Marc observe depuis la réception où il fait les cents pas, au travers de la grande baie qui s'ouvre sur les ateliers, les impressionnants alignements de machines Marinoni, Harris Graphics et Heidelberg. Le personnel travaille comme si rien n'était survenu dans la vie de l'entreprise depuis ces dernières 48 heures. Enfin, la secrétaire de son oncle, qu'il connait, Geneviève Pyhre, descend le grand escalier du hall pour venir au-devant de lui. Elle lui dit combien elle est triste de la disparition de ses patrons et qu'il pourra compter sur elle désormais. Puis elle l'invite à la suivre jusqu'au bureau de la directrice financière où l'attendent des cadres de l'entreprise.

Lorsqu'il pénètre dans la pièce, Armand Febvre et deux autres personnes l'attendent debout. Marc ressent une impression étrange. Armand Febvre le regarde franchement dans les yeux, quand les autres paraissent mal à l'aise, leur regard est fuyant et bas.

– Bonjour Marc, je te présente en mon nom et au nom de tout le personnel, nos plus tristes condoléances. Permets-moi de te présenter, car je crois que tu ne les connais pas, Maggy Hugs, notre directrice financière et Jean-Michel Ardennes, notre responsable commercial. Je me suis permis de les convier ici pour ta venue. Nous tous souhaitons connaître tes intentions maintenant que ton oncle et ton cousin ont disparu.

– Eh bien mes intentions sont on ne peut plus simples. En tant que dernier membre de la famille, je compte procéder aux formalités de succession. Je verrai avec chacun de vous, pour sa partie, les décisions à prendre afin d'assurer la continuité d'Impritech dans l'intérêt de tous.

– Maggy est parfaitement au fait de toutes les décisions qui ont été prises par ton oncle dans ces dernières semaines. Nous allons te laisser voir avec elle. Elle va t'aider.

Maggy Hugs est une jeune femme d'une trentaine d'années tout au plus, d'origine britannique qu'on reconnait par un petit accent dans sa voix. Elle arbore dans son allure tout le pedigree des grandes écoles de commerce internationales, celles que Marc n'aime pas, lui qui a bâti son métier pierre par pierre, en *rampant* longtemps avant de commencer à s'élever. Elle n'était pas dans l'entreprise l'année dernière. Le responsable financier à l'époque était encore Lucien Morlaix, un vieux monsieur ayant appartenu à l'équipe déjà du temps de Jules Barroux. Marc suppose qu'il aura pris sa retraite depuis et que son oncle a embauché mademoiselle Hugs pour le remplacer. Marcel n'aura pas résisté à la mode des jeunes cadres brillants et dynamiques, tout juste frais émoulus d'une grande école.

*

Il est 9 heures le lendemain lorsque Marc pénètre dans le bureau de Maggy Hugs. Elle a souhaité qu'il lui accorde la fin de journée de la veille afin de préparer au mieux ses dossiers.

– La brusque disparition de Monsieur Barroux et de Philippe, bouleverse beaucoup de choses dans les projets qui étaient en cours, annonce-t-elle.

– Vous allez me parler de tout ça…

– Votre oncle avait entrepris de se rapprocher du groupe américain *Koehble Printing Inc.*, cet accord devait être signé entre la semaine dernière et celle-ci. Philippe et lui étaient convaincus que seule une telle alliance permettrait à Impritech d'affronter l'avenir sereinement. Il faudrait que vous vous rapprochiez de l'étude notariale *Grungier & Favard*, en ville, qui s'est chargée du protocole de fusion. Je vous conseille de recourir à la même étude pour la succession de votre oncle et de votre cousin.

– Bien, je vous remercie de ces conseils, je vais aviser. Pour l'heure, je vous demande de me présenter les dossiers importants qui nécessitent de ma part une décision immédiate. Sinon, nous allons laisser passer tranquillement les funérailles demain et attendre l'édition du certificat d'hérédité ainsi que l'ouverture la clôture de succession. Je vais solliciter le notaire afin qu'ils soient établis le plus rapidement possible.

Marc est surpris de ce qu'il vient d'entendre de la bouche de Maggy Hugs. Il rapproche cela de ce que Thérèse lui a confié la veille:

Quelque chose semblait les inquiéter...

Après que la directrice financière lui a énuméré les affaires en cours, dont aucune ne peut attendre quelques jours pour être *arbitrée*, Marc se rend au bureau de Geneviève Pyhre, la secrétaire de direction, pour qu'elle lui ouvre le bureau de son oncle où il va désormais s'installer pour y travailler.

Son premier appel téléphonique est pour Louis Grandjean, le patron du cabinet comptable et fiscal *Joliet & Grandjean*, son employeur et associé parisien.

– Allo! Marc, comment vas-tu, s'exclame celui-ci. Raconte-moi. Je suis triste pour ton cousin. Nous t'adressons tous ici nos sincères condoléances. Comment va ton oncle?

– Malheureusement, Louis, il est décédé lundi après-midi sans que je le revois.

– Bon sang! quel coup du sort. Que va-t-il se passer pour toi maintenant?

– Eh bien, tout simplement un bouleversement dans ma vie; étant donné que je me retrouve seul parent vivant de ma famille, j'hérite de leurs biens et surtout d'une entreprise de 300 personnes.

– Ça alors, te voilà riche!

– J'ai peur surtout d'hériter de gros soucis. Je voulais justement t'en parler. J'ai l'impression de ne pas être le bienvenu dans l'entreprise. Mon oncle aurait pris des dispositions de rapprochement avec des Américains, ce qui semblait vivement l'inquiéter selon sa gouvernante que je connais depuis des années. J'ai ressenti un réel malaise chez les cadres et surtout la directrice financière qui m'a fermement conseillé de charger une étude notariale de Haubourg pour qu'elle procède à la succession. Qu'en penses-tu?

– Comme tu ne sais pas ce qui se cache autour de toi, je te conseille surtout de ne pas faire ce qu'on te pousse à faire. En premier lieu, évite habilement cette étude de Haubourg. Passe par mon ami Jean-Charles Romans, notaire à paris, au moins tu auras un œil neutre en plus d'avoir un ami pour t'épauler.

– Merci, Louis. Je vais suivre ton conseil et le contacter tout de suite. Je vais devoir venir à Paris sous quelques jours, j'en profiterai pour passer mes dossiers à mon remplaçant. As-tu pu choisir quelqu'un?

– Ne t'inquiète pas pour ça, c'est moi qui vais prendre tes affaires en cours ici. Occupe-toi de ton entreprise.

– Comment te remercier?

– Choisis par exemple notre cabinet pour ton entreprise, expertise comptable ou commissariat aux comptes, à ton service!

– Excellente idée. C'est conclu!

Impritech

Voilà Marc installé à Haubourg préfecture très France profonde, embourgeoisée et recluse dans son microcosme. Ces derniers qualificatifs induisent des comportements, une mentalité singulière que le nouvel arrivant d'abord ébahi par la beauté patinée de la ville a le plaisir d'apprécier avec un léger temps de retard.

Le jeudi matin les obsèques de Marcel et Philippe Barroux se déroulent à l'église Sainte-Madeleine. Un nombre impressionnant de personnes sont présentes. Thérèse et Marc sont les représentants uniques des proches. Ils sont rejoints spontanément par Armand Febvre et son épouse Jeanne. Marc ressent cette initiative comme une marque de proximité, si ce n'est d'amitié pour les défunts. Ce sentiment se communique naturellement à lui, d'autant qu'aucun autre représentant du personnel de l'entreprise, ni cadre, ne les a suivis. Febvre est aussi dans l'entreprise, le seul qui le connait depuis son enfance et le tutoie. De nombreuses personnalités sont là et se font connaître à Marc en lui présentant leurs condoléances, accompagnées de quelques paroles engageantes relatives au lien que chacun a avec Impritech. Marc fait ainsi connaissance avec les banquiers, l'expert-comptable, et le notaire, maître André Favard. Le maire de Haubourg, le député de la circonscription et le préfet sont également venus honorer la mémoire des disparus et s'approchent à leur tour pour attester de leur considération envers la famille Barroux.

L'inhumation a ensuite lieu dans le cimetière voisin de Sainte-Madeleine, dans le tombeau familial.

Immédiatement après la cérémonie, Marc charge Armand Febvre de pourvoir à son remplacement car il doit se rendre à Paris. Armand lui assure qu'il peut avoir confiance, son oncle lui a toujours accordé la sienne. Il devenait également le responsable de la *maison* lors de ses absences.

De par son métier d'expert-comptable en relation avec le monde des entreprises et des affaires en général, ainsi que rompu aux cessions de biens comme le sont des entreprises, Marc sait qu'il doit agir vite dans la succession de son oncle et de son cousin. Il aura ensuite les mains libres pour prendre la direction d'Impritech. Une mauvaise impression semble ne pas le quitter depuis que Thérèse lui a parlé lors de son arrivée à Haubourg lundi soir. L'attitude de ses cadres notamment celle de Maggy Hugs, n'a fait que renforcer ce sentiment. Il s'interroge sur l'intérêt qu'elle a eu à prononcer ces paroles:

...votre oncle avait entrepris de se rapprocher du groupe américain " Koehble Printing Inc. "...

Pourquoi Miss Hugs insiste-t-elle sur ce rapprochement? A quoi mon oncle a-t-il été confronté avec elle? En bref, quelle est la motivation de Miss Hugs? Ces questions tournent dans son esprit.

Marc est un garçon placide à l'image des membres de sa corporation. Il a cependant gardé de sa période de service militaire à Tarbes, au camp de Ger dans les Bérets Rouges, une propension à la vigilance et à la résilience.

Louis Grandjean l'a appelé ce matin avant son départ pour la cérémonie des funérailles. Il lui a obtenu pour la fin d'après-midi un rendez-vous avec son ami Maître Jean-Charles Romans de l'Etude Duval & Romans, notaires à Paris. Il s'y rend à bord de l'Alfa-Romeo de Philippe. Marc n'a jamais eu de voiture personnelle. A Paris, il n'en a jamais ressenti le besoin d'autant qu'il préfère le train pour les quelques voyages qu'il fait en province tant pour ses loisirs que pour les besoins professionnels. Maintenant il file à grande vitesse sur la RN 7 et trouve que, pour sa nouvelle vie, une bonne voiture est indispensable. Le petit bolide qu'il a entre les mains aujourd'hui est parfait.

A Paris, dans son bureau, Jean-Charles Romans confirme à Marc Barroux, ce que Louis Grandjean lui avait dit: il est spécialiste de la gestion de très gros patrimoines ainsi que des successions au fil de l'existence de leurs possédants. Il cite des grands groupes pour lesquels son étude a procédé aux successions, notamment le *Groupe Berger* qui fait régulièrement la une des journaux économiques. Son premier travail réside dans la vérification des documents dont Marc lui apporte une sacoche pleine. Après avoir notamment examiné les registres d'actions de la société, il répond aux interrogations de Marc sur des dispositions qu'aurait prises son oncle:

– Toutes les actions de votre oncle sont là et le registre des transferts ne mentionne aucune modification dans les noms des propriétaires qui sont pour cinquante-cinq pour cent votre oncle, vingt pour cent votre cousin et vingt-quatre vous-même, participation héritée de votre père. Le reste est réparti dans les mains de quatre autres petits porteurs. Vous êtes donc pleinement propriétaire des titres familiaux, soit quatre-vingt-dix-neuf pour cent du capital. A mon avis, rien ne s'y oppose. Vous êtes ainsi légalement propriétaire de la SA Impritech et seul nouveau décideur de son destin. Par ailleurs, vous m'apportez les livrets de famille de vos grands-parents, ceux de votre oncle et votre tante, et vous voudrez bien me transmettre celui de vos propres parents plus le vôtre. Je vais dès lors pouvoir établir le certificat d'hérédité. Avec ce document vous pourrez administrer provisoirement les affaires de votre oncle et de votre cousin, parce qu'il faudra par ailleurs compter plusieurs semaines pour la clôture définitive de la succession.

Marc se rend ensuite rue d'Enghien à son appartement. Il va y passer la soirée afin d'y récupérer les livrets de familles requis par le notaire et préparer des vêtements car il sera désormais domicilié à Haubourg dans sa nouvelle maison, fraîchement héritée. Il dormira ce soir à Paris, déposera tôt demain les documents à l'étude *Duval & Romans* et prendra ensuite la route de retour pour Haubourg. Mais en ouvrant la porte de son appartement, une surprise l'attend. Il est d'abord étonné que les deux sécurités ne soient pas verrouillées, seulement un tour de clé a été donné dans la serrure. A l'intérieur toutes les lampes sont allumées et le poste de télévision est en marche. L'explication suit immédiatement: Des valises vides sont posées dans le couloir. Josette est dans le canapé du salon. Quand elle entend Marc entrer, elle se lève précipitamment et vient vers lui. Une inquiétude enfantine envahit son visage aux traits tirés:

– Marc chéri, je suis revenue hier. Il m'a mise à la porte, il ne veut plus de moi dans sa vie. C'est ce qu'il m'a dit.

– Alors, tu reviens chez ton mari? réplique le jeune homme ébahi par tant de désinvolture.

– Oui, tu sais que je t'aime énormément. Je veux reprendre ma vie avec toi. Je ne ferai plus de bêtises.

– Ce n'est pas plus compliqué que ça pour toi? Tu fiches le camp un jour et tu déboules deux jours après, le bec en cœur…

– Pardonne-moi mon chéri. Tu ne peux pas imaginer ce que je suis chiffonnée. Je t'ai appelé ici et à ton bureau depuis deux jours. Tu n'as pas décroché ici ni à ton bureau. Tes collègues m'ont dit que tu étais absent pour plusieurs jours. Ils ne savaient pas quand tu reviendrais. Alors je t'attendais là, ajoute-t-elle d'un ton larmoyant et implorant, les yeux baissés, comme une enfant qui espère un pardon rapide.

– Bon, si tu veux continuer à vivre avec moi, alors refais tes valises, nous partons demain matin à Haubourg. Ma vie est là-bas désormais. Mon oncle Marcel et mon cousin Philippe se sont tués dimanche dans un accident de voiture. Comme je suis l'unique descendant de la famille Barroux, c'est moi qui hérite de leurs biens. Je vais avoir à gérer une entreprise de trois-cents personnes. Ma vie va changer et en premier lieu je vais habiter à Haubourg dans leur maison qui est désormais ma maison.

Le visage de Josette change instantanément, son inquiétude disparait, remplacée par un rayonnement infantile. C'est fait, la gamine vient d'être exonérée de sa punition. Sans demander plus de détails, et comme si rien ne s'était passé, elle reprend son activité d'épouse, de femme d'intérieur, son rôle au sein du couple. Elle prépare un dîner pendant que Marc rempli deux grosses valises de vêtements et d'affaires diverses dont il aura besoin dans sa nouvelle résidence. Lorsqu'ils vont se coucher, Josette a aussi bouclé ses valises qui sont dans l'entrée prêtes au départ. Dans la profondeur des draps, elle redevient chatte et offre à son mari reconquis, ses plus fines ressources sexuelles. Marc la laisse faire avec une certaine délectation; après les dernières émotions éprouvantes qu'il vient de vivre, son *repos du guerrier* lui semble bien acquis.

Armand Febvre

Les premiers jours de Marc dans ce qu'il considère désormais comme *son* entreprise sont exténuants. Il est quelque peu grisé par sa *propulsion* fulgurante en haut de l'échelle sociale en devenant *patron*. Mais il doit cependant, en dehors de l'aspect financier, tout apprendre de ce nouveau métier. D'une part, il ne connait pas le monde de l'imprimerie et, d'autre part, il ne sait rien, tout simplement, du management des *hommes* d'une entreprise, qui plus est de la taille d'Impritech avec ses trois-cents personnes. Il a bien quelques souvenirs de ce qu'étaient les *Etablissements Jules Barroux & Fils* lorsqu'il était enfant, puis adolescent, et qu'il passait ses vacances chez ses grands-parents, mais aujourd'hui, ils n'ont plus rien de comparable. Ils sont complexes et démesurés. Tout lui paraît aller à une vitesse vertigineuse. Des camions de rouleaux et de palettes de papier défilent sur les quais d'entrée pendant qu'autant d'autres chargent des cargaisons de livres, journaux, imprimés en tous genre à l'autre extrémité du bâtiment.

Le jeune PDG passe beaucoup de son temps avec Armand Febvre qui l'informe du fonctionnement de l'organisation et des différentes productions. Marc apprend qu'Impritech est notamment le fournisseur exclusif de documents militaires pour l'armée française. Ce marché a été négocié par son oncle cinq années plus tôt. Il est très surpris car jamais ni ce dernier, ni Philippe, n'en avaient fait mention dans leurs conversations, notamment lorsqu'il avait visité les ateliers l'été précédent. Armand l'entraîne dans les sous-sols du bâtiment où il découvre une zone protégée par plusieurs sas et portes blindées. Deux des ouvriers à l'entrée de cette zone sont en fait des militaires en tenue banalisée, mais armés, qui assurent la surveillance des lieux et sont relevés toutes les huit heures. A l'intérieur, une équipe spécialisée dédiée fait fonctionner des rotatives et offsets particulières.

Marc s'entend bien avec Armand. Dans sa blouse bleue, son carnet et ses stylos dépassant de sa poche supérieure, Armand est un personnage, rondouillard et chauve, représentatif du monde de l'imprimerie. Il est un homme de métier, rien ne semble lui échapper dans les méandres des lignes de production, l'enchevêtrement des zones de stockage. Il est âgé de 55 ans et travaille dans la société depuis 37 ans. Comme il le dit à Marc au cours du deuxième déjeuner qu'il partage avec lui au restaurant d'entreprise:

– Je suis pratiquement né dans la boite. Elle a été mon premier et seul employeur. J'ai bien connu ton grand-père, c'était un homme droit. J'ai ensuite travaillé en toute confiance avec Marcel ton oncle qui était génial. Il me considérait comme son bras droit. A une époque, il m'avait même dit que s'il lui arrivait quelque chose de fâcheux, c'est moi qui reprendrais les rênes de la maison. C'était bien avant que Philippe s'intéresse au métier et qu'il intègre la direction. Bah! que veux-tu, c'était lui l'héritier de droit…

Marc sent un fond d'amertume dans ce propos.

Le nouveau dirigeant d'Impritech doit aussi consacrer du temps à Maggy Hugs, la directrice financière. Elle est également la personne qui a la main mise sur tout ce qui est juridique et administratif ainsi que la gestion du personnel. Elle est une sorte de Secrétaire Général. Marc a avec elle des rapports tendus. Elle est autoritaire et s'immisce dans à peu près tout ce qui concerne le domaine réservé de la direction générale.

De son côté, Josette s'est installée sans complexe dans la nouvelle et belle maison de Marc. Thérèse l'a accueillie avec enthousiasme. Elle s'est tout de suite amusée de cette jeune femme encore *gamine*, toujours gaie, qui virevolte dans l'espace domestique et rit de tout. Les journées de la petite parisienne sont bien remplies. Le matin elle se lève à pas d'heure, traîne un peu partout dans la maison et papote avec Thérèse, puis, l'après-midi, visite les magasins de la ville où elle se fait vite beaucoup d'amis, à l'image de l'argent qu'elle y dépense. Pour une totale liberté, elle s'est appropriée la petite *Citroën Visa* qui depuis la perte de sa propriétaire, Monique Barroux, dormait dans le fond du grand garage de la propriété. Josette est épanouie, elle a changé de statut social pour accéder à celui de petite bourgeoise avec la panoplie complète de ses attributs. Marc, très occupé par ses nombreuses activités professionnelles, lui laisse une liberté totale.

Dans son bureau, après que le personnel administratif a quitté l'entreprise, Marc commence une étude approfondie des livres comptables. Là, il est dans son domaine. Il constate que le chiffre d'affaires a été en forte croissance au cours des cinq derniers exercices, la rentabilité est excellente, mais l'endettement est disproportionné par rapport aux fonds propres. Cet élément est alarmant et l'inquiète beaucoup. Il remarque que son oncle a financé le développement de son activité par des concours bancaires hétéroclites qui sont pour une beaucoup trop grosse part à moyen terme. Les financements à court terme sont aussi en augmentation. Marc a la confirmation de ce qu'il pense de la gestion d'une entreprise par un technicien, un homme de l'art, un inventeur, un créatif: sa passion l'emporte. Il est capable de prouesses dans son métier, mais son dédain de la réalité des chiffres l'envoie souvent à la catastrophe. Soudainement, son oncle a dû être inquiété par l'apparition de cette fragilité financière d'Impritech et devant l'évidence a-t-il recherché une alliance avec un partenaire pour renforcer ses fonds propres? Ceci viendrait confirmer les propos de Maggy Hugs. Mais il n'a rien découvert dans les documents du bureau de Marcel, ni dans le coffre-fort dont Thérèse avait la combinaison, ni dans la maison *Les Tilleuls*.

Il y a déjà presque deux semaines que Marc est arrivé dans l'entreprise. Deux semaines depuis le premier entretien avec Maggy Hugs au cours duquel elle avait fait allusion à un rapprochement avec le groupe américain *Koehble Printing Inc.*. Lui n'est pas revenu sur ce sujet, attendant d'en savoir plus sur l'entreprise et de ses investigations dans les affaires de son oncle. Assez étrangement, Maggy n'est pas revenue, non plus, sur ce sujet. L'un et l'autre s'épient, se surveillent.

Le lendemain de la soirée consacrée à l'analyse financière d'Impritech, Marc se décide à prendre contact avec la gendarmerie de Nemours afin d'en savoir plus sur les circonstances des morts et obtenir des détails matériels, récupérer les affaires, notamment le cartable que son oncle devait obligatoirement avoir avec lui et qui doit contenir le *dossier* introuvable ailleurs. Il prend donc un rendez-vous avec le commandant de l'escadron. La date est fixée au lendemain matin.

Lorsque Barroux arrive à la caserne, il est reçu par le lieutenant Hubert de Bazelles. Celui-ci lui indique que le commandant l'a chargé de cet entretien. Le lieutenant a suivi personnellement l'enquête diligentée par le procureur de Melun, il est en conséquence l'officier le mieux à même de répondre aux questions sur les circonstances de l'accident.

Il accueille Marc avec beaucoup de prévenances:

– Je pense que de nombreuses interrogations se posent à vous dans cette affaire. Il en a été de même pour nous, ce qui a conduit à solliciter du procureur l'ouverture d'une information. Nous avons ainsi appris les choses suivantes:

Sur l'accident lui-même: contrairement aux premières informations reçues des secouristes, le véhicule était conduit par Philippe Barroux et non pas Marcel Barroux. Seule la vitesse excessive du véhicule parait être la raison de la perte de son contrôle. Il n'a été relevé aucune trace d'alcoolémie lors des analyses des corps et aucun défaut technique sur le véhicule Citroën

CX PALLAS, en parfait état selon le rapport reçu du Garage Citroën de Nemours.

Sur les circonstances elles-mêmes: il demeure une part d'ombre. Nous savons que les deux hommes revenaient de l'aéroport d'Orly. Nous avons trouvé dans le véhicule une note d'un restaurant de l'aérogare pour trois personnes, un ticket de parking mentionnant l'heure de sortie à 20h50, une note de carburant de la station Total sur la RN7 au sud de l'aéroport qui indique 20h55. Ensuite ils se sont dirigés sur l'A6 vers Montargis. Nous avons imaginé qu'à la suite de ce rendez-vous, ils rentraient chez eux à Haubourg. Nous ne savons rien d'autre. Sans doute le conducteur était-il fatigué et s'est-il assoupi. Le ticket d'entrée sur l'autoroute indique 21h15. Ce qui signifie qu'ils ont mis seulement 20 minutes pour parcourir 60 km. Leur vitesse moyenne était donc de 180 km/h.

– Je crains que nous n'en sachions jamais rien, ajoute Marc. Ce que je sais par contre, c'est qu'Impritech se trouve dans une situation financière délicate selon ce que j'ai pu moi-même constater dans les comptes. Par ailleurs, j'ai su par sa gouvernante qu'il paraissait inquiet depuis plusieurs jours. Enfin, j'ai appris par la directrice financière de la société qu'il aurait été sur le point de prendre un accord avec un groupe américain du nom de *Koehble Printing Inc.* En revanche je n'ai absolument rien trouvé dans ses documents en rapport avec cette affaire. Avez-vous extrait de l'épave accidentée des affaires appartenant à mon oncle et à mon cousin?

– Oui, nous avons effectivement transmis tout ceci au Parquet de Haubourg. Si vous m'autorisez une seconde, je vais vous dire ce que nous avons récupéré, complète le militaire en se retournant pour saisir une feuille dans un dossier de son tiroir. Voici: portefeuilles, stylos, clés, lunettes, montres, paquet de cigarettes, sacoche de cuir, argent liquide pour la somme de huit cent quarante-neuf francs et cinquante-cinq centimes.

– Auriez-vous établi l'inventaire de ce que contenait la sacoche de cuir?

– Ça nous ne l'avons apparemment pas établie. Elle a été envoyée à Haubourg après avoir été scellée.

– C'est fort dommage, je comptais sur cette information pour en savoir plus sur ce groupe américain.

– Demandez par l'intermédiaire de votre avocat à récupérer ces affaires auprès du parquet de Haubourg, après tout elles vous reviennent de droit.

– Je vais le faire, mais cela peut prendre du temps.

– Vous devriez creuser du côté de votre directrice financière qui semble savoir quelque chose. Tenez-nous informés de ce que vous apprendrez, conclut le lieutenant.

Maggy Hugs

Maggy Hugs est agacée. Son nouveau patron a sollicité un notaire de Paris pour procéder à la succession. Elle l'apprend trois semaines plus tard, en même temps que sa nomination comme Président Directeur Général de la SA Impritech. Dès qu'il a été en possession du certificat d'hérédité, Marc Barroux a effectivement chargé le service juridique de *Joliet & Grandjean*, son ex cabinet à Paris, des formalités de tenue d'une Assemblée Générale et des inscriptions au Greffe du Tribunal de Commerce de Haubourg.

Ce matin-là, Marc Barroux, fort de sa position désormais *assise* à la direction d'Impritech et dans sa vie *établie* à Haubourg, se décide à *crever l'abcès* avec sa directrice financière.

Elle est devant lui, dans son bureau de président. Elle tient d'une main légèrement tremblante, le K-Bis de la société portant à la ligne *Gestion, Direction, Administration, Contrôle: Président du Conseil d'Administration, Marc Barroux*, et pose la question avec un air pincé:

– Je n'ai pas été mise au courant de ces formalités, qui s'en est chargé? Ce n'est pas l'étude notariale Grungier & Favard, sinon j'aurais été sollicitée…

– Non, lui rétorque Marc, amusé de son agacement. J'ai fait intervenir mon notaire parisien, ainsi que le cabinet comptable et juridique auquel j'appartenais, avant d'hériter de mon oncle et de mon cousin.

– C'est votre droit le plus strict, poursuit Maggy avec un accent anglais *pointu* qui se renforce soudainement à mesure que les taches de rousseur de son visage semblent se multiplier. Je regrette seulement que vous m'ayez tenue à l'écart. C'est une marque de défiance à mon égard.

– Maintenant, vous allez m'en dire plus sur le rapprochement avec le groupe américain *Koehble Printing Inc.* auquel vous avez fait allusion lors de notre première rencontre dans votre bureau.

– Vous n'êtes pas au courant? Vous n'avez donc rien trouvé dans les dossiers de monsieur Marcel Barroux?

– Non, je n'ai rien vu de tel.

– Vous auriez dû rencontrer Maître Favard, comme je vous l'avais recommandé…

– Je n'ai aucune raison de voir ce monsieur que je ne connais pas, sans y être invité et qui n'est pas mon notaire. Dites-moi ce dont il s'agit!

– Ce n'est pas à moi de vous dire quoi que ce soit. Je n'ai pas de détail mis à part que votre oncle m'avait parlé simplement qu'il signerait un accord avec *Koehble*, c'est tout!

– Eh bien de mon côté, c'est tout aussi. Vous pouvez regagner votre bureau!

Marc coupe court à cette conversation qu'il juge stérile en se disant que cette *histoire*, si tant est, qu'elle ait un quelconque fondement, s'est éteinte avec la disparition de son oncle. Lui, Marc Barroux, nouveau et seul propriétaire de la société Impritech, seul décideur de son devenir, entend le rester et n'en référer à quiconque pour prendre des initiatives. Il faudra aussi qu'il se débarrasse rapidement de cette anglaise présomptueuse.

Le lendemain, le calme étant revenu entre eux, il reprend avec elle son travail sur les comptes de la société et les prévisions de trésorerie. Les prévisions de besoin en concours court-terme ainsi établis confirment ce qu'il avait observé quelques jours plus tôt, seul dans son bureau, lorsqu'il avait analysé les bilans. Il est grand temps, se dit-il, de rencontrer les banquiers pour se faire connaître d'eux en même temps que de s'assurer de la poursuite de leurs concours. Encore une fois Marc est là dans un monde qu'il maîtrise parfaitement.

Les banques sont au nombre de trois, sans compter les CCP dont l'activité est spécifique à des opérations administratives. La plus importante en terme d'engagement est la BCBM, La Banque Centrale Berry-Morvan; la BNP et le Crédit Lyonnais sont secondaires. Marc commence cependant à approcher ces deux dernières et reçoit simultanément les directeurs de leur agence de Haubourg. Pierre Chabot pour la BNP et Janine Garceau pour le Crédit Lyonnais. Le rendez-vous est courtois mais sans profondeur, les deux responsables indiquant en exergue que leur fonctionnement est inféodé à la BCBM qui est le chef de file du pool bancaire.

A l'inverse de ces deux premiers banquiers, personnages transparents, Le directeur de l'agence de la BCBM, n'accepte pas de rencontrer Marc. Il délègue son responsable des comptes d'entreprises, Sébastien Barbizier.

Barbizier est un petit homme sec, d'une trentaine d'année, le nez pointu, sans lèvres et les cheveux plaqués et gominés. Ses yeux sont sombre, vifs comme ces réponses.

Geneviève Pyhre le fait entrer sans le bureau. Il tend une main ferme et serre énergiquement celle de Marc puis s'assoit dans le fauteuil comme l'y invite ce dernier. Son corps forme un angle droit parfait avec ses jambes. Il gagne ainsi quelques centimètres en hauteur. Son cartable de cuir impeccable est posé verticalement sur ses cuisses.

– Monsieur Barroux, nous attendions impatiemment notre rencontre. Nous avons suivi ce drame. Je vous ai d'ailleurs aperçu lors des obsèques de vos oncle et cousin.

– Je vous remercie de votre témoignage de sympathie à leur égard.

– J'ai appris par mademoiselle Hugs que vous aviez repris en personne la direction générale de la société. Depuis la disparition de votre oncle, nous avons continué à fonctionner avec les signatures de mademoiselle Hugs et monsieur Febvre, mais j'ai apporté de nouveaux imprimés pour que nous mettions à jour la nouvelle situation.

Une fois les formalités remplies le banquier aborde d'un ton cérémonieux des sujets plus consistants:

– Nous avons de gros engagements avec votre société. De gros financements long et moyen termes avec mes partenaires du pool bancaire, sur les importants investissements réalisés par votre oncle ces dix dernières années. Nous supportons particulièrement un court terme, découvert et escompte de trente millions de francs. Je ne vous cacherai pas que cet engagement est trop important pour un chiffre d'affaires en 1979 de cdent-vingt millions de francs. Nous avons abouti à ces avances dans le cadre du fort développement de l'entreprise que nous avons accepté d'accompagner en raison de la totale confiance que la banque avait en votre oncle, et ceci, bien qu'il ne nous avait jamais accordé sa caution personnelle sur ses biens. Ce qui est fort différant désormais par le fait même que nous n'avons pas d'historique avec vous, Monsieur Marc Barroux. Autrement dit la poursuite de nos concours de trésorerie va désormais être conditionnée à deux engagements de votre part.

– Dites-moi lesquels, rétorque Marc attentif.

– Nous aurons besoin de votre caution personnelle et de l'engagement de votre part de faire entrer de nouveaux associés afin de conforter très significativement vos fonds propres.

– Je vais réfléchir à tout cela. Je suis d'accord avec vous sur le fait que ma société devra diminuer significativement ses besoins en court-terme. Je n'exclus pas l'entrée de nouveaux partenaires. Je vais m'y atteler.

– Votre oncle avait pris des dispositions pour faire entrer le groupe *Koehble Printing Inc.* au capital d'Impritech. Vous devriez poursuivre cette démarche.

– Je vais étudier cette opportunité également.

L'entretien s'achève ainsi.

Marc est songeur et circonspect après cette conversation avec Sébastien Barbizier.

Encore ce groupe américain qui revient dans la conversation. Il semble que décidément, beaucoup de monde s'intéresse à lui.

La Rhumerie

Marc Barroux a pris la route tôt ce matin pour se rendre à Paris où il doit honorer plusieurs rendez-vous. Il sera absent pour la journée, probablement jusque tard ce soir.

Josette se lève comme à l'accoutumée alors que le soleil inonde depuis longtemps la chambre. Elle déjeune à l'office des petites attentions que lui a préparées Thérèse. La jeune femme bavarde avec la vieille dame tout en savourant les tranches de pain grillées, tartinées de beurre salé ou confiture qui *sentent* bon l'enfance. Josette apprécie le beurre salé qu'elle ne connaissait pas avant que la gouvernante bretonne le lui fasse découvrir. Elle aime bien déjeuner à l'office parce qu'elle n'aime pas la solitude et est friande des papotages avec Thérèse. Cette dernière affectionne en retour cette jeune femme et ses côtés farfelus, légers, inconsistants, mais amusants. A midi elles déjeunent ensemble de trois fois rien, toujours à l'office. Puis Josette, s'apprête pour sortir. Elle embrasse affectueusement la septuagénaire qui monte tous les débuts d'après-midi dans sa chambre y faire une sieste.

Comme souvent, Josette utilise sa voiture pour se rendre en ville. Elle ne remarque pas, cette après-midi-là, une voiture garée à 50 mètres de l'entrée de la propriété *Les Tilleuls* et qui démarre lorsqu'elle s'engage dans la rue puis la suit à distance. Jean-Michel Ardennes, le responsable commercial d'Impritech est au volant. Arrivée au centre-ville, Josette abandonne sa Visa pour marcher insouciante dans les rues. Elle entre dans une boutique de vêtements féminins où elle a commandé un sac à main *Lancaster* qu'elle avait remarqué dans une revue la semaine précédente. Elle bavarde un long moment avec la propriétaire du magasin qui est devenue son amie comme beaucoup de commerçants du centre-ville. Cette dernière lui offre généralement un café ou un thé, selon l'heure. Ensuite, Josette envisage d'aller au *Royal* à la séance de 16 h 30 pour y voir *Les Bronzés font du ski* car les journées de juillet cette année sont fraîches et le ciel s'assombrit. Ce qui n'est pas propice à rester dehors. Cependant comme il lui reste un peu de temps, elle continue de flâner sur l'avenue, de vitrine en vitrine, en balançant son nouveau sac au bout de son bras. Quand un homme l'aborde:

– Bonjour Madame Barroux!

– Ah, répond Josette, surprise de cette soudaine intrusion dans sa douceur vespérale. Mais c'est Monsieur Ardennes, ajoute-t-elle, le reconnaissant pour l'avoir croisé une fois dans le bureau de son époux.

Le jeune homme engage ensuite, d'un ton mielleux, une conversation cauteleuse, pateline.

Josette observe ce garçon sympathique. Il est grand, brun aux yeux d'un bleu pâle, les cheveux lissés vers l'arrière, élégamment vêtu. Elle avait déjà remarqué cette tenue très chic d'Ardennes. Elle se laisse emporter par ses propos amusants et flatteurs. Lui comprend très vite que la belle est sous son charme et lui propose de lui offrir un verre. Josette se laisse convaincre sans difficulté et suit Jean-Michel qui l'entraîne au bar *La Rhumerie* où il a ses habitudes. Au sous-sol, il y a une salle aux lumières tamisées dont les fauteuils, banquettes et tables basses encerclent une piste de danse. Le lieu est fréquenté les vendredis et samedis soir. Aujourd'hui elle est normalement fermée par une chaînette en haut des marches qui en interdit l'accès, mais Ardennes connait bien le patron et les garçons de l'établissement, il glisse un billet de cent francs à celui qui est de service cet après-midi et attire la jeune femme vers le bas. Le barman est parfaitement rompu au déroulement d'un tel scénario et suit de près le couple avec son plateau rempli d'une bouteille de champagne dans son seau, des serviettes en tissu, deux coupes et quelques douceurs à grignoter. Il dispose le tout sur la table devant eux, débouche la bouteille en maîtrisant le bruit du *pop*, verse du champagne dans les coupes à mi-hauteur et s'éclipse en adressant un clin d'œil complice au jeune homme, pour lui signifier que l'espace est à lui. Toujours bercée par ses fadaises, Josette vide une première coupe puis une autre, grignote quelques gâteaux. L'effet du champagne sur elle est rapide et efficient. Elle se laisse enflammer par un baiser et ne résiste pas lorsqu'il lui dégrafe son corsage puis son soutien-gorge. Le garçon est habile et énergique, mais elle aime cette sorte de hardiesse dans l'approche amoureuse. Son jeans est maintenant descendu sur ses genoux et les doigts masculins ont du génie Puis il la saisie par les bras, la retourne, l'attire presque brutalement pour la positionner. Les caresses se succèdent toutes plus subtiles. Josette se sent emportée. Lui s'est assis derrière elle et l'attire avec force. Elle est toute entière enlevée telle une amazone désarçonnée, en équilibre miraculeux sur un cheval au galop désordonné, dans une course effrénée.

Josette est sonnée et enivrée. Elle revient doucement à elle, alors que Jean-Michel se rhabille rapidement, lui tapote la joue en lui murmurant:

– Chapeau ma grande, tu es un sacré coup!

Puis il disparaît dans la pénombre de l'escalier. Josette le regarde s'éclipser, médusée. Lentement, elle retrouve ses esprits, se penche vers la table pour saisir la serviette en tissu du seau à champagne et s'essuie les lèvres. Puis elle prend sa coupe de champagne et la vide lentement. Enfin, la jeune femme rassemble ses vêtements éparpillés qu'elle ajuste soigneusement l'un après l'autre sur elle et quitte le bar. Elle consulte sa montre à la lumière extérieure, il est 16 h 25. Il est encore temps pour la séance de cinéma. L'épisode n'aura même pas duré une demi-heure.

L’assignation

Marc Barroux se rend à Paris pour requérir de son ex associé, Louis Grandjean, le patron du cabinet *Joliet & Grandjean*, son assistance et ses conseils afin de lever des capitaux. Tous les deux se rendent à différents rendez-vous dans la journée. Louis a organisé des rencontres avec des banques d’affaires et des sociétés d’investissement. Les impressions que tirent les deux amis de ces entretiens sont très positives. Des apports en fonds-propres peuvent être trouvés pour l’opération Cependant, Louis confie en fin journée à Marc:

– Nous pourrons obtenir des apports en capitaux suffisants pour renforcer les besoins financiers d’Impritech, je n’ai pas de doute sur ce fait car, ton affaire est solide, bien structurée et porteuse d’avenir. En plus de cela vous avez ce contrat avec l’armée que beaucoup pourraient envier. En revanche, tous ces gens que nous avons rencontrés aujourd’hui sont liés à des comités d’engagement qui souffrent d’une certaine inertie dans leur processus de décision. Or, il te faut trouver une solution dans les jours qui viennent, ta banque peut te lâcher d’un moment à l’autre et tu serais foutu. Je suis convaincu que tu devrais prendre contact avec ce groupe américain qui frappe à ta porte en ce moment.

Tu as raison, je crois qu’il ne faut pas que je fasse la fine bouche. Je vais prendre contact avec eux dès demain.

Mais le jeune PDG n'aura pas le temps d'agir, il va être pris de vitesse.

En arrivant le soir chez lui, une lettre recommandée que Thérèse a réceptionnée le matin-même l'attend sur la console de noyer dans l'entrée de la maison avec le reste du courrier. Elle provient du Tribunal de Commerce de Haubourg. Marc Barroux est assigné en qualité de Président du Conseil d'Administration de la SA Impritech, à la demande de *Koehble Printing France*, représentée par Maître Edouard Lapointe, avocat à Haubourg, aux fins de reconnaissance et d'enregistrement de l'accord de vente des actions de la SA signé le 1er juin 1980 par Messieurs Marcel, Philippe Barroux et consorts. L'Audience des référés est fixée au 16 juillet 1980 à 10 heures. C'est un choc émotionnel énorme pour Marc. Il demeure quelques minutes sans réaction puis relit attentivement le document. Il se dit qu'il va découvrir malgré lui, ce que cachaient les allusions de Miss Maggy. Il passe à l'office et ouvre le réfrigérateur pour se servir un verre de la bouteille de Sancerre ouverte la veille. La maison est silencieuse, les deux femmes doivent déjà dormir. Tout en savourant son vin bien frais, il récupère lentement de la gifle qu'il a reçue et commence à réfléchir à la stratégie qu'il doit adopter. En tout premier lieu trouver un avocat en ville. Il a appris de longue date que des affaires en province doivent être plaidées par un avocat du fief. Il feuillette l'annuaire téléphonique de l'étagère sous l'appareil de l'office et repère différents noms qu'il note sur son agenda. Le cabinet *Lapointe, Dumontin & Associés* semble être le plus important de la place ce qui ne l'étonne guère. Enfin, il range le bottin sur l'étagère, finit de boire son verre et jette un regard au cadran de sa montre. Il est minuit vingt-cinq. Il est fatigué et inquiet de sa situation. Il avait eu un certain bonheur de se retrouver soudainement l'héritier d'une fortune et propulsé au rang de chef d'entreprise, son rêve secret. Hors tout semble se compliquer au fur et à mesure des jours qui passent. Les mauvaises surprises arrivent les unes après les autres. Il lui revient à l'esprit qu'après la visite de la gendarmerie de Nemours, il devait charger un avocat de récupérer les affaires de son oncle et de son cousin, notamment la fameuse serviette de cuir et de son contenu. Pris par le temps, il ne l'a pas fait.

Lorsqu'il entre dans sa chambre, tout est calme, Josette semble dormir à poings fermés, le visage enfoncé dans le creux de son oreiller. Il se déshabille sans bruit et se glisse doucement dans les draps. Dès qu'il a éteint la lampe de chevet et que la pénombre a envahi la pièce, Josette se retourne vers lui. Il sent sa main lui caresser la poitrine en même temps que d'une voix enfantine, venant de se réveiller, elle murmure:

– Enfin tu es rentré. Je me languissais de toi. J'ai envie de faire l'amour.

– Rendors-toi, lui répond-t-il gentiment, il est tard et je suis exténué.

Le lendemain, tout en prenant son petit déjeuner, Marc appelle Louis Grandjean depuis le téléphone de l'office, pour l'informer de l'assignation.

– Je vais tout de suite faire des recherches pour te dégoter le meilleur avocat dans la place, lui dit-il immédiatement. Nous devons repérer celui qui en découd ordinairement avec le cabinet *Lapointe, Dumontin & Associés*. Je te rappelle dans la matinée à ton bureau.

Un peu plus tard, Le jeune président arrive dans le hall de son entreprise. La réceptionniste le salue courtoisement, puis il croise plusieurs de ses collaborateurs. Il ressent derrière les sourires des sous-entendus ironiques, comme un:

Ah, ah! Ils vont t'avoir. Tu vas dégager d'ici.

Sa secrétaire, Geneviève Pyhre, entre dans son bureau, pour lui apporter deux parapheurs de courriers. Son regard est bas. Marc comprend qu'elle sait ce qui se passe mais n'a pas le courage, ni de le regarder en face, ni de lui en parler. Les commérages ont dû aller bon train depuis quelque temps derrière son dos. L'évidence est on ne peut plus claire lorsqu'il reçoit un peu plus tard Maggy Hugs. Il commence alors à se sentir réellement seul. Son moral reprend ensuite un peu de vigueur lorsqu'Armand Febvre passe le saluer et lui faire son rapport sur la production. Son attitude n'a pas changé et il parait fidèle à lui-même ce qui conforte Marc dans sa conviction qu'Armand est son seul ami dans la place.

En fin de matinée, il reçoit enfin l'appel de Louis Grandjean qui lui dit:

– Bon, on m'a indiqué Maître Jacques Casadura. C'est parait-il un bon avocat qui est l'opposant systématique de Lapointe et Dumontin. Donc il devrait convenir pour ta défense dans cette affaire. Contacte-le mais tu ne pourras te recommander de personne en particulier.

Barroux appelle immédiatement Casadura et obtient, en insistant fermement, un rendez-vous à 19 h 30 le jour-même.

La journée se poursuit. Marc continue de ressentir beaucoup d'hostilité dans les murs d'Impritech. Il se rend compte qu'il avait occulté ce sentiment mais, qu'en fait, il n'a pas vraiment été admis dans ce monde qui n'est pas le sien. La disparition brutale de son oncle, homme charismatique et légitime, et son arrivée impromptue ont généré dans cet espace en vase clos, dans cette entreprise hermétique, une réaction de rejet non-avoué. Le pire se produit lorsqu'il convoque en réunion commerciale, Jean-Michel Ardennes. Jusqu'alors, ce dernier s'était montré hautain vis-à-vis de lui, laissant transparaitre que lui seul détenait la maîtrise du chiffre d'affaires et que Marc Barroux, ce petit parisien qui tombait du ciel soudainement n'aurait pas voix au chapitre. Ce n'était qu'un prélude. Aujourd'hui, Ardennes se montre d'une arrogance extrême, dictant littéralement à son supérieur la conduite qu'il devrait adopter.

– Bon dieu, pense Marc. Mais c'est qu'il a déjà pris ma place celui-là!

La journée s'écoule, pesante.

Le premier rendez-vous avec Maître Jacques Casadura, n'apporte rien. Marc fait un historique de la situation, de la sienne, de l'entreprise et de sa famille. Il charge l'avocat de récupérer les affaires ayant appartenues à son oncle et à son cousin, notamment la serviette en cuir. Casadura doit également se faire transmettre le dossier de la procédure par le greffe. Une autre séance de travail sera ensuite nécessaire avant l'Audience.

Barroux est circonspect quant à l'attitude *tiède* de celui qu'il charge de la défense de ses intérêts. Il lui aurait fallu un personnage au tempérament plus énergique, mais que faire, il n'a pas de marge de manœuvre.

Malgré tout le lendemain matin à son arrivée au bureau, Marc reçoit un appel de lui, il n'est pas 8 h 30.

– J'ai récupéré l'ordonnance du juge des référés vous convoquant le 16 juillet prochain. J'ai également la copie du dossier de la partie adverse. Je vous envoie tout ceci par fax. Rappelez-moi dès que vous en aurez pris connaissance afin que l'on fixe une heure pour se voir dans la journée.

Quelques minutes plus tard, notre jeune PDG a les copies des documents sous les yeux. Il a beaucoup de mal à croire ce qu'il lit. Il s'agit principalement d'un protocole de vente entre son oncle Marcel Barroux, son cousin Philippe Barroux, lui-même Marc Barroux et la

SA Koehble Printing France, pour la vente de quatre-vingt-dix-neuf mille actions de la SA IMPRITECH, soit la quasi-totalité du capital de la SA, pour un prix de *un franc symbolique*. Les dispositions qui accompagnent cette transaction sont les suivantes:

1/ Apport de cash à hauteur de trente millions de francs pour renflouer la trésorerie de l'entreprise.

2/ Maintien de monsieur Marcel Barroux au poste de conseiller avec maintien d'un salaire équivalent au salaire actuel de président du conseil d'administration jusqu'à l'âge de soixante-cinq ans.

3/ Monsieur Philippe Barroux se verra offrir un poste de responsable du service graphisme avec un salaire conforme à la grille des rémunérations publiée par le syndicat des imprimeurs.

Le document présente au bas de page, la signatures de son oncle, de son cousin et pire, de la sienne. Elles sont à peine lisibles. Immédiatement Marc ressort plusieurs courriers et notes de services des placards portant les signatures de Marcel ou de Philippe et entreprend de comparer les graphismes. Il est perplexe car ce qu'il constate c'est que la ressemblance entre les deux calligraphies existe certes, mais dans le cas du contrat produit en justice chacune d'elles est moins nette, semblant tremblante ou hésitante. Quant à la sienne, elle est parfaitement fausse, il le voit et il le sait, n'ayant jamais rien signé. Pour les autres, Marc croit qu'il s'agit, soit aussi de faux, soit les deux signataires étaient sous l'emprise d'une forte émotion. En tout cas comment des gens sensés comme eux ont-ils pu accepter un tel accord de dupes. Le caractère léonin de cette transaction ne fait aucun doute, se dit-il et sera facile à démonter. Soudainement Marc se sent ragaillardi. Il attrape le combiné de son téléphone et compose le numéro de Casadura pour convenir d'une rencontre rapide.

Les audiences

Le 16 juillet, l'audience des référés dure en tout et pour tout une demi-heure dans une salle vide de tout public hormis les avocats et Marc. Chacun des avocats plaide, cinq minutes pour Maître Lapointe et un peu plus longuement pour Maître Casadura qui effectue point par point la démonstration qu'il s'agit, dans cette affaire, sinon d'une escroquerie, avec recours à de fausses signatures, en tout cas d'un contrat au caractère léonin évident. Il conclut sur le fait que la disparition des signataires rend caduque l'engagement de cession. Il demande la résiliation pure et simple de cet acte ou, tout le moins, la nomination d'un expert en écriture et documents pour faire la lumière sur l'authenticité ou non des signatures apposées sur celui-ci. Le Président du Tribunal de Commerce, Maurice Vignoux se retire cinq minutes puis revient et rend son verdict:

Le Tribunal de Commerce de Haubourg statuant en audience de référés confirme la SA Koehble Printing France dans ses droits, dit que le contrat signé le 1er juin 1980, entre messieurs Allan Hughes et Marcel Barroux est valide et autorise sa mise en œuvre.

Marc Barroux est anéanti et Maître Jacques Casadura est outré. Sans même en laisser le choix à son client, ce dernier signifie au Greffier qu'il interjette appel de cette décision avec suspension du jugement jusqu'à ce que la Cour ait statué.

Les jours qui suivent sont très durs pour le jeune PDG. Il se sent brisé au plus profond de lui-même. Son rêve d'être un chef d'entreprise semble s'envoler irrémédiablement.

Mardi suivant, Jacques Casadura appelle Marc pour l'informer de la date de l'audience près la Cour d'Appel de Haubourg: il s'agit du 9 septembre. L'avocat précise avoir entre les mains l'acte publié du jugement du 16 juillet du Tribunal de Commerce, objet de l'appel, et que, ultime affront, ce dernier n'est malheureusement pas suspensif. En conséquence, la SA Koehble Printing France va être fondée à faire valoir sa pleine propriété des quatre-vingt-dix-neuf mille actions de la SA Impritech, fallacieusement cédées par son oncle, son cousin et lui-même.

Dès lors le jeune PDG fragilisé n'exclut pas l'arrivée, un prochain jour, d'un émissaire du groupe américain, son prédateur.

Les mauvaises nouvelles pour Marc Barroux continuent d'affluer. Le même mardi 22 juillet, il réclame à Maggy Hugs la communication du chiffre d'affaires de juin qu'il n'a pas encore reçu. Cette dernière pénètre dans son bureau avec le tableau de bord de gestion qu'elle lui tend d'un mouvement sec. Elle exhale une attitude plus outrecuidante que jamais jusqu'alors. Marc croit sombrer dans un nouveau cauchemar, le chiffre d'affaires de juin n'est que de sept millions francs sur un prévisionnel de onze et un carnet de commandes de onze millions cinq cent mille francs. Il manque pratiquement quarante pour cent du chiffre d'affaires.

– Bordel de merde, s'exclame violemment Marc, dans une vulgarité qu'on ne lui connait pas habituellement, c'est quoi ça?

– C'est le chiffre d'affaire réalisé en juin, répond la directrice financière, avec son expression hautaine usuelle et sans gêne.

– C'est dramatique, conclut-il tout en décrochant son téléphone et composant le numéro d'Armand Febvre, le directeur technique.

– Peux-tu monter me voir tout de suite s'il te plait? Puis il adresse à sa collaboratrice:

– Comment se fait-il que vous ne m'ayez pas informé plus tôt de cette situation? Nous sommes vingt-deux jours après la fin du mois de juin et j'apprends seulement aujourd'hui qu'il nous manque pratiquement quatre millions.

– Les chiffres me sont parvenus tard et ensuite, vous avez été souvent absent ou très occupé avec vos problèmes judiciaires.

– C'est une faute grave venant de votre part. Je me réserve de prendre des sanctions. Retournez à votre travail en attendant!

Maggy Hugs quitte le bureau en croisant Armand Febvre à l'instant même où il franchit la porte. Marc observe leur échange de sourires. Le sentiment de l'existence d'une collusion entre eux l'interpelle. Cette impression dure un millième de seconde et disparaît car Marc a une grande confiance en Armand, vieux collaborateur de l'entreprise. De plus il l'aime bien.

– Qu'est-ce qu'il s'est passé en juin Armand?

– Oui, je sais. Il y a eu une multiplication de retards de fabrication et de livraison, ajoutés à une grève chez notre principal fournisseur de papier. Nous allons rattraper ça en juillet.

– Bon, fais en sorte qu'il n'y ait pas de nouveau problème. Sinon nous allons sauter!

Les difficultés se poursuivent et la chute vers l'abîme s'accélère. Dans l'après-midi, Maggy Hugs déboule littéralement dans le bureau de Marc et annonce sans égards:

– Monsieur Sébastien Barbizier de la BCBM vient de m'informer qu'il rejettera l'échéance du 31 si vous ne couvrez pas le découvert.

Marc est excédé. Tout lui tape sur les nerfs. Mais entre les différentes calamités qui déferlent, ce qui le crispe le plus c'est le comportement de sa directrice financière. Il veut savoir ce qu'elle cache. Alors il demande à madame Pyhre de lui apporter le dossier Maggy Hugs. Dans sa consultation, une nouvelle surprise ressort après une analyse fine. En effet, Maggy Hugs occupait un poste identique au sein de la société financière KPMI à Londres. Or une rapide recherche demandée à la SFAC par téléphone lui apprend immédiatement que KPMI signifie *Koehble Printing Management International*. Autrement dit, Marcel Barroux avait laissé une envoyée de *Koehble Printing* infiltrer son entreprise.

La réaction de Marc est immédiate et virulente. Il convoque Maggy et lui signifie qu'elle est licenciée pour faute lourde avec effet immédiat. Madame Pyhre dactylographie rapidement une lettre que Marc remet en main propre à l'intéressée qui quitte l'entreprise sans autre forme de procès.

Durant la nuit qui suit Marc ne parvient pas à fermer l'œil. Il se tourne et se retourne dans son lit et le matin arrive sans qu'il ait pu récupérer de la terrible journée qu'il vient de vivre. Il arrive à son bureau à 8 h 30, ses traits sont tirés et il se sent vidé de toute énergie. A 9 heures le téléphone sonne. C'est Maître Jean-Charles Romans de l'Etude *Duval & Romans*, son notaire parisien, qui prononce des paroles peu encourageantes:

– Nous avons reçu une assignation de la *Banque Centrale Berry-Morvan* qui fait valoir une caution de votre oncle garantissant sur ses biens propres un découvert accordé à la SA Impritech. Comme les engagements ont été pris avant le décès de Marcel Barroux je crains que la justice valide la requête de la banque. Dans ce cas votre héritage sera annulé à concurrence de sa dette.

A 10 heures la réceptionniste annonce à madame Pyhre, qui prévient immédiatement Marc, que se présentent devant elle, Maître Novailles, huissier de justice, le commissaire de police adjoint de Haubourg, Jean Mougin et la représentante de la SA Koehble Printing France qui est ni plus ni moins que mademoiselle Maggy Hugs. Marc les reçoit, la mort dans l'âme, et accède aux attendus du jugement que Maître Novailles énonce: inscriptions des changements dans les registres d'actionnaires et convocation d'une assemblée générale extraordinaire de la SA Impritech avec comme objet la démission des administrateurs actuels et la nomination de nouveaux membres du conseil ainsi que de son président.

C'est la fin du joli rêve de Marc Barroux. Dans deux semaines, le nouveau conseil d'administration sera nommé et lui ne sera plus rien. Il est *exécuté* froidement par celle qu'il vient de congédier la veille, Maggy Hugs. La vie est cruelle. Il demeure dans l'entreprise à son poste de PDG mais plus personne ne le respecte maintenant. La dernière vexation lui arrive un soir en rentrant chez lui. Josette a fait ses valises et lui annonce qu'elle le quitte pour aller vivre avec Jean-Michel Ardennes, son responsable commercial. Thérèse assiste mortifiée à ce dernier épisode de la chute de Marc. C'est pour elle la triste agonie de la fin de la famille Barroux qui se poursuit. Cette famille, sa famille, qu'elle a accompagnée durant presque toute sa vie. Marc, lui, est plus atteint par le fait que son collaborateur lui *vole* sa femme que par le départ de cette dernière. Il est depuis longtemps habitué à ses frasques répétées. C'en est qu'une de plus.

Cependant, le jeune homme ne se laisse pas envahir par le découragement et espère encore une issue favorable au procès en appel.

Un mois plus tard, l'annulation de son héritage est confirmée, il est ainsi privé de la propriété de la maison *Les Tilleuls* et du reste de ses actions de la SA Impritech.

Marc quitte Haubourg pour revenir vivre à Paris, après avoir trouvé pour Thérèse, un petit logement de deux pièces en ville. Il continuera à lui verser ses gages mensuels en attendant qu'elle perçoive sa retraite dont il établit la demande.

Maître Jacques Casadura plaide le dossier à l'audience du 9 septembre devant la Cour d'Appel de Haubourg. Marc ne s'y rend pas. La veille, Thérèse est décédée dans son petit appartement où elle n'aura survécu qu'un tout petit mois. Il doit s'occuper de lui offrir des funérailles dignes.

Le 7 octobre la Cour d'Appel rend un jugement *inique*. Le Conseiller Tanguy Eckhart confirme toutes les demandes de la partie adverse, traitant en filigrane Marc Barroux *d'usurpateur* aux dents longues et pour couronner le tout, le condamne à verser la somme de cinq-cents mille francs à la SA Koehble Printing France au titre de dommages et intérêts. Cette somme dépasse la valeur de tout ce qu'il possède, son appartement de la rue d'Enghien compris.

La dernière humiliation se produit lorsque Marc se rend à la société Impritech pour y récupérer des affaires personnelles et recevoir le règlement de ses derniers salaires et frais relatifs à son mandat de président du conseil d'administration dont il a été démis au mois d'août précédent.

C'est Maggy Hugs qui prend un malin plaisir à lui remettre tout cela et le raccompagner jusqu'à la porte de l'entreprise où elle lui adresse:

– Je vous souhaite un bon retour jusqu'à la gare.

Il se demande bien pourquoi cette phrase bizarre. La réponse lui parvient immédiatement sur le parking, alors qu'il s'apprête à monter à bord de sa voiture, l'*Alfetta* héritée de son cousin Philippe. Maître Novailles, l'huissier de justice que Marc connait déjà trop bien, accompagné d'un de ses collaborateurs l'aborde:

– Monsieur Barroux, je vous prie de bien vouloir me remettre les clés du véhicule, celui-ci a été saisi à la demande de la *Banque Centrale Berry-Morvan*.

Marc comprend que quelqu'un dans l'entreprise s'est chargé de prévenir l'huissier de sa présence sur les lieux. Il n'a même plus la force de protester, il s'exécute, exsangue, et se met en marche pour gagner la gare à pied. Ses exécuteurs, et plus précisément sa prédatrice, n'auront même eu la délicatesse d'appeler un taxi.

Le lieutenant Yves Bernardin

Marc avance le long de la route vers le centre de Haubourg. Une pluie soudaine ajoute aux malheurs cumulés de notre pauvre ami. Il marche ainsi sous les bourrasques, trempé jusqu'à la peau. Il ne voit plus que du noir dans sa vie et voudrait disparaître à jamais. Une heure plus tard, il parvient enfin à la gare, mais le dernier train pour Paris est déjà parti. Barroux n'a aucune envie de passer un nuit de plus à Haubourg, il haït cette ville et tous ses habitants, alors il suit le conseil du guichetier et se rend à l'agence Hertz sur l'avenue en face de la gare. Là, il loue une R18 qu'il pourra restituer à Paris. Pendant que l'agent remplit le contrat de location, sa collègue, une jeune fille attendrie, lui prête une serviette afin qu'il puisse se sécher le visage, les cheveux et sommairement les vêtements.

Pour parvenir à la sortie de la ville, la voiture traverse plusieurs avenues. La pluie redouble d'intensité obscurcissant la visibilité. Les feux tricolores à l'angle des rues forment des halos vert, rouge et orange comme des esprits luminescents. Soudainement Marc aperçoit un homme sur le trottoir agitant le bras pour le faire s'arrêter. Marc ressent alors une compassion envers ce pauvre bougre sous la pluie, comme lui-même l'était très peu de temps avant. A ce moment-là, il ralentit et stoppe à quelques distances de lui, puis se penche pour baisser la vitre droite. L'homme se précipite et, tout en s'essuyant le visage, demande haletant:

– J'ai manqué mon train pour Fontainebleau, Pouvez-vous me prendre pour un bout de chemin?

– Bonjour Monsieur, oui montez, je vais vous emmener. Je vais à Paris, je peux vous déposer à Fontainebleau en passant.

– Ah merci. Je crois que j'allais attraper la crève.

– D'où venez-vous de la sorte? reprend Marc tout en se disant que la voix de cet homme barbu lui rappelle quelqu'un.

L'auto-stoppeur est un homme d'une quarantaine d'années, portant une barbe comme la portent de nombreux légionnaires. A cet instant celui-ci se retourne et fixe Marc en lui demandant:

Nous nous connaissons, n'est-ce pas? Je vois que vous me regardez en vous demandant où vous avez bien pu me rencontrer. Vous êtes un ancien para vous aussi?

– Oui, en quelques sortes, j'ai fait mon service militaire à Tarbes, au camp de Ger dans les Bérets Rouges. Mais bon sang! Vous êtes le lieutenant Yves Bernardin, avec votre barbe je ne vous avais pas reconnu. C'est votre voix qui m'a interpellée.

– Et toi tu es Marc Barroux, je me souviens bien de toi, tu étais dans ma section. Bon dieu, content de te revoir. Ça fait combien d'années?

– Dix. Que devenez-vous. Vous avez quitté l'armée?

– Oui, il y a six mois. Avec 25 ans de carrière, j'ai pu prendre ma retraite. Le service de reclassement des anciens militaires m'avait trouvé un poste de gardiennage au dépôt SNCF à Haubourg, mais je viens de laisser tomber. Travailler avec des cheminots, c'est un enterrement de première classe. Alors je cherche autre chose. Comme tu me vois aujourd'hui, je vais à Fontainebleau où j'ai postulé pour un emploi à l'hôtel de ville, comme responsable de la sécurité du Maire. Le gars a eu quelques ennuis, menaces, etc. et son ange-gardien vient de se faire dessouder dans une bagarre à la sortie d'un bar samedi dernier. Il me parait avoir une trouille carabinée. Ce qui me fait dire ça, c'est qu'il m'a demandé de venir avec mes outils car il m'embaucherait tout de suite.

– Avec quels outils? s'étonne Marc.

– Oui, mon calibre… précise son passager en tapotant sur quelque chose de volumineux dans la poche droite de son imperméable encore ruisselant.

– C'est donc du sérieux…

– On ne peut plus sérieux.

– Vous allez donc déménager du coup de Haubourg à Fontainebleau, questionne Marc.

– Oui, j'ai pris des affaires pour quelques jours et selon ce qui va se passer là-bas, je déménagerai tout, rapidement.

– Et votre femme, ça ne lui posera pas de problème?

– Non, parce que je n'ai ni femme, ni relation féminine. Je suis libre comme l'air, c'est logique pour un ancien para, renchérit Bernardin avec un petit rire sarcastique.

– En tous cas, je suis content de vous revoir, commente Marc. Et de faire un bout de chemin avec vous. Ça me fait du bien de parler avec un ami. Je viens de traverser des épreuves très difficiles.

– Et de parler du bon vieux temps, ajoute le lieutenant. Tu sais moi, je me raccroche souvent au passé quand mon présent me pèse.

A l'entrée de Briare, Marc s'arrête quelques instants sur une aire d'arrêt des poids-lourds pour se reprendre. Il est gêné par ces intempéries qui accompagnent leur trajet. De plus ses lunettes sont légèrement embuées. Bernardin qui est rompu à la conduite par temps orageux, se propose pour le relayer en prenant le volant jusqu'à Fontainebleau. Marc, en petite forme, le lui cède bien volontiers et les deux hommes permutent de siège.

Tout en ne cessant pas d'évoquer différents évènements de leur vie, les deux anciens compagnons d'arme poursuivent leur route dans la Renault qui file sur la RN7 vers Paris. Marc se sent mieux, il est fatigué de toutes les épreuves traversées récemment, ajouté à sa marche forcée sous la pluie depuis la zone industrielle jusqu'à la gare. Se laisser conduire, bien calé dans le siège passager, lui fait du bien.

Des bourrasques de vent se succèdent sans discontinuer et une pluie torrentielle s'abat sur la chaussée la rendant glissante par endroits. C'est alors qu'en pleine ligne droite, Yves perd le contrôle du véhicule qui glisse en aquaplaning et virevolte, puis quitte la route sur le côté gauche pour dévaler le talus vers un cours d'eau plus bas et heurter violemment un saule centenaire. Le choc est particulièrement rude dans un bruit de ferrailles écrasées assourdissant. Le parebrise et les vitres avant éclatent dans l'impact. Une roue arrière couine en tournant encore dans le vide quelques secondes, puis s'arrête.

Tout est redevenu silencieux. Un silence de mort enveloppe la carcasse fumante de l'automobile. Marc reprend connaissance difficilement. Son cou est douloureux comme s'il avait résisté à l'arrachage de sa tête. Il ressent aussi une brûlure entre la clavicule gauche et le sternum. C'est la violence de l'inertie de son corps retenu par la ceinture de sécurité qui l'a meurtri. Il réalise peu à peu ce qui vient de se produire. Il tourne lentement la tête vers le conducteur immobile, son torse est encastré dans le volant. Lui n'avait pas bouclé sa ceinture. L'impact l'a projeté brutalement vers l'avant et son crâne a traversé le pare-brise. Marc lui tâte le bras droit et le questionne:

– Mon lieutenant, ça va?

Mais il ne répond pas. Il le secoue un peu plus énergiquement, ce dernier ne réagit pas plus. Il lui passe ensuite le dos de la main dans le cou pour ressentir les battements de cœur au niveau de la carotide, il n'en discerne aucun. Visiblement, Bernardin est mort sur le coup. Lentement les secondes s'écoulent sans que Marc ne fasse un seul mouvement. Des idées sombres défilent dans son esprit. Le lieutenant Yves Bernardin est mort parce qu'il est monté à bord d'une voiture dans laquelle il n'aurait jamais dû monter. Marc pense que c'était à lui de mourir et non cet ami, son chef d'arme qu'il vient tout juste de retrouver et pour qui il avait conservé le plus grand respect. Puis sa mémoire se rétablit, pas à pas. Il retrouve le fil du déroulement de l'histoire qui l'a conduit jusqu'à cet instant, jusqu'à cet accident où un innocent est mort, le second décès après celui de Thérèse. Il sent cheminer en lui une extrême violence qui croît seconde après seconde. Tous les visages qui ont jalonné sa traversée *haubourgeoise* défilent lentement devant ses yeux. Tous ces personnages qui ont entaillé le merveilleux présent légué par ses ascendants, tout le travail des vies, de son arrière-grand-père puis de son grand-père et enfin de son père et surtout de son oncle. Marc les dévisage tous: Jean-Michel Ardennes, responsable commercial qui lui a volé Josette, sa femme, Sébastien Barbizier le banquier de la BCBM qui a obtenu la saisie de tous ses biens et fait mourir de chagrin Thérèse, adorable Thérèse, la vieille et fidèle gouvernante de sa famille, le juge Maurice Vignoux du Tribunal de Commerce qui a rendu le premier Jugement usurpatoire, Tanguy Eckhart, Conseiller à la Cour d'Appel, qui l'a confirmé par une sentence inique, Maggy Hugs, la directrice financière, qui a tout comploté dans le dos de son oncle puis dans le sien et enfin Armand Febvre le directeur technique, son ami qui l'a trahit en manipulant la production pour faire chuter le chiffre d'affaire et l'envoyer dans les *griffes* de la banque. A lui il réservera le châtiment des traitres.

L'engrenage du mal généré par ses ennemis de l'ombre, vicieux et malfaisants, aboutit même à la spoliation de ses biens propres, son appartement parisien et toute son épargne.

Progressivement une odeur d'essence envahit l'habitacle d'abord imperceptible puis flagrante pour devenir suffocante. Tout à coup, il réalise que cette essence risque de s'enflammer d'une seconde à l'autre. Alors il glisse sa main gauche jusqu'à l'attache et parvient avec peine à décrocher la boucle de sa ceinture de sécurité et se libère. Il ressent un soulagement de ne plus avoir cette pression sur sa cage thoracique. Dans le même instant un plan diabolique germe dans son esprit. Ce plan prend le caractère d'une injonction, un diktat qui lui ordonne:

– Yves Bernardin est mort. Marc Barroux est mort. Un nouvel être surgit avec force. Il est la colère de Marc dans le corps d'Yves. Ce justicier doit rendre à chacun son dû. C'est ce qu'il doit faire, c'est ce qu'il va faire!

En une poignée de secondes, Marc ôte le bracelet-montre du bras d'Yves et lui passe le sien, lui détache la chaînette et sa plaque d'identité militaire du cou et lui passe sa propre chaîne en or avec la médaille de Saint-Marc au dos de laquelle est gravé *2 janvier 1950*, sa date de naissance. Puis il vide soigneusement les poches du mort, retire l'arme de la poche droite de l'imperméable, le portefeuille, un briquet, un couteau suisse, pour y placer ses propres papiers, portefeuille, porte-monnaie, et trousseau de clés. Il attrape par-dessus le siège le sac d'Yves, posé sur la banquette arrière renversée, et sort du véhicule en poussant puissamment sur la portière en partie imbriquée sous la tôle de l'aile droite de la Renault.

Marc demeure assis à une dizaine de mètres de la carcasse et l'observe dans l'attente du déclenchement de l'embrasement. Un peu plus en contrebas gronde une petite rivière, gonflée des précipitations torrentielles des jours derniers. La pluie a cessé et le vent s'est calmé, l'adversité semble offrir une trêve. Comme l'incendie tarde à s'amorcer, Marc s'approche de la coulée de carburant qui sort abondamment du bas de la caisse, sous le moteur, frotte une branche morte dans la boue imprégnée d'essence, recule de quelques mètres, l'enflamme avec le briquet de Bernardin et la jette vers cet endroit. Un chemin de flamme bleue et jaune éclate instantanément et court dans les branchages jusqu'à la carrosserie puis c'est l'embrasement de l'avant de la Renault, enfin le feu s'étend à tout l'habitacle. La clarté grandit petit à petit pour devenir brusquement éblouissante.

Marc observe quelques instants, disparaitre son ami dans les flammes, puis remonte le talus jusqu'à la route. Il ne s'éternise pas sur la chaussée principale où des véhicules arrivent au loin. Il s'engage, le sac de son ami en bandoulière, dans un chemin agricole qui s'enfonce à travers champs. Un ou deux kilomètres plus loin le chemin quitte les labours et débouche sur une route secondaire que Marc emprunte jusqu'à l'entrée d'un village. Le panneau indique *Nogent sur Vernisson*. Il est alors 21 h 05 à la montre d'Yves. Le village est désert. Barroux continue d'avancer vers le centre et l'église quand il aperçoit des panonceaux indiquant *Bureau de PTT*, *Gare* et *Cimetière*. Il est soulagé de trouver une gare en espérant que des trains s'y arrêteront. Dans la salle d'attente, aussi déserte que le village, éclairée par deux hublots de sécurité, il peut consulter un tableau d'affichage des passages d'omnibus. Le prochain train en direction de Paris est indiqué à 6 h 48. Cela lui fait autour de neuf heures à attendre. Il s'assoit sur un banc de bois lissé par le fond des pantalons d'années de passage de voyageurs. Lentement Marc commence à fouiller dans le sac du lieutenant. Il y découvre enfouit dans des vêtements, un second automatique et des boites de cartouches, deux silencieux, trois paquets de gitanes et une clé *Numéro 7* avec au dos gravé *Hôtel du Château*. Enfin passant sa main dans le fond du bagage, il sent des blocs de papier ou de carton. Il en retire un et la surprise est de taille. C'est une liasse de coupures de cinq-cents francs. Il examine en la soupesant dans sa main la masse de billets De son œil de comptable l'estimation est rapidement faite, il y a cinquante billets, donc la coquette somme de vingt-cinq mille francs. Puis il repasse à nouveau la main sous les vêtements et en extrait d'autres. Au total six liasses de billets de cinq-cents et de cent francs.

– Sacré Bernardin tu étais un gros cachotier… C'est une petite fortune que tu avais là, prononce tout haut Barroux en replaçant l'argent dans le sac. Il ressent de nouveau le destin lui faire un signe.

Il se cale dans un coin de la salle et patiente jusqu'au matin tout en fermant les yeux, se repassant le film de la journée et de l'accident.

Vers 5 h 15, Marc est réveillé par une porte qui claque. La lumière du bureau derrière la vitre du guichet s'allume, puis celle de la salle d'attente. Il se frotte les yeux et le visage pour se revigorer et se lève d'un bond. Un employé de gare s'approche derrière l'hygiaphone, une cigarette aux lèvres, un verre de café fumant dans la main droite et dans la main gauche, le

Journal du Centre plié qu'il pose sur le comptoir à côté de lui.

– Bonjour Monsieur, adresse-t-il à Barroux qui s'est avancé vers le guichet.

– Bonjour Monsieur, je souhaite acheter un billet pour Paris.

– Ça peut se faire. Voici, ça vous fait trente-deux francs vous avez le premier train à 6 h 48, c'est un omnibus. Vous aurez intérêt à descendre à Montargis pour changer et prendre le train de 7 h 15 qui est plus direct, il ne s'arrête qu'à Nemours et Fontainebleau.

– Merci Monsieur pour le conseil, c'est ce que je vais faire. Puis-je me permettre de vous emprunter quelques minutes, votre journal?

– Bien entendu, faites je vous en prie.

Marc parcours les différentes pages et découvre à la page *La vie de nos communes,* un petit article sous la rubrique:

Nogent sur Vernisson: *Dramatique accident de la route, hier en fin d'après-midi. Une voiture de la marque Renault, modèle R18, a quitté la route et a chuté dans le vallon du Vernisson. Sa course folle a été stoppée net par un vieux saule de la rive du cours d'eau. La voiture ayant pris feu, l'identification du conducteur sera difficile. La gendarmerie de Gien enquête.*

Marc va refermer le quotidien lorsqu'à la page des faits divers, un gros encart attire son attention:

Hold-up dramatique à Haubourg en début d'après-midi hier, 14 Octobre à la Caisse d'Epargne du Centre, un mort.

Vers 15 h 15 ce mardi à l'agence de la Caisse d'Epargne de Haubourg, surgissait un homme d'une quarantaine d'année, cheveux roux et barbe brune. Il menaça le personnel, trois femmes et un homme, avec une arme de poing de gros calibre pour se faire remettre le contenu du coffre-fort. Les trois femmes se couchèrent au sol tandis que le chef de l'agence, Raymond Mèches, quarante-cinq ans tentant de s'opposer au braqueur a été abattu d'une balle en pleine tête. Le calme et la détermination du criminel font froid dans le dos. Il menaça ensuite les femmes de les exécuter si elles n'ouvraient pas la porte du coffre. La caissière obtempéra immédiatement et l'homme s'empara de quatre-ving-cinq mille francs. Le fuyard abandonna devant l'agence, le véhicule avec lequel il était venu, ne pouvant parvenir à le faire redémarrer. Il s'est avéré que celui-ci avait été volé le matin même à Nemours. Raymond Mèches laisse derrière lui une épouse et trois enfants dont un en bas âge.

Marc est ébranlé mais n'en laisse rien paraître. Il replie le journal et le rend au guichetier, puis gagne le quai.

Un million de francs

Marc a élu domicile dans le 18e arrondissement à Paris, dans un petit hôtel, *L'Étoile de Pigalle*, qui héberge toutes sortes de personnages, voyageurs de commerce, immigrés et quelques prostituées dans la journée faisant une utilisation récurrente des chambres du premier étage. Il s'y est inscrit en utilisant les papiers d'Yves Bernardin. A part la couleur des yeux, ce dernier avait avec Marc quelques différences physiques, comme la taille, un mètre soixante-dix-huit contre un mètre quatre-ving-sept, les cheveux roux alors que lui est châtain foncé. Des différences peu visibles sur la photo d'identité où il ne portait pas de barbe, et, encore moins, sur le permis de conduire dont la photo d'Yves représente un jeune homme glabre de dix-huit ans. Malgré tout il décide de se décolorer les cheveux en châtain clair et de se laisser pousser la barbe qu'il limitera à une coupe d'un mois maximum pour éviter de ressembler au *braqueur* de la Caisse d'Épargne de Haubourg tout en modifiant significativement sa physionomie. L'argent que lui a légué fortuitement son ancien lieutenant des parachutistes facilite sa vie, puisqu'il n'est plus possible d'apparaitre sous son identité propre, ni passer rue d'Enghien chez lui ou encore moins se rendre à sa banque pour retirer de l'argent. Quant à ses papiers d'identité et son carnet de chèque ou sa carte bleue, ils sont restés dans la carlingue de la voiture accidentée et ont brûlé.

La première démarche qu'il se fixe à l'orée de sa nouvelle existence est de se déplacer au domicile de Bernardin et voir s'il peut s'y installer sans éveiller de soupçons. La carte d'identité du mort indique l'adresse du 12, rue des Usines à Maubeuge dans le Nord. Marc s'y rend donc dès le lendemain matin par le train, empruntant un taxi depuis la gare. Sur place, il se présente comme *un ami à la recherche de cet ami*, mais les deux habitants de l'immeuble, une femme, au rez-de-chaussée et un vieil homme, au premier étage, indiquent que le lieutenant habitait bien là, un des trois appartements du troisième mais qu'il a déménagé depuis plus de trois ans. Ils disent aussi ne rien savoir de sa nouvelle adresse. Marc rentre donc à Paris sans réponse. Le jour suivant, il achète dans une librairie de la place Clichy, deux guides, le *Gault & Millau* et le *Michelin* et les feuillète, page par page, dans sa chambre d'hôtel pour trouver des établissements au nom de *Hôtels du Château*. Il en trouve une dizaine en France: Versailles, Vincennes, Fontainebleau en région parisienne, plusieurs ensuite dans la vallée de la Loire et différentes villes du Sud-Ouest de la France. Par acquit de conscience il se rend d'abord à Versailles et Vincennes, mais lorsqu'il lit dans les guides hôteliers *Fontainebleau* ce nom fait instantanément un déclic dans son esprit. Il est certain que Bernardin en cavale quittait Haubourg pour se rendre à Fontainebleau en auto-stop pour éviter la gare, le public et les agents de la SNCF. Ceci pour regagner son repère qu'est cet hôtel et pas du tout pour un soi-disant rendez-vous avec le maire et une future embauche comme chef de la sécurité à l'hôtel de ville.

Son intuition lui donne raison. Lorsqu'à Fontainebleau, à la réception de l'hôtel, il sollicite de rencontrer Yves Bernardin, le gardien lui répond:

– Monsieur Bernardin est absent depuis quatre jours. On ne sait jamais quand il va revenir.

Puis après un instant, devant l'absence de commentaire de Marc, il ajoute:

– C'est coutumier chez lui!

Marc demande alors à louer également une chambre dans l'hôtel, voisine à la sienne, pour lui permettre d'attendre le retour de son ami sur place. L'hôtelier acquiesce et lui attribue la chambre N° 9, juste en face du N° 7. Dans la nuit, il traverse le couloir et s'introduit dans cette chambre N° 7. Il y trouve rangés *au carré* dans l'armoire, comme tout bon militaire le fait, les vêtements du lieutenant. Il les fouille soigneusement sans rien y découvrir. Puis dans le tiroir du petit bureau devant la fenêtre, il compulse des courriers divers, tous adressés *Poste Restante rue du Conservatoire dans le 9e arrondissement de Paris* et relatifs à sa retraite, sa carrière militaire, des relevés de banque, la Banque Joubert FCG rue Taitbout à Paris, des lettres d'une Roselyne Bauger dont la dernière date de février 1979. Enfin d'un classeur de carton épais, noué par une lanière serrée, il extrait une dizaine de coupures de journaux. Ce sont des articles relatant des hold-up dans des banques, des supermarchés et même unc *Trésorerie Publique*, de la région Centre jusqu'au Limousin et la Bourgogne. Marc savait déjà que le hold-up de la Caisse d'Epargne du Centre à Haubourg le 14 Octobre, était le fait de son ami, un épisode loin d'être insensé et isolé mais beaucoup plus conséquent et répété. L'activité du lieutenant Yves Bernardin à la retraite était donc des casses de banque, de supermarchés et autres lieux de dépôt d'argent. Une fois cet examen achevé, il se met en œuvre de placer toutes les affaires dans les deux valises qu'il retire de sous le lit. Il doit vider la chambre en emportant tout ce qui a un lien avec Bernardin, ici à Fontainebleau. C'est en essayant de décrocher une parka militaire tassée dans le recoin gauche de l'armoire derrière d'autres pantalons et vestes que Barroux découvre que ce vêtement particulièrement pesant est en fait rempli de liasses de billets dans ses grandes poches. Il y découvre aussi une dizaine de lingots d'or, ce qui lestait particulièrement le vêtement. Il ne fait pas le décompte de ces *valeurs*, mais estime que ceci représente autour d'un million de francs.

Marc récupère ensuite dans la chambre N° 9, le petit sac de voyage avec lequel il est venu et descend les deux valises de Bernardin jusqu'à la réception déserte. Il regarde sur le tableau le prix des chambres et dépose sur le comptoir en argent liquide un mois de location pour Yves et une nuitée pour lui avec un mot écrit sur le bloc de papier de l'hôtelier, d'une écriture primaire appliquée:

Madame, Monsieur, Nous avons quitté l'établissement en raison d'un impératif urgent, voici le règlement des locations. Avec nos excuses et nos salutations, signé Yves Bernardin.

Josette

Tous les jours depuis son installation à l'hôtel *L'Étoile de Pigalle* Marc se rend avenue de l'Opéra où se trouve une agence de presse qui reçoit la plupart des quotidiens de France et de l'étranger. Il y lit les faits divers de la région de Haubourg, principalement dans le *Journal du Centre*. Trois articles relatifs à *sa disparition* ont paru depuis l'accident. Le premier était celui lu dans la petite gare de Nogent sur Vernisson. Un second trois jours plus tard faisait mention d'une voiture de location prise à l'agence Hertz de la gare de Haubourg par Marc Barroux, imprimeur. Le troisième article, celui d'aujourd'hui, relate les éléments de l'enquête de gendarmerie de Gien qui confirme au travers d'indices probants et concordants que l'automobiliste ayant perdu la vie dans l'accident de la route du 14 octobre 1980, peu avant le village de Nogent sur Vernisson, est bien l'industriel Marc Barroux. Le rédacteur de l'article souligne l'excellent travail d'analyse des gendarmes qui malgré l'incendie de l'automobile ont pu retrouver des objets ou parties de documents ayant appartenus à la victime. Marc referme le journal avec un petit sourire de satisfaction. Il va maintenant pouvoir commencer son travail de *règlement de comptes*.

Il prépare d'arrache-pied sa stratégie dans les premiers jours de novembre alors que Paris se couvre d'une épaisse couche de neige. Un soir, tard, il déroge à sa règle de prudence et se glisse dans l'immeuble du 1 rue d'Enghien. Il voudrait y récupérer un jeu de tarot de Marseille que sa grand-mère lui avait confié en lui disant:

– Mon petit Marc, je te confie ce jeu qui m'a guidé toute ma vie. Qu'il t'accompagne. Dans l'ennui, le doute, tire une carte au hasard et suis ce qui émanera d'elle, ce que tu ressentiras alors. Les cartes n'obéissent à aucune règle, seul ce qu'une d'elles inspire à celui qui la tire n'a de valeur. Aie confiance en elle.

Sa barbe a poussé et le rend déjà quasiment méconnaissable pour ceux qui l'auraient connu avant. Il s'est procuré sur le marché des malfrats des petits équipements lui permettant de nombreuses opérations, comme ouvrir une porte, démarrer une voiture par exemple. Il déverrouille ainsi sans difficulté la serrure de son appartement et surprend Josette en plein remue-ménage dans ses classeurs, là où il rangeait ses papiers personnels, actes de propriété, livrets de mariages, de lui, comme de ceux de ses parents et grands-parents, documents bancaires, placements financiers entre-autres.

Quand elle voit tout à coup cet homme barbu, vêtu d'une parka militaire, pénétrer dans la pièce, Josette est paniquée. Elle croit avoir affaire à un cambrioleur. Mais il l'interpelle pour la faire se calmer:

– Calme-toi petite fille, que cherches-tu dans mes affaires?

– C’est toi? ose-t-elle du bout des lèvres. Les mots “petite fille” sont ceux de Marc, elle les a reconnus même si elle n’est pas totalement convaincue que son mari, disparu dans lors d’un accident dans lequel il a été carbonisé, soit devant lui.

– Non, je suis le fantôme de Marc. Je suis revenu pour punir ceux qui m’ont trahi.

A ces mots, Josette tremble de tout son corps et claque littéralement des dents comme un cliquet dans un mécanisme à engrenages qui s’affole, et, elle se réfugie dans un angle de la pièce.

– Sort de ce coin idiote et viens ici, ordonne-t-il avec autorité comme il ordonnait de son *vivant* lorsqu’elle déviait de la *voie normale.*

– Tu vas me tuer? demande-t-elle d’un ton résigné tout en s’avançant vers le fantôme de son époux.

– Oui, tu m’as trahi, alors tu dois mourir, confirme Marc, espérant lui donner la leçon de sa vie.

Josette demeure prostrée contre le mur du salon. Elle ne bouge plus pendant que lui recherche au travers du désordre qu’elle a fichu dans l’appartement, le fameux jeu de tarot. Enfin il le retrouve sous un amas de livres au pied du lit dans la chambre. Il comprend ce que Josette faisait lorsqu’il est arrivé. Les livrets de familles, des actes de propriété, des bons du trésor, documents bancaires sont rassemblés sur la console de la chambre.

– Tu préparais ton héritage? lui adresse-t-il en revenant dans le salon où elle est toujours comme soudée au mur.

Elle répond, les yeux baissés par un petit hochement de tête.

Marc pense maintenant que la leçon doit être suffisante. Alors il la prend dans ses bras et la serre. Elle est prise d'un tremblement qui s'étend à toutes les parties de son corps. Il tente de la calmer en l'embrassant avec tendresse. Il multiplie ses baisers et doucement le tremblement cesse. Il sent son corps s'abandonner contre lui. Alors, il la soulève et l'emporte jusqu'au lit où il lui retire ses vêtements et passe sa main sur son sexe humide. Il retire à son tour ses habits et lui fait l'amour. Quand leur étreinte est terminée, Josette demeure près de son mari retrouvé, serrée. Elle lui murmure à l'oreille:

– Je ne recommencerai pas.

– Comment puis-je encore te faire confiance? rétorque-t-il.

– Je te jure. Marc chéri, je te le jure.

– Je dois te garder avec moi. Si tu promets de ne pas t'échapper. Nous pourrons essayer de vivre encore.

– Je te promets, je te le jure.

Marc sait qu'il ne doit pas prendre de risque pour mener sa croisade d'expiation à son terme. Il est *mort* et doit officiellement le rester. En cela Josette est un risque majeur pour lui. Elle est la dernière personne en laquelle il peut avoir confiance en dépit des sentiments qu'il conserve pour elle. Ses trahisons sont légions depuis qu'ils se sont mariés. Alors, il va l'emmener dans la maison qu'il loue depuis une semaine à Saint-Mandé et l'enfermera lors de ses jours d'absence. Cette demeure en limite de Montreuil, discrète, au fond d'une impasse qui ne dessert que des hangars, est parfaite pour un repère hors de la ville tout en étant au centre de celle-ci.

– Tiens, tire une carte, lui demande-t-il en lui présentant le jeu de tarot en éventail.

– Voici, répond-t-elle, c'est *L'Étoile*. Qu'est-ce que cela veut dire?

– Nous le saurons bientôt. Nous allons dormir une ou deux heures pour nous reposer, ensuite je t'emmènerai dans un autre endroit.

Une heure environ plus tard, il est réveillé par le chiffonnement des draps et couvertures du lit. Il ouvre discrètement un œil et voit Josette quitter la chambre en tenant ses habits sur un bras. Il se lève à son tour sans bruit et l'observe dans le couloir. Elle s'habille à la hâte. Il sent se réveiller en lui cette extrême violence qui l'habite depuis sa *mort* dans l'accident de voiture à Nogent sur Vernisson. Celle qui l'a sans cesse trahi et en train de se préparer à une nouvelle traîtrise alors qu'elle vient tout juste de promettre, de jurer. Il attrape d'un geste rapide l'automatique et le silencieux dans la poche de sa parka, visse les deux éléments entre eux et avance dans le couloir. Josette a déjà entrebâillé la porte d'entrée de l'appartement qu'elle est sur le point de quitter. Un léger craquement du parquet derrière elle, la fait se retourner instinctivement vers Marc. Le coup de feu amorti par le silencieux part instantanément. Josette est atteinte en plein cœur, elle s'affaisse sur le carrelage du palier comme une églantine arrachée par le vent. Il la prend dans ses bras, pousse du pied la porte et l'emporte jusqu'au salon où il l'assied dans un fauteuil, lui redresse la tête et arrange ses cheveux. Il lui caresse le visage et pleure lentement. Il voudrait tant que cela se soit passé autrement. Il n'avait jamais tué personne. Pourquoi le destin a-t-il voulu cela?

Marc achève de s'habiller et ramasse sa parka tombée sur le parquet du couloir. Il retourne dans le salon, le jeu de tarot dans la main et glisse *L'Étoile* entre les doigts de Josette puis l'embrasse sur les lèvres. Il quitte l'appartement en tirant simplement la porte derrière lui sans la verrouiller. Il ne reviendra plus jamais dans ce lieu devenu maudit pour lui.

Fin novembre est bien occupé. Marc Barroux voyage beaucoup notamment vers Haubourg en toute discrétion grâce à son identité d'Yves Bernardin. Il s'entraine plusieurs jours à contrefaire la signature de son malheureux ami disparu et peut sans aucune difficulté retirer son courrier de la poste restante et des sommes d'argent de son compte à la Banque Joubert, rue Taitbout dans le 9e arrondissement.

Ses journées sont calibrées et ordonnancées dans le schéma de sa quête de vengeance, mais il ne peut chasser l'image de Josette, sa *petite fille*, son dernier amour et premier meurtre. Cette image ne le quittera jamais et reviendra sans cesse dans les moments de calme ou de fatigue, la nuit. Elle n'aurait jamais dû mourir. C'est lui qui l'a entraînée dans cette calamiteuse aventure et ce sont ceux qui ont ourdi le complot contre sa famille et lui qui l'ont conduit par leurs actes pervers à lui arracher la vie. Elle, frivole et insouciante, ne méritait pas de mourir à vingt-quatre ans.

Il achète sur le marché *libre*, derrière le périphérique à Saint-Mandé, une vieille Estafette blanche en payant le vendeur en espèces. La carte grise barrée est fournie dans la transaction, sans garantie d'authenticité. Le cadran de la fourgonnette indique 13558 km. Vraisemblablement qu'un ou deux tours de plus du compteur occultent la réelle valeur kilométrique, mais le véhicule roule et il est discret pour être humble et rouillé.

Au cours de la première semaine de décembre, Marc se promène dans les quartiers de Paris où la prostitution s'exerce. Pour procéder à la première phase de sa vengeance, la mort du juge Tanguy Eckhart qu'il a longuement étudié, suivi, il a besoin d'une complicité féminine pour l'attirer. Il recherche un type de fille particulier, belle, chic, d'un certain standing. Ayant travaillé une dizaine d'années près de la Madeleine, il connait, sans jamais en avoir usé, les prostituées de l'endroit. Elles répondraient à ces critères, mais il renonce après en avoir approché plusieurs. Elles sont trop formatées dans le commerce de charme, certainement encadrée par une structure bien établie de proxénétisme. Questionné sur un ton de plaisanterie, un badaud qui traîne, à l'angle de la rue de Sèze, dit à Marc que des jeunes étudiantes se prostituent l'après-midi pour boucler leur budget dans le 16e arrondissement autour de l'avenue Victor Hugo, et de la contre-allée de l'avenue Hoche.

L'idée lui semblant judicieuse, Marc s'y rend plusieurs fois. Il stationne l'Estafette rue de Traktir et marche le long des trottoirs en observant. Effectivement il voit des jeunes filles aborder des conducteurs qui stoppent à leur hauteur. Il ne perçoit dans aucune d'elle le trait dans leur personnalité, l'étincelle dans leur regard qu'il escompte. Un après-midi, alors qu'il conclut qu'il ne trouvera pas ce qu'il recherche dans ce quartier, il reprend son fourgon et s'apprête à s'engager sur la fin de la contre-allée de l'avenue Foch pour entrer à Saint-Mandé. A l'angle, une jeune femme brune, en bluejean et petit blouson noir vernis, s'avance et le fixe du regard. Il stoppe instantanément et se penche pour baisser la vitre droite. Elle s'approche contre la portière. Marc est sensibilisé par son visage pur, sans maquillage, pas même de rouge sur les lèvres et de grands yeux bleus.

– Bonjour dit-elle, vous pouvez m'emmener?

– Oui? répond Marc, laissant dans son adverbe sous-entendre: quelles sont les conditions?

– Je demande cent francs. Vous pourrez tout me faire, complète l'inconnue.

– Montez, confirme Marc qui démarre dès qu'elle s'est installée sur le siège décati de l'Estafette et a claqué la portière.

– Je veux dire *tout me faire*, mais pas me frapper, ajoute-t-elle d'un ton craintif, soudain, comme si elle venait de se rendre compte qu'elle s'est offerte à tous les excès sans réserves.

– Je ne frappe jamais les femmes, assure-t-il. Pas plus que les hommes d'ailleurs.

La jeune femme sourit et se calle confortablement dans le siège, rassurée.

– Où allons-nous? Interroge Marc.

– J'habite une chambre de bonne rue du Cirque, c'est à deux pas, en bas des Champs Élysées. Prenez en face, et au rond-point Franklin Roosevelt, à gauche, puis la première à droite et enfin à gauche.

La jeune femme entraîne Marc dans un bel immeuble haussmannien, par un escalier de service exigu, au 6e étage. Ils pénètrent dans un petit espace d'une vingtaine de mètres carrés, soigneusement tenu avec des étagères de livres surchargées, une table encombrée de documents et cahiers, des stylos et crayons dans un gros pot de bois cylindrique, un coin cuisine et dans un renfoncement légèrement à l'écart, un lit et une porte accordéon par laquelle on entrevoit une salle d'eau.

Il sort de sa poche un billet de cent francs et lui tend.

– Il ne faudra pas faire trop de bruit, indique-t-elle à voix basse.

Puis elle semble embarrassée sur la manière dont doit se dérouler la séance de sexe. Marc a compris.

C'est probablement ce qu'il a ressenti lors de leur premier contact et qui l'a décidé. Il lui demande:

– C'est la première fois que tu fais ça?

– Oui, avoue-t-elle d'un sourire gêné après quelques secondes d'hésitation.

– Comment t'appelles-tu?

– Gabrielle.

– Quel âge as-tu?

– Vingt-trois ans.

– Alors Gabrielle, tu ne vas pas te prostituer. Tu es trop belle et trop pure pour ça. Pourquoi voudrais-tu vendre ton corps?

– J'ai besoin d'argent. Mes parents me donnent juste de quoi payer cette location et mes frais de fac. Je sais qu'ils n'ont pas de gros moyens, mais ils ne se rendent pas compte que j'ai aussi besoin de m'habiller décemment et de sortir.

– Moi j'ai un travail à te proposer si tu veux me rendre ce service et tu n'auras pas besoin de te prostituer. As-tu un copain?

– Non, pas à Paris. J'en avais un à La Rochelle, mais quand je suis partie en septembre, il m'a quitté pour une de mes anciennes amies. Vous me parliez d'un travail?

-C'est un travail qui demandera une confidentialité et une discrétion absolues.

– Je suis très discrète.

– Alors je vais t'expliquer tout ça en détail, il faut aussi que tu te libères quelques jours.

– Nous serons en vacances universitaires à partir de la semaine prochaine.

– Parfait, nous allons voyager. Je t'explique l'histoire, je dois donner une bonne leçon à un type qui m'a escroqué. Tu devras l'attirer à l'endroit que je t'indiquerai et, ensuite, je me chargerai du reste. Tu seras payée vingt mille francs: dix mille au départ et le reste dès que ce sera fini. Es-tu d'accord?

– Oui, bien sûr, cette rentrée d'argent est inespérée pour moi.

– Alors je viens te chercher mercredi prochain à 7 heures précises. Habille-toi en décontracté comme maintenant, mais tu vas aller t'acheter une tenue chic, un tailleur uni de couleur foncée, un chemisier blanc et des escarpins noirs avec des bas si tu n'en a pas. Trouve aussi une perruque blonde. Voici dix mille francs pour ça. Il faut que tu sois bien pour faire ce que tu as à faire. On est d'accord?

– Oui, tout est parfaitement clair.

– Alors je te dis à mercredi 7 heures précises.

– Comment vous appelez-vous?

– Yves, Yves Bernardin, et tu peux me tutoyer.

Le Café de la Paix

Tanguy Eckhart est un homme de quarante-neuf ans, au physique ingrat, fade. Il est renfermé et froid, ne se livrant jamais à ses collègues. Il est né à Saverne en Alsace. Il a fait des études brillantes à la faculté de droit de Strasbourg, puis est entré à l'école nationale de la magistrature à Bordeaux. Son premier poste de Juge d'instruction a été Poitiers. Il était un magistrat raide et redoutable dans ses instructions. Il a rapidement souffert des jugements rendus par les magistrats du fond, beaucoup trop laxistes par rapport à ses ordonnances de renvoi. Alors après quelques années de souffrance morale, de camouflets et de vexations à la suite de faibles condamnations voire relaxes de prévenus que lui aurait envoyés à l'échafaud, il a commencé à entamer des démarches qui ont abouti cinq ans plus tard à sa nomination comme conseiller de la cour d'appel de Haubourg. Ce fut une grande satisfaction pour lui, même s'il n'était pas totalement dupe que son départ avait été arrangé par une hiérarchie encore plus satisfaite de s'en débarrasser.

Il s'est tout de suite senti beaucoup plus à l'aise dans cette robe différente et exerce depuis sa nouvelle fonction avec diligence et consistance. Il pense être le gardien de la voie qui conduit à la rédemption. C'est-à-dire qu'il en interdit l'accès car, d'une manière générale il rend toujours des arrêts défavorables au requérant. Il n'a en tout et pour tout rendu que trois arrêts contre le défenseur. Les requérants étaient alors un notable, un personnage puissant de la région et un homme politique *en vue* dont il craignait le courroux. Si l'on s'avisait de feuilleter le gros recueil original des Fables de La Fontaine qui trône dans la bibliothèque de son bureau, en haut du meuble entre deux incunables, on n'y trouverait pas les trois pages de la fable *Les animaux malades de la peste*. Vous savez celles qui se terminent par les deux vers: *Selon que vous serez puissant ou misérable, Les jugements de Cour vous rendront blanc ou noir*. Elles ont été arrachées.

Sur le plan personnel, Eckhart est resté célibataire. Ce n'est pas par manque d'attirance pour le sexe féminin, non, car il regarde les femmes, les jeunes davantage, les belles de préférence, avec appétit. Mais au moment du contact dont il doit prendre l'initiative, il fond littéralement et préfère fuir que d'affronter son extrême timidité, de tenter de s'extraire de son inhibition profonde. Sa première et dernière tentative fut avec sa jeune greffière au tribunal de Poitiers. Elle était jeune et belle. Il avait pris son aménité pour une incitation à plus de proximité et avait posé sa main sur son sein gauche. La réaction fut immédiate et sévère. Il se souviendra toujours de la chaleur laissée sur sa joue par la gifle reçue et l'humiliation qui s'en suivit dans la magnificence de sa personne. L'affaire avait eu un témoin, une stagiaire, et fait rapidement plusieurs fois le tour du palais.

Les seules représentantes de l'autre sexe qui ont le privilège de relations avec lui sont des prostituées car elles l'accostent avec des mots flatteurs. Il n'a plus qu'à se laisser entraîner et payer. Pour le reste il n'est pas handicapé et dans l'acte peut même se laisser aller à des déchaînements outranciers. Pour ces *pauses-plaisirs* il prend le train vers Paris, une fois par mois, où il passe le weekend. Il a ses habitudes dans le quartier de la Madeleine, un excellent hôtel et les prostituées de la rue Godot de Mauroy qui l'emmènent dans une belle voiture vers un studio discret.

Vendredi soir après une semaine fastidieuse, le juge enfile son épais manteau, pose son chapeau à large bord sur son crâne, quitte le palais et longe la rue des Arènes en flânant. Le froid est en avance cette année, il fait moins cinq degrés ce soir de décembre et les trottoirs sont glissants par endroits. La neige est tombée en abondance au cours des derniers jours. Comme Tanguy Eckhart habite un bel appartement à proximité de la Cathédrale, c'est-à-dire à dix minutes à pied du palais, il n'utilise jamais sa voiture durant la semaine. Il traine en regardant tour à tour les vitrines des magasins de la rue des Arènes, enjambant par moment des amas de neige formés par le passage des passants, puis sur la place du théâtre, il entre dans la *Grande Librairie du Centre*. C'est un lieu familier où il achète des quantités d'ouvrages.

Ce soir, le libraire le reçoit avec son sourire coutumier et lui annonce:

– Bonsoir Monsieur le Juge, j'ai reçu votre commande, *La Danse sacrale d'Alejo Carpentier,* Nrf me l'a livrée hier.

– Ah! formidable, je l'attendais avec impatience. Je fais un petit tour dans les rayons et je repasse le prendre à la caisse dans un instant.

Eckart, regarde çà et là des ouvrages sur les tables où les piles de livres s'amoncèlent toutes les semaines. Une jeune femme est juste à côté de lui et feuillette un ouvrage: *Désert de Jean-Marie Le Clézio*. Comme elle remarque que le juge l'observe d'un œil discret, elle se retourne vers lui et demande ingénument:

– Je ne sais pas si c'est un bon choix. Je recherche quelque chose qui me fasse rêver, un bon roman.

– C'est un excellent choix Mademoiselle, s'empresse de répondre Eckhart, sans émotion. Il est dans son monde littéraire, un tout autre chapitre. Je peux vous en parler, l'auteur vient de recevoir le grand prix Paul-Morand décerné par l'Académie Française.

– Alors, j'achète le livre si vous me promettez de m'en parler, nous pourrions le faire autour d'un verre dans une brasserie. A moins que vous n'ayez pas le temps? propose-t-elle, avec un soupçon de malice dans l'œil.

– J'ai un peu de temps, avoue-t-il, flatté de la situation.

Tous deux passent devant le comptoir du libraire et y règlent leur achat, puis, sortent sur le trottoir et marchent dans la neige. Le juge propose:

– Il y a une excellente brasserie à deux rues d'ici, le *Café de la Paix*, nous y serons tranquilles pour parler.

– Je vous suis, en essayant de ne pas glisser…

Quelques minutes plus tard, le couple s'installe dans le fond de la grande salle de l'établissement et commande, un thé, pour elle, et un chocolat chaud, pour lui. Lorsqu'elle est passée devant lui pour passer la porte du café, discrètement il a observé sa silhouette parfaite. Tanguy se dit qu'elle est jolie, qu'il a beaucoup de chance ce soir et qu'il ne faut pas qu'il commette de maladresse. Elle est grande, cheveux d'un blond cendré, un visage aux traits fins, des grands yeux bleus, un soupçon de maquillage, vingt-deux à vingt-quatre ans au grand maximum.

– Bien, maintenant, parlez-moi de *Désert*, suggère la jeune femme, toujours angélique.

– C'est l'histoire d'une jeune fille, Lalla, dont les ancêtres, les *hommes bleus*, des Touaregs, étaient des guerriers du désert du Rio de Oro, la partie sud du Sahara espagnol, qui ont été massacrés par les conquérants français. Elle vit dans un bidonville, mais ne peut les oublier. La puissance de la nature et des légendes, son amour pour le Hartani, un jeune berger muet, une évasion manquée vers *leur* désert, l'exil à Marseille, tout cela ne peut que durcir son âme lumineuse. Lalla a beau travailler dans un hôtel de passe, être enceinte, devenir une cover-girl célèbre, rien n'éteint sa foi religieuse et sa passion du désert.

La jeune femme est conquise par les paroles de Tanguy.

– Vous êtes un conteur passionnant, commente-t-elle.

– Je suis passionné par les romans et certaines semaines, j'en lis plusieurs. J'en oublie d'aller me coucher quelques soirs.

Comme ils ont terminé leur boisson, la jeune femme sort un petit porte-monnaie de son sac et pose un billet sur la table. Son geste a été très rapide, en sorte que lui n'a pas eu le temps de prendre les devants. Il proteste aimablement:

– Vous m'avez devancé…

– Je vous suis redevable, Monsieur, vous m'avez consacré de votre temps.

– C'est un vrai plaisir pour moi. Laissez-moi alors vous inviter à dîner. A moins que vous n'ayez des engagements?

– Non, je n'ai pas d'engagement, je suis seule ce soir.

– Alors, c'est très bien. Tout d'abord essayons d'éviter les *Monsieur* et *Mademoiselle*, mon prénom est Tanguy.

– Tanguy, enchantée, c'est un très beau prénom. Le mien est Mylène, comme Mylène Demongeot.

– J'aime bien aussi votre prénom, vous le portez bien. Je propose que nous restions ici dans la salle du restaurant. Ils ont une très bonne carte. J'y déjeune ou dîne fréquemment.

Leur conversation se poursuit tout au long du repas. Le juge ne tarit pas, enchaînant des sujets aussi différents que passionnants.

Il est 22 h 30 lorsque le repas est achevé et qu'ils doivent se quitter. Sur le pas de la porte de la brasserie, quand elle lui tend la main pour le saluer, le juge se ravise et la questionne:

– Je manque à tous mes devoirs. Puis-je vous demander où vous habitez?

– Ce n'est pas un secret, à Saint-Germain. Si je me dépêche, je dois pouvoir attraper le bus de 23 heures.

– Si vous permettez, je ne vais pas vous laisser rentrer en bus.

Tanguy est heureux. Enfin il a su surmonter cet instant de malaise qui se produit avec une femme d'autant plus qu'elle est belle et attirante. Il l'entraine jusqu'au *Garage de la Cathédrale* où il s'apprête à récupérer son automobile en priant dans son for intérieur qu'elle veuille bien démarrer. Cette contingence mécanique lui est favorable sur cet aspect des choses. Maintenant ils roulent sous une neige abondante que les phares de la voiture irradient de toutes parts, vers Saint-Germain. Ce gros village, à dix-huit kilomètres du centre-ville, est considéré comme appartenant à l'agglomération du grand Haubourg d'autant que depuis les *années soixantes* de nombreuses constructions de maisons, d'immeubles et une zone commerciale, ont, peu à peu, occupé les champs qui l'en séparaient.

Mylène indique le chemin de sa maison, vers la sortie du village en direction de Nevers. Puis ils doivent emprunter une petite route qui s'éloigne quelque peu du centre du bourg. Elle s'excuse:

– Je suis embarrassée de vous faire faire tout ce chemin, mais au prochain carrefour nous serons arrivés. Si vous voulez, vous pouvez me déposer là, je finirai le chemin à pied.

– Non, non, Mylène, pas question je vous emmène jusqu'au bout.

– Alors, si je ne vous mets pas en retard, je vous offre un café chez moi, ou un alcool si vous préférez.

– C'est entendu pour un café.

Encore cinq cents mètres et ils arrivent devant un pavillon. Une construction typique des années cinquantes, un sous-sol où se situent une porte de garage et un escalier pour atteindre le perron devant la porte d'entrée au premier niveau. Il n'y a aucune lumière à l'extérieur, ni dans l'habitation et les volets sont tous clos. Tanguy gare sa voiture devant la porte du garage. Sans l'éclairage des phares éteint, l'endroit est plongé dans une nuit profonde et les flocons qui ne cessent de tomber n'ont plus de couleur.

– Suivez-moi, murmure la jeune femme, je vais vous guider jusqu'à la porte d'entrée, je pense que l'ampoule du lampadaire extérieur a grillé, je suis désolée de cette réception obscure.

Il marche derrière la jeune femme dans l'obscurité si près que son parfum commence à l'enivrer et ses mains à le brûler de la prendre par la taille pour la serrer contre lui. L'escalier la surélève par rapport à lui et ses yeux ne peuvent percevoir qu'une forme ondulante. Ils arrivent enfin sur le perron où Mylène sort un trousseau de clés de son sac et ouvre la porte d'entrée de cette maison toute aussi obscure que l'extérieur, en chuchotant:

– Voilà, je vais allumer, nous allons y voir plus clair…

Puis après avoir fait cliqueter plusieurs fois un interrupteur:

– Mince, ce n'est pas l'ampoule qui est grillée, je crois que le compteur à disjoncté… Il n'y a pas de courant dans la maison.

– Ne vous inquiétez pas. Dites-moi où sont les compteurs électriques, je vais réarmer le disjoncteur.

– C'est au sous-sol. Vous pouvez descendre par cet escalier, attention de ne pas chuter. Les marches sont étroites et abruptes. Tenez vous bien à la rampe, ajoute la jeune femme en se glissant sur le côté et en frôlant de très près Tanguy.

Elle s'est légèrement collée à lui en se déplaçant. L'effet est immédiat, le juge sent une érection durcir son sexe.

– Vite, se dit-il, allons rétablir la lumière.

Il descend lentement les marches dans le noir le plus total et se retrouve dans un petit couloir fermé par une porte métallique qu'il sent glacée en y apposant le plat de la main.

– Ça y est, je suis en bas, crie-t-il à Mylène. Je ne trouve pas les compteurs, où sont-ils?

– Ouvrez une porte sur la droite de l'escalier, ils seront juste en face de vous.

À tâtons, le juge trouve une poignée et pousse cette énorme porte de métal. Il se retrouve alors dans une pièce aussi obscure que la cage d'escalier et le petit couloir. Dans un espace totalement vide, et sans pouvoir trouver ni cloison en face, ni compteurs, il va de nouveau demander à la jeune femme l'endroit où il doit chercher ce disjoncteur quand soudainement la porte derrière lui se referme avec un claquement de souricière. Il crie alors très fort:

– Je suis coincé, la porte s'est refermée!

Personne ne lui répond. Alors il reprend plus fort encore:

– Mylène, s'il vous plait, je suis dans le noir!

Pas de réponse.

– Mylène, enfin ce n'est pas drôle!

A cet instant, il reçoit un formidable coup derrière la tête, qui l'assomme net, et il s'écroule à terre. Quelques secondes plus tard la lumière se rétablit dans la pièce qui est un sous-sol totalement vide à l'exception d'une chaise en tube métallique, un seau et deux chaînes d'amarrage massives cadenassées aux barreaux de deux soupiraux opposés de la pièce. Un homme est là devant le juge sans connaissance. C'est Marc. Avec des gestes très rapides et coordonnés, Marc soulève le juge et l'attire jusqu'au centre de cette prison puis lui fixe les chaînes aux chevilles serrées et cadenassées. D'une poussée de pied, il rapproche la chaise et le seau du corps inanimé. Puis il éteint la lumière, quitte le sous-sol en verrouillant la porte métallique derrière lui et remonte au premier étage.

La jeune femme est là, dans le corridor d'entrée, assise sur un long banc de chêne, vieux vestige échappé probablement d'une ancienne école désaffectée. Elle se relève dès que Marc ouvre la porte de l'escalier du sous-sol et lui demande:

– Ça va tu n'as pas tapé trop fort?

– Non, juste de quoi l'endormir un petit moment.

– Tu n'as plus besoin de moi maintenant?

– Non, ma petite Gabrielle, c'est terminé pour toi. Tu as été parfaite. Voici pour toi le solde de ce que je t'avais promis, avec dix mille francs de bonus, dit-il en lui tendant une enveloppe de billets. Tu vas rentrer à Paris avec sa voiture et l'abandonner à proximité de la Gare de l'Est. Il y a un parking sur la face gauche, rue d'Alsace. Tu n'auras qu'à la garer sur ce parking. Essuie bien toutes les traces de tes empreintes sur le volant, le levier de vitesse, les poignées de portes, enfin partout où tu auras posé tes doigts. Je vais d'ailleurs essuyer tout de suite la portière du côté droit où tu t'es assise en venant avec lui. Jette les clés de contact dans une bouche d'égout et débarrasse-toi aussi de ta perruque dans une poubelle publique loin de la Gare de l'Est et rentre chez toi. Ne reprends jamais contact avec moi. Oublie cette histoire et fais-toi plaisir discrètement avec l'argent que tu viens de gagner. Tu vas pouvoir te débrouiller pour conduire cette voiture?

– Oui, mon père a le même modèle et je l'ai déjà conduite souvent.

– Dans ce cas, je te laisse partir, sois prudente.

Tanguy Eckhart

Le palais de justice est fébrile. Le juge Tanguy Eckhart, conseiller de la cour d'appel n'a pas réapparu à son bureau depuis vendredi soir. Il n'a pas non plus honoré de nombreux rendez-vous ces trois derniers jours et une audience mardi. Sa greffière accompagnée du concierge du palais se sont rendus à son domicile une première fois lundi en fin d'après-midi, mais personne n'a répondu à sa porte. Martine Planteux la greffière retourne à l'appartement du juge mardi à midi et mercredi. Elle confirme alors à Pierre Bollingrand, le premier président de la cour d'appel, son interrogation sur l'absence de son *patron*. Celui-ci décide de ne plus attendre une éventuelle réapparition et avertit son ami le commissaire Paul Lavoisin de ce fait inquiétant. Deux inspecteurs sont immédiatement chargés d'une première recherche pour recueillir des informations et témoignages dans les lieux en ville habituellement fréquentés par Eckhart. C'est ainsi qu'ils recueillent trois témoignages importants:

– Il a été vu vendredi à la Grande Librairie du Centre où il a acheté des livres et en est repartit avec une jeune femme blonde.

– Toujours en compagnie d'une jeune femme blonde, il est resté environ une heure à la brasserie le *Café de la Paix* où ils ont consommé des boissons chaudes, puis sont passés dîner au restaurant de la brasserie d'où ils sont partis ensemble vers 22 h 30.

– Enfin, le gardien du *Garage de la Cathédrale*, qui enregistre sur un registre les sorties et entrées des véhicules, indique que le couple a quitté le garage à 22 h 47 précises, à bord de la voiture du juge, une Mercedes 280E. Personne ne l'a revu ensuite.

Paul Lavoisin lance aussitôt une recherche nationale du véhicule du juge.

L'enlèvement

Tanguy Eckhart sent le sol glacé contre sa joue. Il ressent un puissant mal de crâne et une contraction dans le cou. De la main il frôle ce sol, c'est du ciment lissé. Il tourne légèrement le visage vers la droite, il est dans une pièce vide dont la faible clarté provient de petits soupiraux en haut des murs. Il commence à se souvenir: la jeune femme blonde, Mylène, la librairie, le restaurant et cette maison sans éclairage où il a recherché un compteur électrique, puis plus rien… et maintenant ce mal de crâne et cette envie de vomir.

– C'est certain, c'était un traquenard joliment monté, j'ai été enlevé. Par qui? s'interroge-t-il. La réponse se trouve certainement dans un des arrêts de la Cour d'Appel rendus ces derniers mois ou années. J'ai fait l'objet de beaucoup de rancœurs, mais au point de m'enlever…

Il se relève lentement, d'abord accroupi sur les genoux, puis, en s'appuyant sur une chaise qui est juste à côté de lui, il se redresse lentement. Il est envahi de courbatures et il a froid et soif. Il a dû rester inconscient sur le sol plusieurs heures. Maintenant, il se souvient bien des derniers instants avant d'être assommé par quelqu'un qui est arrivé derrière lui. Il consulte sa montre, il est 7 h 35. Il veut faire le tour de la pièce mais s'aperçoit tout de suite qu'il est bloqué par des chaînes qui lui entravent les chevilles et l'empêchent de s'éloigner de plus d'un mètre cinquante de la chaise. Son chapeau est par terre, il le ramasse et l'époussette de deux ou trois coups du plat de la main et le pose sur sa tête comme pour la réchauffer, puis fait de même sur son manteau qui est couvert des saletés de ce sous-sol. Il a envie d'uriner.

– Le seau en tôle galvanisé à proximité de la chaise doit être prévu pour ça par mes ravisseurs, se dit-il.

Il réfléchit encore, tourne en rond en essayant de tirer plusieurs fois de coups secs et violents sur ses chaînes pour tenter en vain de les décrocher. Mais elles sont solidement arrimées aux barreaux des regards et à ses chevilles par des cadenas de sécurité et chaque coup donné de la jambe sur elles le fait cruellement souffrir. Alors, il abandonne toutes velléités de liberté immédiate et s'assoit sur la chaise, dépité. Il attend. Il attend des heures, la journée complète, puis la nuit. Un second jour se lève dans cette prison sans que personne ne soit venu le voir, lui dire pourquoi il est ainsi retenu et ce qu'il doit accepter de faire pour recouvrer la liberté. Il a atrocement soif. Il n'a rien bu depuis trente-six heures et la dernière boisson absorbée est le vin de la brasserie du *Café de la Paix* qui lui avait laissé la bouche pâteuse lorsqu'il a repris conscience hier. Cet engluement guttural s'est transformé depuis en râpe dans sa bouche et une rocaille dans le fond de sa gorge. Il commence aussi à avoir très faim. Une nouvelle journée passe lentement. Quand il est fatigué d'être assis sur la chaise, il se couche sur le ciment froid du sol et s'endort. Cela fait maintenant trois jours que Tanguy Eckhart est ainsi abandonné. Une odeur d'urine et de matière fécale empeste l'atmosphère confinée de la pièce. En se déplaçant, énervé la nuit précédente, il a renversé le seau, bousculé par la chaîne. Il est exténué, déshydraté, affamé, fiévreux, quand la porte de sa geôle s'ouvre enfin et que la lumière éclaire la pièce. Sa vue s'est affaiblie, et la lumière l'éblouissant, il distingue difficilement l'homme qui entre et s'approche de lui. Puis, lentement sa perception s'améliore et il détaille mieux l'arrivant. Il est grand avec une silhouette athlétique et porte la barbe. Il ne le reconnait pas. Il est même certain de ne jamais l'avoir ni vu, ni croisé. L'homme se baisse et dépose une timbale en aluminium cabossée et une bouteille d'eau sur le sol. Aussitôt torturé par une soif inextinguible, le juge essaie de la saisir, mais les chaînes l'en empêchent, le flacon est posé hors de sa portée.

– Pourquoi faites-vous ça? bredouille-t-il, d'une voix étouffée, j'ai soif.

– Vous boirez lorsque vous aurez mangé, répond Marc Barroux d'une voix lente et assurée.

– Donnez-moi à manger et à boire s'il vous plait.

– Vous allez avaler ça, lui répond Marc en lui tendant un document d'une dizaine de pages, et, après je vous donnerai à boire tant que vous voudrez.

Le juge saisit le feuillet d'une main tremblante et lit sur la première page:

REPUBLIQUE FRANCAISE

AU NOM DU PEUPLE FRANÇAIS

COUR D'APPEL de Haubourg

Chambre 2

Arrêt du 7 octobre 1980

...

APPELANT:

Monsieur Marc, André, Jules BARROUX ...

Il comprend maintenant que l'homme qui l'a enlevé et séquestré depuis trois jours, l'homme qui est devant lui est Marc Barroux. Celui qu'il a contribué à spolier de son héritage pour satisfaire les exigences du groupe américain *Koehble Printing Inc.* soutenu par le maire de Haubourg, le président du tribunal de commerce et le député de la circonscription. Il réalise qu'il va payer cette compromission. Il a bien des fois eu un léger remord lorsqu'il rendait un arrêt qu'il savait injuste, mais maintenant quelqu'un lui demande des comptes.

– Il faut avaler vos insanités. Allez, mangez! reprend Barroux, furieusement.

– Je ne peux pas manger du papier, rétorque le *prisonnier* en rendant le document à son *geôlier*.

– Non, non, vous allez le manger. Tôt ou tard, vous finirez par l'avaler jusqu'au dernier mot écrit dessus. Ou vous mourrez de soif.

Alors, résigné, le juge que la soif lancine s'assoie sur la chaise, déchire un coin de la première page et le mâchonne. Il le mastique longuement puis finit par l'avaler.

– Ce n'est pas bon, gémit-il.

– Continuez! rétorque Marc avec encore plus de hargne.

Et le juge déchire une autre partie de la première page, la mâchonne lentement et l'ingurgite.

– Donnez-moi un peu d'eau, s'il vous plait. Je pourrais plus facilement mastiquer le papier.

Alors, Marc verse dans le gobelet un fond d'eau et le tend au juge. Ce dernier le saisit avec fébrilité et boit d'un trait les quelques gouttes succulentes qu'il contient et supplie:

– Encore, s'il vous plait, j'ai soif.

– Mangez votre décision de justice et vous boirez autant d'eau que vous voudrez ensuite.

Alors Eckhart mange, un gros morceau de page, et Marc lui redonne quelques gouttes d'eau à boire. Il avale ensuite une page entière. Il mastique beaucoup plus vite. Il boit un peu plus d'eau et ingurgite une autre page. Après chaque bouchée, Il tend nerveusement son quart pour recevoir sa dose de boisson comme un drogué en manque attend sa prise de stupéfiant. Finalement le calvaire s'achève avec la dernière page engloutie. Marc pousse alors du bout du pied la bouteille d'eau que Tanguy écluse en totalité directement au goulot.

– Encore, s'il vous plait, supplie-t-il.

– Non! vous boirez plus tard. Si vous buvez de trop, vous allez vomir. Et si vous vomissez, je vous ferais ingurgiter vos vomissures de papier jusqu'à la dernière goutte. Vous verrez alors que ce sera encore moins bon.

Marc revient deux jours plus tard avec trois bouteilles d'eau qu'il ne donne au juge qu'après avoir vérifié que celui-ci n'a pas rendu sa *nourriture manuscrite* de l'avant-veille. L'autre boit alors jusqu'à plus soif et, repu, s'assoit sur la chaise le regard hagard. Il ne remarque même pas que son ravisseur et geôlier a sorti de son manteau, un automatique muni d'un silencieux. Un petit bruit de bouteille de champagne qu'on débouche et le juge s'affaisse sur sa chaise, puis glisse et s'étend sur le sol.

Les portes du Palais

A Haubourg, le commissaire Paul Lavoisin est agacé que son enquête sur la disparition mystérieuse du juge Eckhart n'avance pas d'un pouce depuis le 17 décembre. La femme blonde décrite par les premiers témoins n'a pas été identifiée.

Les jours et les semaines continuent à s'écouler sans qu'aucune information ne vienne alimenter ses recherches. Jusqu'au jour où la Mercedes est retrouvée sur un parking à proximité de la Gare de l'Est à Paris. Les contraventions s'entassaient depuis trois semaines quand enfin une *pervenche* daigne en informer sa hiérarchie et que le poste de police fasse la relation avec le numéro d'immatriculation de la voiture recherchée.

Les policiers de Haubourg pensent alors que le juge est parti en Alsace, sa région d'origine. Les recherches lancées sur place sont également infructueuses. Ni sa famille, ni ses amis ne l'ont revu depuis bien longtemps avant sa disparition. Cette piste est refermée.

Le corps de Tanguy Eckhart est finalement retrouvé le dernier lundi de janvier devant les portes encore closes du palais de justice, par des avocats arrivant en avance. Il a été tué d'une balle de gros calibre dont l'impact se situe entre les deux yeux. Son corps a été apporté durant la nuit et disposé soigneusement assis, le torse et la tête droite, le regard fixe. Il tient entre ses doigts une carte de tarot: *La Justice*.

Il est toujours vêtu de son manteau tel qu'il avait été vu le jour de sa disparition et on lui a posé son chapeau sur la tête. Il est visiblement très amaigri mais ne paraît pas avoir subi de sévices corporels avant sa mort. L'autopsie révèlera que son estomac était absolument vide et qu'il portait des ecchymoses aux chevilles.

Cette fois l'assassinat est établi. Le commissaire requiert de l'administration judiciaire que lui soit transmise la liste des affaires sur lesquelles le conseiller Eckhart a statué au cours de la dernière année. Un travail de fourmi débute pour les fonctionnaires de police. Il y a plus de cinquante dossiers *acrimonieux*. Il faut rechercher une à une les personnes qui ont été déboutées par le conseiller. Enquêter sur leur emploi du temps et les interroger. C'est un travail considérable.

Quelques jours plus tard, après un premier tri, Lavoisin reçoit la liste des vingt affaires particulièrement épineuses traitées par Eckhart en 1980:

– Ste Capvern contre Bernard Simon
– Marcel Duy contre Fabienne Herbier
– Ste Germond contre Ste HDMP
– Gilbert Hugo contre Ste Les Sarrazins
– Ste Dorneval contre Ghyslaine Mirambeau

– Ste des Huisseries Gannat contre André Mécheux

– Ets Pontamur contre Gilles Vausais

– Ste FMGP contre Michel Diaz

– Banque BCMB contre Alexandre Angely

– Cabinet comptable Levy contre Gilbert Riez

– SA Koehble Printing France contre Marc Barroux

– Ets Volonne contre Georges Lambrin

– Magasin Lecoultre Vêtements contre Véronique Ussel

– Ste DSH France contre Herbert Jensen

– Ets Bernay contre Florent Achtungen

– Ste Malo & Groin contre Julien Werdt

– Ste Entrepôts et Distribution Haubourgeais contre Emile Lawy

– Ets Argentais contre Denis Blanc

– Ets Brienne et Fageot contre Camille Langlois

– Ste Lamons contre Bernard Dugoix

Trois inspecteurs et cinq secrétaires sont dédiés à ce travail d'investigation sur les possibilités que les personnes parmi cette liste ayant été déboutées de leurs demandes dans ces dossiers puissent avoir eu la faculté de commettre le meurtre du juge.

Le mercredi 28 janvier, le travail de fourmi de l'équipe aboutit à l'élimination de quinze dossiers, les personnes concernées étant absentes de la région ou, pour une, décédée. Il ne reste donc que cinq dossiers:

– Ets Pontamur contre Gilles Vausais

– Ste FMGP contre Michel Diaz

– Ste Entrepôts et Distribution Haubourgeais contre Emile Lawy

– Ets Argentais contre Denis Blanc

– Ets Brienne et Fageot contre Camille Langlois

Les interrogatoires afin de vérifier les emplois du temps des personnes suspectées va commencer, quand….

Monsieur le Président du Tribunal de Commerce

Maurice Vignoux dirige une entreprise de réparation et entretien de machines-outils, machines d'imprimerie ou machines pour la plasturgie, les *Etablissements Lachaize & Vignoux SA* à Haubourg. Monsieur Alfred Lachaize avait créé cette entreprise en 1925 et l'a cédée, pour prendre sa retraite, à Maurice Vignoux en 1965. Ce dernier emploie soixante personnes, principalement des techniciens qui rayonnent sur toute la France. L'entreprise est rentable et procure à son dirigeant des moyens financiers confortables. Ce qui lui permet, outre d'habiter l'année une belle demeure bourgeoise et l'été une villa sur la côte d'azur, une position de notable dans la ville de Haubourg. Cette auguste condition est complétée par d'autres attributs: Président de l'Association de Chasse du Haubourgeais, Membre éminent du Rotary Club additionné, depuis trois ans, de juge consulaire et depuis l'année dernière, président du tribunal de commerce. Le voilà devenu cacique parmi les caciques. Maurice Vignoux, soixante ans, petit homme, rondouillard, chauve, rougeot, apprécie les bonnes tables. Il ne perd pas une opportunité d'invitation pour partager un bon repas, un bon vin, comme il laisse rarement échapper une opportunité de profit, ceci sous toutes les formes que la cupidité humaine engendre.

Mais son rêve ultime, inassouvi, ce désir surgit le jour où il a compris que les mots honneur et chasse convergeaient vers la sélecte Société de Chasse du Château de Montorgueil en Sologne, serait d'être admis parmi ses membres. Tous ses espoirs jusqu'alors ont été vains, se heurtant au mur dressé par certains membres arrogants du comité d'admission. Maurice Vignoux a subi, à chacune des requêtes introduites par *un soutien*, sa *boule noire*[2] toujours plus humiliante. Mais il n'en démord pas et relance sa demande régulièrement. Il en a encore parlé assez fort pour que tout le monde l'entende dans le wagon de première classe lors de son récent retour de Paris. Le train était bondé, principalement peuplé d'entrepreneurs régionaux comme lui, de retour d'un congrès national du patronat. Il savait à juste titre qu'étaient présentes des personnes ayant des relations *autorisées et introduites* dans les milieux de la chasse. Le compartiment ouvert d'un train corail est aussi le lieu de propagation de toutes les indiscrétions.

*

Demain, dimanche 25 janvier, c'est la fermeture de la chasse au faisan. Un *affût* est organisé par les membres de *l'Association de Chasse du Haubourgeais* sur ses terres habituelles. Un repas de chasse est prévu ensuite à *l'Auberge du Cerf* où l'ambiance promet d'être ardente. Maurice affectionne particulièrement ces journées. Levé à 4 heures du matin, embarquement des fusils et des chiens dans la fourgonnette puis arrivée sur le terrain à 6 h 30, casse-croute entre chasseurs

---

[2] La boule noire, roman de Georges Simenon.

au *Relais de la Forêt d'Entrain* puis prise de position le long de l'orée du bois. Et au signal, avancée en ligne dans les champs avec les chiens en première ligne. Enfin le moment magique où l'oiseau prend son vol dans un claquement d'ailes presque métallique et l'émotion transmise par la crosse du fusil serrée contre son épaule, la main gauche empoignant le fût viril de l'arme, la main droite sur les plis du bois de la poignée et enfin le doigt qui caresse l'ardillon tendu, sans appuyer. L'œil dans la ligne de mire du canon recherche l'oiseau, première bosse sur la détente. L'oiseau est dans la ligne de mire, feu! Cet instant est orgasmique.

*

Samedi 24 janvier, il est 23 h 30 quand le téléphone sonne dans la maison de Maurice Vignoux alors que celui-ci est en plein préparatifs pour le lendemain, nettoyage des fusils, préparation des cartouches, une flasque de cognac pour se réchauffer si besoin est. Il attrape immédiatement le combiné avant que le vacarme de la sonnerie ne réveille toute la maison endormie et répond:

– Allo!

– Bonsoir cher Monsieur Vignoux. Je vous prie d'excuser cet appel tardif, je suis Gonzague de Villebois, le vice-président de la *Société de Chasse du Château de Montorgueil* que vous connaissez, je crois. Nous sortons d'un repas avec nos sociétaires au cours duquel le secrétaire m'a dit qu'un de vos amis dont je ne pourrais vous répéter le nom, un Monsieur… Ah c'est bête! J'ai son nom sur le bout de la langue. Monsieur, Monsieur…

– François Gerbois? avance Maurice totalement ému et transcendé par cette communication.

– Oui, c'est cela, Monsieur Gerbois lui a parlé des fréquents souhaits que vous aviez formulés de participer à nos chasses. Je me suis donc décidé à vous appeler.

– Vous avez bien fait cher Monsieur.

– Je vous disais donc, comme nous organisons demain matin une battue aux sangliers, et que nous avons trois défections de dernières minutes, ce serait une belle opportunité de vous y convier. Qu'en dites-vous? Seriez-vous partant?

– Eh bien, j'avoue que j'en suis ravi. Où dois-je me rendre? Que dois-je prévoir comme fusils et munitions?

– Prenez deux fusils à canons superposés ou jumelés, ça n'a pas d'importance. Il faut que vous ayez sur vous une douzaine de chevrotines et autant de balles, à ailettes si possible. Pour le lieu du rendez-vous ce sera à 6 h 30 précises au carrefour des Marchais sur la route de Pierrefitte que vous prendrez juste à la sortie de Salbris dans la direction de Nouan-le-Fuzelier. Cela ira pour trouver?

– Oui, oui, je trouverai sans problème.

– Eh bien, dans ce cas, je vous souhaite une bonne nuit. A demain, nous allons faire une bonne chasse.

– A demain Monsieur et encore mille mercis.

Maurice monte se coucher dans la chambre d'amis pour ne pas réveiller son épouse. Il ne peut trouver le sommeil tant il est excité par ce qui lui arrive. Son rêve va se réaliser enfin. A 4 h 30 il se lève, prend une douche, s'habille et déjeune sans bruit. Il installe dans sa petite fourgonnette, qui lui sert pour ses parties de chasse, ses fusils et cartouchières avec deux fois plus de munitions que son hôte ne le lui a demandé, et, à 5 h 10, démarre dans la nuit de son quartier profondément endormi. Il n'a pas embarqué ses chiens qui ne sont pas des animaux dressés pour les battues et risqueraient de le handicaper. Il file ensuite sur la route de Nemours qu'il traverse à 5 h 40. Puis il entre dans Salbris, il est 6 h 15. Il se rend compte subitement, qu'il n'a pas prévenu ses amis de *l'Association de Chasse du Haubourgeais* qu'il n'irait finalement pas à la Forêt d'Entrain pour la fermeture de la chasse au faisan. Qu'importe! Il n'a aussi rien dit non plus à sa femme sur ce changement de lieu de chasse. Grisé par ce qui lui arrive, il flotte dans l'irrationnel. Enfin il parvient au carrefour des Marchais, il est 6 h 25.

Un homme en parka militaire attend sur le chemin. Il est seul et s'avance vers la voiture de Maurice dès qu'elle stoppe au milieu du carrefour.

– Bonjour! Vous êtes Monsieur Vignoux? demande-t-il avec un fort accent berrichon.

– Oui Monsieur. Vous êtes seul? Où sont les autres chasseurs? interroge Maurice, surpris de ne pas retrouver là un groupe de participants.

– Monsieur de Villebois s'est trompé et vous prie de l'en excuser mais le rendez-vous était à 6 h 00, ici. Je suis son garde-chasse, il m'a demandé de vous attendre pour vous conduire au lieu du casse-croute, là où démarre la battue.

– Bien, ce n'est pas grave. Je charge mes fusils et je vous suis, répond Vignoux d'une voix peu assurée, démangé de ne voir aucun autre véhicule.

– Parquez votre voiture bien au fond de cet espace, précise l'homme en désignant une trouée sans issue qui s'enfonce dans le bois. Le chemin est un peu chaotique par endroits et avec la neige c'est glissant. Je vais porter vos fusils. Moi, je suis habitué, pas vous. Vous risqueriez de faire une chute.

Les deux hommes amorcent leur marche à la lumière de leur torche se réfléchissant sur la blancheur de la neige fraîchement tombée. Ils suivent une sente cheminant sous une haute futaie puis traversent une profonde zone de taillis. Ils progressent maintenant depuis trois quart d'heure dans cette forêt silencieuse, comme calfeutrée par la couche de neige encapuchonnant la végétation. Le sentier est encombré de pièges naturels en tous genres, racines, brocs de pierres, trous, plaques de glace. Maurice manque plusieurs fois de chuter. Il commence à fatiguer. Il n'est pas sportif et ressent son surpoids avec dépit. D'habitude, il se rend sur les lieux de ses parties de chasse en voiture. Tout du moins, gare-t-il sa voiture à proximité. Il trouve que décidément le point de rendez-vous est éloigné, mais n'ose pas poser de questions. Il est encore sous l'envoutement de cette invitation inespérée. Il est 8 h 15. Le soleil commence à poindre sur la cime des arbres. Ils marchent depuis presque deux heures, lorsqu'enfin le garde-chasse lui annonce:

– Nous y sommes!

Ils viennent de rejoindre une route forestière où il n'y a personne. Seule une fourgonnette blanche en piteux état, des marques de rouille envahissent le bas de la carrosserie, est arrêtée sur le bas-côté.

– Il n'y a personne? s'étonne Vignoux.

– Non, nous sommes seuls, loin de tout... réplique l'homme qui vient de braquer son fusil vers lui et le menace.

– Que faites-vous misérable? Qui êtes-vous, proteste Maurice, la gorge serrée.

– Vous le saurez, un peu de patience. Tournez-vous et posez votre gibecière sur le sol.

Complètement secoué et désorienté, Maurice Vignoux obéit et se laisse ligoter les poignets dans le dos. L'homme le bâillonne solidement, l'entraîne jusqu'à l'arrière du van, ouvre les portières, l'encapuchonne dans un sac de jute puis le fait basculer sèchement en avant sur le plateau du véhicule. Dans l'obscurité Maurice sent des cordes s'enrouler autour de ses chevilles et les serrer vigoureusement. Il entend la salve du tambourinement de ses fusils qui sont jetés sans plus de délicatesse sur le plateau derrière lui et les portières claquer. Enfin le moteur démarre et la camionnette roule sur le chemin chaotique qui la secoue quelques minutes en chahutant brutalement le prisonnier incapable de se maintenir à quelque chose. Puis les sursauts cessent. La fourgonnette roule sur une route goudronnée à la surface régulière. Le voyage dure plus d'une heure, lui semble-t-il, le chauffeur avance plutôt mollement. Maurice est désormais libéré de l'envoûtement diabolique auquel il s'était offert en pâture hier soir lors de cet appel téléphonique étrange. Tout est maintenant terrorisant. Il vient d'être piégé et enlevé, mais par qui et pourquoi? Un acte crapuleux pour exiger une rançon à sa famille. C'est certain! Il est un personnage notablement cossu. Son esprit bouillonne.

La voiture stoppe enfin, le moteur est coupé. Maurice commence à sentir ses membres s'ankyloser. Il est saucissonné dans une position des plus inconfortables et a des difficultés à respirer en raison du bâillon qui serre excessivement sa bouche, pénétrant entre ses dents et se bloquant sur les commissures des lèvres. Les portières du fourgon, puis les portes d'un garage s'ouvrent. Le bruit est reconnaissable de par le cliquetis de leurs lamelles de bois qui s'enroulent et les galets qui roulent sur un rail d'acier. Tout à coup Maurice sent qu'on l'agrippe pas les pieds puis il est extrait du véhicule brutalement. On le laisse choir au sol sans ménagement, comme un sac de sable. La chute lui coupe la respiration par la violence du contact de son dos avec le sol. Il se sent ensuite trainer par terre sur une vingtaine de mètres puis on lâche enfin ses pieds, laissant ses jambes retomber lourdement à terre. L'épreuve est rude. De toute son existence personne ne l'avait jamais rudoyé ainsi. Il entend les portes se refermer et c'est le silence. Il demeure là bâillonné, saucissonné et encapuchonné plusieurs heures dans une odeur d'urine et de matière fécale. Il est brisé, démoralisé et perdu. Il se rend compte qu'il n'avait jamais réellement traversé d'épreuves. Jusqu'alors, sa vie avait été confortable, sans heurt, enclos dans une immunité sociale due à son rang de bourgeois honorable. Ce qui surgit maintenant sauvagement dans sa vie est effroyable et incompréhensible. Il sent ses forces l'abandonner et perd connaissance.

Lorsqu'il revient à lui, il n'est plus encapuchonné, ni ligoté, ni bâillonné. Il est assis en équilibre sur une chaise dans une pièce sombre. Une forte odeur de grésil lui agresse les narines et une légère clarté fuse par des soupiraux. Il se trouve au milieu d'un garage vide, en sous-sol, s'il en juge aux ouvertures placées en hauteur. Il se soulève avec peine de l'assise sur laquelle il est comme moulé tellement son corps n'a plus d'énergie. Vignoux se rend compte qu'il est arrimé aux murs opposés par deux grosses chaînes qui entourent ses chevilles et sont cadenassées. Il a beaucoup de mal à voir dans l'obscurité. Il avance en rond et heurte un objet métallique qui grince en ripant sur le ciment granuleux. Il le fixe avec plus d'attention, c'est un seau. Une prison, des chaînes, un seau pour ses besoins, cette fois c'est consommé: il est séquestré. Alors il va falloir en terminer rapidement. Il n'a pas l'intention de s'opposer au versement d'une rançon. Que le ravisseur dicte ses exigences et lui laisse la possibilité de communiquer avec sa femme. Il donnera des instructions dans ce sens. Mais les heures passent sans que personne ne vienne. Il a soif et faim. Il s'assoupit un long moment sur la chaise puis s'allonge sur le sol froid et s'endort. Il s'est, par chance, habillé chaudement pour cette partie de chasse dans le froid, ce qui l'épargne d'une souffrance supplémentaire.

Quelques heures plus tard, il est réveillé par la lumière du soleil qui perce par les regards. Il se soulève lentement en observant ce qu'il avait deviné dans la nuit: la pièce qui est un garage de sous-sol de maison, totalement vide, des chaînes accrochées aux barreaux des ouvertures opposées, une chaise métallique et un seau dont il fait usage immédiatement tellement sa vessie est tendue. Après avoir observé et tenté sans succès de trouver un moyen de se défaire de ses chaînes, il finit par s'asseoir sur la chaise et attendre. Il a vraiment soif et faim.

Il attend la journée entière dans son confinement d'où il ne perçoit aucun bruit. Il commence sérieusement à souffrir de la soif. Sa bouche est pâteuse et sa gorge brûle.

Une nouvelle nuit arrive et se passe dans l'angoisse pour lui.

Le lendemain, il fait connaissance avec son ravisseur. Il lui avait bien semblé reconnaitre cette voix, mais ce visage barbu ne lui rappelait personne. Il l'avait bien entrevu lors de l'audience mais n'avait prêté aucune réelle attention à lui. Seulement il a soif et faim, alors il mange les feuilles de son jugement en référé les unes après les autres sans discuter. Marc l'observe, étonné, ingurgiter le papier à peine mastiqué.

Une fois qu'il a pu boire, à la bouteille, l'eau que son geôlier a finalement daigné lui accorder, il est enfin repu de son besoin lancinant. Alors la mémoire lui revient plus clairement. Il se souvient bien maintenant de l'affaire jugée en référé. Mais le président du tribunal de commerce qu'il est, est surpris que celui-ci revienne faire valoir ses rancœurs pour cette histoire dont il ne se souvenait même pas. La veille de ce jour-là, son responsable de l'activité entretien des machines d'imprimerie était venu le voir dans son bureau en lui demandant:

– Il faut absolument trancher ce conflit en faveur de notre client la SA Koehble Printing France contre la SA Impritech. Koehble Printing représente pour nous un chiffre d'affaires de un million de francs sur l'ensemble de ses cinq usines, il n'est pas question de les perdre. Ce serait catastrophique. L'acheteur de Koehble que j'ai eu tout à l'heure au téléphone a été clair avec moi à ce sujet.

Lors de la plaidoirie devant lui, Maître Jacques Casadura, défendant Impritech, avait avancé des arguments particulièrement solides et factuels et, à l'inverse, son opposant Maître Edouard Lapointe présentait des allégations outrageusement fallacieuses. N'importe quel juge impartial aurait statué sans hésiter en faveur du défendeur de la SA Impritech et de son nouveau PDG, Marc Barroux. Lui a avalé ses ressentiments et le reste d'honnêteté qu'il lui restait pour rendre un jugement inique. C'est donc juste, admet-il dans son for intérieur, qu'il paye pour ça.

– Dites-moi combien vous voulez, je suis d'accord pour vous dédommager, avance-t-il à son geôlier.

– Je vais y réfléchir, je vous dirai cela dans quelques jours. En attendant, patience Monsieur le Président du Tribunal de Commerce…

Une nuit, suivie d'une journée, suivie d'une nouvelle journée se passent dans les mêmes conditions. Le prisonnier reçoit uniquement des bouteilles d'eau, sans aucune nourriture.

Au soir du quatrième jour de séquestration, Marc demande à son prisonnier:

– Vous proposiez de me donner de l'argent pour racheter votre faute?

– Oui, dites-moi ce que vous voulez. Donnez-moi votre chiffre et qu'on en finisse, j'ai faim et j'en ai marre de cette mascarade. Je veux rentrer chez moi.

– Vous avez payé en ingurgitant votre jugement. Maintenant je dois vous rendre votre monnaie.

– Qu'allez-vous faire? demande Vignoux, angoissé par ce qu'il croit deviner.

– Eh bien, je vais vous tuer Monsieur le Président du Tribunal de Commerce impartial.

La mécanique se met en action. L'arme sort lentement du manteau de Marc. Elle demeure immobile quelques minutes, le canon prolongé du silencieux à moins d'un mètre pointé exactement entre les yeux du juge consulaire, infortuné président du tribunal de commerce corrompu. Les yeux de ce dernier fixent incrédules l'orifice de l'arme. Il ne dit rien, ne pense plus à rien. Il est déjà mort. La balle qui l'atteint n'est plus qu'une simple formalité de fin d'histoire.

Le commissaire Paul Lavoisin

Au commissariat central Paul Lavoisin vient d'être informé du signalement hier soir par Madame Vignoux de l'absence inquiétante de son époux Maurice Vignoux depuis dimanche. Il ne serait pas rentré d'une journée de chasse au faisan organisée par les membres de l'Association de Chasse du Haubourgeais à proximité de la forêt d'Entrain. Dans un premier temps, elle a pensé qu'il avait prolongé comme c'est souvent son habitude, d'une journée sa partie de plaisir. Mais après avoir contacté des participants à cette journée, elle a appris que son mari n'y était pas venu.

La nouvelle fait l'effet d'une bombe dans le service parce que Maurice Vignoux est aussi le président du tribunal de commerce et qu'après la disparition puis la mort du juge conseiller à la Cour d'Appel, Tanguy Eckhart dont le corps vient juste d'être retrouvé, cela fait la deuxième disparition d'un magistrat de la ville.

Jeudi matin la Gendarmerie de Salbris signale que des agents de l'ONF[3] ont déclaré la présence depuis dimanche d'une Renault 4L fourgonnette au carrefour

[3] ONF Office National de Forêts

des Marchais à 8 km au nord-est de Salbris. La vérification du numéro des plaques minéralogiques apprend aux militaires que le véhicule appartient aux *Etablissements Lachaize & Vignoux SA*. Le rapprochement a immédiatement été fait avec l'avis lancé par le commissariat central de Haubourg relatif à la disparition de Maurice Vignoux.

Dès l'après-midi une battue est lancée à force renforts de gendarmes, policiers, pompiers-secouristes et bénévoles dans la forêt de *La Grande Boulaudière*. La recherche est suspendue à la nuit, mais tout le monde est convié pour sa reprise à l'aube le jour suivant, vendredi.

Mais le vendredi 30 janvier, le gardien du tribunal de commerce, arrivant pour l'ouverture des portes, découvre le corps de son président devant l'entrée. Il a été déposé durant la nuit et disposé soigneusement assis, le torse et la tête droite, le regard fixe. Il tient entre ses doigts une carte de tarot, *Le Chariot*. Il a été tué d'une balle de gros calibre logée juste entre les deux yeux. Il porte ses habits de chasseur. L'autopsie révèlera que son estomac était absolument vide et qu'il portait des ecchymoses aux chevilles.

Paul Lavoisin réunit toute son équipe et dit:

– Nous devons trouver l'affaire qui est passée entre les mains de Vignoux d'abord et d'Eckhart ensuite. Nous allons les trouver ces salopards!

De ce fait la liste des cinq dossiers qui avait été retenue mercredi doit être revue. Les affaires n'ayant pas de rapport conjoint avec les deux juges sont éliminées et il faut replonger dans les autres dossiers pour trouver celles qui ont eu ce lien. La nouvelle liste est soumise immédiatement au commissaire, cette fois il n'y a que cinq dossiers:

– Ets Pontamur contre Gilles Vausais
– Ste FMGP contre Michel Diaz
– Ets Argentais contre Denis Blanc
– Ets Brienne et Fageot contre Camille Langlois
– Ste DSH France contre Herbert Jensen

Les cinq hommes: Gilles Vausais, Michel Diaz, Denis Blanc, Camille Langlois et Herbert Jensen sont convoqués pour interrogatoire. Les quatre premiers se rendent sans protester au commissariat et répondent de leur emploi du temps et de leur activité au cours des jours cadrant avec les deux disparitions. Herbert Jensen est un citoyen suédois, une commission rogatoire internationale est adressée au ministère de la justice à Stockholm pour le faire entendre. La réponse parviendra dans la journée, le suspect n'a pas quitté son pays durant les trois derniers mois. Seul Camille Langlois, un jeune homme de vingt-trois ans, est dans l'impossibilité de fournir un alibi ni justifier de son emploi du temps sur la totalité de la période couvrant les six dernières semaines. Il est placé en garde à vue et soumis à une succession d'interrogatoires *musclés* de la part des inspecteurs de police. Quarante-huit heure plus tard, il craque et avoue qu'il a passé toutes ses semaines à Marbella en Espagne dans la villa du préfet du département où son épouse réside durant les mois d'hiver. Il ne voulait pas dévoiler cette situation de gigolo d'une femme en vue à Haubourg. En dehors d'avoir appris un détail croustillant sur la société locale, qu'ils se garderont bien d'ébruiter, les policiers n'ont rien appris. Le mot *nada*[4] remonte du plus profond de l'Espagne avec la confession de Camille Langlois.

Quelques jours plus tard, la gendarmerie de Saint-Germain informe les services de Lavoisin qu'un dénommé Joseph Belliard, propriétaire d'une maison construite à l'écart du bourg, s'est présenté chez eux le matin même. Il a déclaré avoir louée un pavillon pour les mois de décembre et janvier à une jeune femme blonde. Elle lui avait dit devoir y organiser des ventes en réunion de sous-vêtements féminins pour la clientèle régionale. Il a confié aux gendarmes:

– Tout ça m'a paru étrange, parce que je n'ai quasiment vu personne venir le soir. Je m'attendais à apercevoir des dizaines de voitures garées devant la maison certains soirs quand je passais par-là, mais rien, personne n'est venu à part un fourgon blanc qui a été garé devant un fois.

– Décrivez-moi la femme qui a loué la maison, avait immédiatement demandé le planton.

– Une très belle femme de vingt à trente ans, blonde, bien habillée.

– Comment a-t-elle réglé la location?

---

[4] Rien.

– En espèces. Comme j'étais embarrassé pour fixer un prix, elle m'a royalement donné cinq-mille francs.

– Vous avez toujours les billets? demande le gendarme.

– Ah non, je les ai apportés le lendemain au bureau des PTT pour les verser sur mon CCP.

La gendarmerie rapporte, de plus, que deux militaires se sont rendus sur place et y ont découvert dans le sous-sol des chaînes de grosse section, accrochées par des cadenas aux barreaux des soupiraux, une chaise et un seau rempli d'urine et d'excréments, ainsi que des ustensiles de ménage et des bouteilles vides. Le reste de la maison leur a paru n'avoir pas été occupé.

Paul Lavoisin est heureux de tenir enfin un début de piste sérieuse avec cette découverte du lieu de séquestration d'un ou des deux juges ainsi que des relevés d'empreintes. Toutefois ces traces papillaires n'apporteront rien de plus, car elles ne correspondent pas à des données enregistrées dans les fichiers de la police.

Perfide Albion

Maggy Hugs occupe le poste de directrice des fusions acquisitions au sein de la société financière KPMI à Londres. KPMI signifie Koehble Printing Management International. C'est la société holding européenne du groupe américain Koehble qui compte 45 sociétés pour un effectif de quinze mille personnes. La présence du groupe en Europe est récente puisqu'elle date de 1975. Son implantation se situe aujourd'hui uniquement en Allemagne, avec trois grosses imprimeries, et en France avec six unités de moyennes tailles dont Impritech à Haubourg, acquise récemment. Maggy a été promue à ce poste en octobre dernier en récompense pour cette dernière mission dont elle a été la cheville ouvrière brillante.

Miss Hugs n'a eu qu'un seul employeur, KPMI. Elle y est entrée il y a six ans, à sa sortie de la *London Business School*, fraîchement diplômée d'un MBA[5], en même temps que naissait à Londres cette start-up prometteuse. A trente et un ans, cette rousse, aux lunettes rondes sur un visage ingrat, n'a dans sa vie que sa carrière et un *British Shorthair*, une magnifique chatte, grise aux yeux jaunes, qui l'attend patiemment dans son appartement de Kensington ou la suit docilement, dans sa cage, partout lors de ses voyages.

---

[5] MBA, master of business administration (maîtrise en administration des affaires)

Sa vie de tous les jours c'est un voyage de vingt-deux minutes en métro de la station Queensway, à deux pas de son appartement jusqu'à St. Paul's, à proximité de Foster Lane dans La City, où se situent les bureaux de KPMI. Alors débute sa journée. Un café au passage devant le distributeur, lecture de la correspondance reçue, que sa secrétaire Madame Delcoot lui a apportée en même temps qu'elle fait la distribution du courrier des autres services du plateau. Ensuite à 9 heures, elle assiste avec la direction générale à la réunion matinale lors de laquelle le directeur de la prospective dresse un tableau sur l'actualité générale du marché de l'imprimerie en Europe puis en détail pour les pays *exploités* du groupe, l'Allemagne et la France. Enfin, il annonce épisodiquement le nom d'une entreprise *élue* pour être acquise. Cette annonce présuppose toujours que la direction américaine à Chicago a donné son accord. Alors débute pour Maggy Hugs une véritable chasse à courre pour s'emparer de *l'animal* qu'est l'entreprise repérée. Tous les moyens sont permis et seront employés si nécessaire quel que soit leur degré d'abjection et de déloyauté. *Koehble first!*[6] a-t-on l'habitude de dire dans les échanges au sein de l'entreprise pour habiller une action odieuse.

L'approche de la cible est une organisation rodée. Les études de faisabilité, technique, économique et financière ont été réalisées en amont par le service de la prospective. Pour Maggy le travail débute par une recherche en profondeur des forces et faiblesse des propriétaires, aussi indiscrètes que possible. Elle reçoit

---

[6] Koehble avant tout!

un budget pour cette acquisition et doit conclure avec cette *enveloppe*. Le groupe n'est pas généreux, autant dire que pour acquérir la société en vue, il lui faudra investir les lieux pour miner la situation des vendeurs potentiels, affaiblir le court-terme de l'activité pour créer une crise dans laquelle la seule issue sera l'acquisition par le groupe Koehble.

Les journées sont intenses et stressantes. Aussi à 20 heures lorsque Miss Hugs a quitté son bureau, enduré les vingt-deux minutes de métro bondé et passé chez l'épicier de Queensway pour y prendre son repas du soir, sans oublier du lait pour *Kitty Cat*, elle n'aspire qu'à une soirée de repos dans son appartement. Ce *cosy ground floor flat*[7], d'un bel immeuble victorien, avec une pelouse devant sa fenêtre et au fond d'un *greensquare*[8], au-delà d'un muret, les *Kessingston Gardens*.

Les soirées sont généralement: la télé tout en grignotant les bricoles achetées à l'épicerie, *Kitty Cat* sur les genoux ou un bon bouquin lorsque le programme de la BBC l'ennuie. Maggy n'a pas d'homme dans sa vie, elle n'en a jamais connu. Elle n'a pas non plus de relation féminine. Elle ne s'est jamais vraiment posé la question car elle n'a pas de réel besoin d'affection en dehors de celle abondamment pourvue par son amie féline.

*

---

[7] Appartement de rez-de-chaussée douillet.

[8] Carré de verdure.

Ce matin dans les journaux européens qui circulent dans les services, il y a le *Journal du Centre* édition de Haubourg, du mardi 27 janvier 1981. Avec les reportings financiers et informations diverses, les filiales joignent leur presse locale dans la correspondance à destination du siège londonien. Les journaux sont lus par les différents services où ils transitent.

Maggy est immédiatement attirée par un titre sur la largeur de la une de ce quotidien qu'elle avait coutume de lire tous les matins lorsqu'elle travaillait à Haubourg:

Le cadavre du Conseiller à la Cour d'Appel, Tanguy Eckart a été déposé cette nuit devant la porte du palais de justice.

Elle parcourt l'article mais stoppe net. Il y a un autre titre au-dessous en caractère plus fin:

L'industriel Maurice Vignoux, président du Tribunal de Commerce n'est pas réapparu depuis dimanche après s'être rendu à une partie de chasse.

Maggy a le souffle coupé. Elle connait les deux hommes avec qui elle a eu des rapports particuliers lors de la reprise de la société Impritech. Elle est déstabilisée et passe une semaine épouvantable, incapable de se concentrer sur ses dossiers, répondant évasivement aux interrogations de ses interlocuteurs. En fin de semaine suivante, le vendredi, elle se décide à *conjurer* les angoisses et idées néfastes qui la hantent depuis la lecture des titres du *Journal du Centre* il y a dix jours.

Elle appelle Impritech à Haubourg. C'est Geneviève Pyhre, la secrétaire du directeur général, Armand Febvre, qui lui répond:

– Allo! Impritech, Geneviève j'écoute.

– Bonsoir Geneviève, c'est Maggy. Comment allez-vous?

– Bien, bien. Ici nous avons encore beaucoup de neige et il fait très froid. Et vous à Londres?

– Ici il pleut tous les jours et il fait froid aussi. Vous savez l'Angleterre… Tant que je vous ai, je voulais vous demander. Avez-vous des nouvelles de Marc Barroux?

– …

Après dix secondes de silence Geneviève reprend:

– Vous n'aviez pas appris?

– Appris quoi?

– Il s'est tué en voiture.

– Tué? Comment est-ce arrivé? questionne l'anglaise interloquée.

– C'est arrivé le soir de son départ de l'entreprise en octobre dernier. Il est allé à pied à la gare et comme le dernier train pour Paris était déjà parti, il a loué une voiture. Malheureusement il en a perdu le contrôle avant Montargis. La voiture est sortie de la route pour s'encastrer dans un arbre et s'enflammer. Il est mort carbonisé, c'est terrible. La gendarmerie a dit qu'il y avait beaucoup de vent et de pluie ce soir-là, et que peut-être le fait de ne pas être habitué à ce véhicule aura été fatal pour lui. Nous avons été très tristes ici car nous l'aimions bien.

– Oui c'est très triste, rétorque la digne représentante de la perfide Albion.

Maggy respire comme un air de renouveau. Elle est soulagée de cette aiguille dans son corps qu'elle s'enfonçait depuis plus d'une semaine, un peu plus chaque jour.

Ce soir elle prend la *Central line*, guillerette, en oubliant la mauvaise fortune des deux juges français.

A destination, comme à l'accoutumée, elle passe par la *Queensway Food & Wine* mais ce soir elle s'achète une boite de caviar et une bouteille de vodka. Toutefois, elle n'oublie pas la bouteille de lait et complète ses achats par un bocal de terrine de foie gras pour améliorer ce jour béni aussi pour *Kitty Cat*.

Parvenue chez elle, elle tourne bruyamment la clé dans la serrure, ce qui est en principe le signal auquel répond immédiatement la chatte en se collant et en ronronnant à la porte, si fort que le bourdonnement se perçoit au travers du bois. Mais en poussant le battant, Maggy est étonnée de ne pas sentir la petite résistance du félin appuyé contre le panneau. Aussi appelle-t-elle aussitôt:

– Kitty… Kitty Cat? Sweety Darling.

Mais l'animal n'est pas là.

Maggy pose son carton de courses sur la table de la kitchenette, retire son imperméable qu'elle accroche à la patère derrière la porte et continue d'appeler le chat tout en passant dans la chambre où elle trouve la porte fenêtre entrebâillée et le rideau flottant légèrement par le courant d'air.

– *Shit! I left the French doors open*[9] , s'exclame-t-elle rageusement.

Elle ouvre alors totalement la porte-fenêtre et appelle la chatte dans le jardin. L'animal ne réapparait pas.

C'est alors que le téléphone de l'appartement grésille. Maggy est étonnée car elle ne reçoit jamais d'appel chez elle.

– *Good evening Madam*, annonce une voix jeune. Is this Mrs Hugs?

– *Yes Madam.*

– *Actually, I'm a boy, rétorque la voix dans le combiné.*

– *Oh, my apologies.*

---

[9] Merde, j'ai laissé la porte-fenêtre ouverte.

– Madam, I found a cat this afternoon. The concierge of my building said she is yours.

– How so nice. Would you mind coming over?

– I'm afraid my mother wont' let me out of the house. It's quite late already.

– It's fine, just give me your address and I shall come to yours.

– So, it's Palace Court, number 25. A long hallway... There is a courtyard... at the end of it.

– Alright then. I'll be on my way. Thank you so much,[10] conclut la jeune femme, soulagée de retrouver sa petite compagne.

Maggy Hugs repasse immédiatement son imperméable et saisit son *rain hat*[11] pour se rendre à l'adresse indiquée. Ce n'est pas très loin. Tout au plus deux-cent-cinquante mètres qu'elle parcourt à grandes enjambées sous une soudaine pluie battante. Elle pénètre au numéro 25, dans un couloir sombre et long. Au bout, elle pousse une porte aux carreaux opaques et se retrouve dans une cour centrale typique des immeubles londoniens. Elle la traverse en droite ligne,

---

[10] Bonsoir madame, annonce une voix jeune. Vous êtes bien Madame Hugs?

– Oui mademoiselle.

– En fait, je suis un garçon, rétorque la voix dans le combiné.

– Oh, mes excuses.

– Madame, j'ai trouvé un chat cet après-midi. La concierge de mon bâtiment a dit qu'il est à vous.

– Comme c'est gentil. Cela vous dérangerait-il de venir?

– J'ai peur que ma mère ne me laisse sortir de la maison. Il est déjà tard.

– Ça va, donnez-moi votre adresse et je viendrai chez vous.

– Alors, c'est Palais Court, numéro 25. Un long couloir ... Il y a une cour ... à la fin.

– Très bien alors. Je suisi en route. Merci beaucoup.

[11] Chapeau pour la pluie.

comme le jeune garçon lui a indiqué, et retrouve une porte identique à celle qu'elle vient de traverser. Elle passe cette nouvelle entrée et pénètre dans autre corridor aussi sombre que le précédent. Une seule veilleuse de sécurité diffuse la faible clarté qui lui permet de trouver des boites aux lettres sur la droite et une cage d'escalier sur la gauche. Il n'y a pas d'entrée d'appartement.

– Le garçon a omis de me donner l'étage, se dit Maggy tout en recherchant sur les boites.

Mais soudainement elle se rend compte qu'il ne lui a, non plus, pas donné son nom. Elle n'a pas le temps de mener plus loin sa réflexion, qu'elle sent quelqu'un arriver derrière elle et lui appliquer sur le nez un chiffon imbibé de chloroforme, elle a quelques secondes pour en reconnaitre l'odeur douceâtre caractéristique des hôpitaux.

Un homme de grande taille la soutient sous les aisselles et l'emporte sur quelques mètres jusqu'à Chapel Side, la rue opposée, déserte à cette heure. Juste devant cette entrée, un *van* attend portières arrières grandes ouvertes. Il la dépose sur une couverture étendue sur le plateau de l'utilitaire, lui attache les poignets, les chevilles, avec des cordelettes et lui fixe solidement un foulard en forme de bâillon sur la bouche, puis rabat sur elle un large plaid sombre, enfin il ferme et verrouille les deux portes. Le Bedford quitte la petite rue sombre puis stoppe à l'angle de Pembridge Square devant une cabine téléphonique où attend un adolescent d'une douzaine d'années. Le garçon s'approche aussitôt du conducteur qui lui tend des billets de banque pliés en lui disant:

– Thank you my boy, you were a big help. Here is the other half I promised, plus a £ 10 bonus. Forget what you have seen and don't tell anyone, neither your parents nor your friends. Ok?

– Sure will! [12]

Quelques heures plus tard, le *van* a quitté l'agglomération londonienne et roule maintenant dans la nuit au travers de la campagne du Surrey. Il parvient dans le Sussex Downs, tôt dans le petit matin brumeux. Cette région de collines et forêts est déserte l'hiver, les randonneurs ne la fréquentent qu'à la belle saison et les forestiers n'y viennent plus en hiver en raison des terrains devenus trop boueux pour leurs engins.

Le conducteur s'engage successivement sur des routes de plus en plus étroites, puis dans un chemin qui s'enfonce dans une zone boisée. Il roule encore lentement une vingtaine de kilomètres puis se parque dans une clairière, à la croisée de quatre directions. Là, un grand parking est aménagé à l'intention des touristes avec des tables et bancs de bois pour les pique-niques estivaux. Une grande carte forestière fixée à un portique est installée à ce carrefour pour indiquer aux promeneurs les différents itinéraires qui serpentent çà

[12] Merci mon garçon, tu m'as rendu un bon service, voici la seconde partie de ce que je t'ai promis. Je t'ai ajouté 10£ comme bonus. Oublie cette petite histoire et n'en parle à personne, ni à tes parents ni à tes copains. Dépense cet argent discrètement, c'est Ok?

– Oui M'sieu!

et là sous les futaies, dans les défilés rocheux ou le long des cours d'eau.

L'homme fait le tour du véhicule, ouvre les portières et délivre Maggy de ses liens et bâillon. Puis il l'aide à se relever et s'extraire du fourgon. Il pleut abondamment. La jeune femme vient de passer plusieurs heures inconfortables, ficelée et bâillonnée, allongée sur un plateau métallique, secouée en permanence, elle reprend son équilibre lentement. Son ravisseur lui enfonce le *rain hat* sur les cheveux qui commencent à ruisseler de pluie. Elle le regarde pour tenter de comprendre qui il est, mais sans ses lunettes qui sont restées dans la couverture, elle ne distingue qu'un grand homme barbu, portant une casquette plate et une parka militaire kaki.

– *Who are you? I cannot see without my glasses,*[13] dit-elle en fixant l'homme.

Il se penche alors dans le fourgon, fouille dans le plaid et y trouve les lunettes qu'il lui tend. Elle les chausse sur son nez et se sent immédiatement mieux.

Elle relève alors les yeux en direction du visage de son kidnappeur et répète:

– *Who are you? What do you want? Where is my cat?*

– *Amazing Miss Hugs, have you forgotten me already?*[14] rétorque-t-il simplement.

[13] Qui êtes-vous? Je ne vois pas bien sans mes lunettes.

Elle ne reconnait pas ce grand type barbu, qui s'impose devant elle avec un soupçon d'insolence. Pourtant, sa voix ne lui est pas totalement étrangère.

Il reprend en français:

– Allez Maggy, un petit effort!

Cette fois, un immense effroi envahit la jeune femme qui se sent fondre. Ce qu'elle a craint durant une semaine, elle l'a devant-elle. Elle est glacée.

– Marc Barroux? Vous êtes mort…

– Oui, tu m'as tué le 14 octobre dernier.

– Comment est-ce possible, questionne Maggy Hugs totalement déconcertée.

– Je suis un fantôme, *a ghost*, si tu préfères.

– Que voulez-vous?

– Nous allons régler nos comptes.

– Mais je ne suis pas responsable, oppose l'anglaise. Ce sont mes employeurs qui m'ont donné des ordres. C'est mon boss Alan Hughes qui a tout organisé. Moi je n'ai fait qu'exécuter ses ordres.

– Bien, bien… Alors s'ils te demandent de te jeter du haut de la falaise qui se trouve un peu plus loin, tu obéis?

---

[14] Qui êtes-vous? Que voulez-vous? Où est mon chat?
– Etonnant Miss Hugs, vous m'avez déjà oublié?

Cette fois, Maggy comprend que celui qu'elle a humilié ne transigera pas. Elle ne dit plus rien, comme bloquée sur place.

Alors le français lui précise:

– Tu vas marcher à pied sous la pluie, comme tu me l'as fait faire la dernière fois que nous nous sommes vus à Haubourg. C'est ton tour à présent. Je te laisse le choix, soit tout droit devant, le prochain village est à 26 km, soit à droite, il y a une route principale et un arrêt de bus à 28 km, ou encore derrière nous, il y un autre village à 25 km, et enfin à gauche la mer et ses falaises, c'est à 10 km. C'est comme tu le veux. De toutes manières, n'attend pas du secours, jamais personne ne passe sur ces chemins l'hiver. J'ai passé plusieurs jours à aller et venir sur ces chemins pour repérer les lieux.

Pour la mettre en situation de choisir, il la pousse par les épaules jusqu'au centre de la croisée des chemins. Elle reste là sans faire un mouvement, tétanisée, semblant s'être enfoncée dans une profonde déprime.

Marc la laisse et retourne à la voiture où il s'installe au volant. Il sort un sandwich d'un sac à côté de lui et commence à mordre dedans tout en fixant Maggy, toujours immobile sous la pluie au centre de la clairière. Marc achève son repas, ouvre une canette de soda et boit. Il observe impassible l'anglaise sur le chemin. Soudainement, elle bouge et avance lentement sur cette route forestière en direction du village. Barroux l'observe toujours depuis son siège, derrière le volant, et constate qu'elle marche à présent d'un pas plus affirmé renforçant sensiblement sa célérité. Dix minutes plus tard elle est loin sur le chemin. Alors il démarre le moteur du van, embraye et lentement la suit à distance. Maggy se tord les chevilles plusieurs fois sur cette chaussée pierreuse. Après plusieurs torsions, elle retire finalement ses escarpins et les jette sur le bas-côté dans les fougères pour poursuivre sa marche, les pieds nus. Elle avance désormais plus rapidement mais la plante de ses pieds se meurtrie cruellement.

Marc consulte sa montre et le compteur kilométrique, il y a une heure que la jeune femme marche seule sur cette surface caillouteuse. Elle a parcouru un kilometre cinq cents 1.5 km. Une heure plus tard, un kilometre deux cents de plus. Elle marche encore une demi-heure puis soudainement s'arrête.

– *I can't stand it, I won't go any further. You can kill me here,*[15] dit-elle à Marc qui est descendu de voiture pour s'approcher d'elle.

Alors, il sort son arme et sans la moindre émotion vise entre les yeux et tire. Il positionne ensuite avec beaucoup de soins le corps sur le chemin, dans la position du Bouddha, le torse redressé et la tête droite. Il glisse entres ses doigts une carte de tarot, *Le Jugement* et l'abandonne ainsi.

---

[15] Je n'en peux plus, je n'irai pas plus loin. Vous pouvez me tuer ici.

Le vengeur de Marc Barroux

Le corps de Maggy Hugs est découvert le lendemain par des cavaliers en promenade.

Trois jours plus tard la nouvelle arrive à Haubourg dans les locaux d'Impritech et se répand très vite parmi le personnel.

Mais c'est le lundi 16 février, soit une semaine plus tard, que le commissaire Lavoisin est informé par un des gardiens de la paix dont l'épouse travaille sur une chaîne d'impression:

L'ancienne directrice financière d'Impritech a été retrouvée assassinée sur un chemin du Sussex en Angleterre. Elle a été tuée d'une balle entre les yeux et tenait encore dans ses mains une carte de tarot.

L'information ne fait qu'un tour dans le cerveau du policier. Il fait demander par ses services auprès de Scotland Yard, des détails sur l'affaire, mais comprend que l'assassinat de Maggy Hugs est lié aux deux autres assassinats pour lesquels il n'a pu à ce jour trouver la moindre piste et dont le point central est Impritech et le groupe Koehble.

Tous les dossiers des juges Vignoux et Eckhart sont ressortis et analysés avec les nouveaux paramètres: *Impritech et Maggy Hugs*. Une seule affaire jugée fait ressortir ce lien commun, c'est le dossier *SA Koehble Printing France contre Marc Barroux*, or la pierre d'achoppement dans ce dossier est que Marc Barroux, celui qui a été débouté dans sa requête et a finalement perdu l'héritage de sa famille dont principalement l'entreprise Impritech, s'est tué dans un accident de voiture.

Paul Lavoisin se dit alors que si le mort ne peut objectivement pas réapparaître pour se venger, quelqu'un de proche doit s'être attelé à poursuivre ce sombre dessein.

Une réunion de tous les inspecteurs du commissariat est organisée dans l'heure. Il faut lancer des recherches pour retrouver tous les parents, amis, épouse, maîtresses de Marc Barroux.

Le mardi, une liste a été établie. Marc Barroux n'avait plus comme famille que Marcel Barroux et son fils, Philippe Barroux, respectivement oncle et cousin germain de Marc, tous deux également morts dans un accident de voiture le dimanche 1er juin 1980. Il avait un ami proche et associé à Paris, Louis Grandjean et une épouse Josette.

Les ordres sont immédiatement donnés pour entendre ces deux personnes.

Paul Lavoisin sent qu'il tient la solution.

Toutefois, Louis Grandjean est mis hors de cause par les policiers qui se rendent à Paris dans le quartier de l'Opéra où sont situés les bureaux de *Joliet & Grandjean*. Il a pu prouver, avec des billets de trains et d'avions, factures d'hôtels, s'être rendu dans différentes villes en France et à l'étranger, les déplacements et lieux visités étant incompatibles avec les enlèvements et assassinats.

Josette Barroux est, quant à elle, introuvable. Elle ne réside plus à Haubourg depuis le mois d'octobre dernier et n'a pas laissé d'adresse. Elle a été la maîtresse de Jean-Michel Ardennes le directeur commercial d'Impritech, et a habité une semaine chez lui. Ardennes confie aux enquêteurs que la relation n'a pas pu durer et qu'il l'a congédiée de chez lui. Il assure n'avoir plus jamais eu de ses nouvelles et ne pas connaitre sa nouvelle adresse.

L'enquête marque un nouvel arrêt.

Jean-Michel Ardennes

Jean-Michel Ardennes malgré ses trente-quatre ans, habite toujours chez ses parents à La-Garenne-Saint-Julien, une ville qui touche Haubourg et qui a la particularité de posséder sur sa commune la zone commerciale nord, la concentration de grandes surfaces la plus forte du Haubourgeais. S'il possède, dans la même ville un appartement de trois pièces hérité à la mort de sa grand-mère par donation de ses parents, c'est uniquement pour des rencontres galantes. Certaines y demeurent quelques jours suivant les besoins charnels du propriétaire qui est un gros consommateur de sexe. Josette Barroux y a habité une semaine lorsqu'elle s'est séparée de Marc. Mais Ardennes s'est rapidement lassé d'elle, la trouvant trop puérile, manquant de cette maturité qui fait les grandes amantes.

Il est grand, brun aux yeux d'un bleu pâle toujours impeccablement vêtu, costumes, chemises parfaitement repassées et chaussures cirées par maman tous les matins. Ce sont ses petits plus, additionnés aux petits plats raffinés de la maison familiale qui ont déterminé son absence de propension à l'envol solitaire pour des espaces plus sauvages. A l'inverse de son épouse dont la responsabilité du comportement de leur fils est indéniable, Gilbert Ardennes, le père de Jean-Michel et un peu plus distant de lui. Il le considère comme un capticux, un tartufe, et évite habilement toute confrontation voire même tout contact avec lui.

Jean-Michel Ardennes travaille chez Impritech depuis dix ans. Il y est entré comme agent commercial et a remplacé en 1976 au pied levé, Simon Erstein, le directeur commercial de l'époque décédé subitement d'un infarctus. Il a toujours agacé Marcel Barroux, le PDG, qui ne pouvait pas souffrir ce *pédant gominé*, comme il le peignait, mais il a toujours été arrêté par le mur de la réalité économique. En effet, Ardennes est un vendeur exceptionnel. Il a été, au cours des années, un apporteur d'affaires de premier niveau tout en soignant les marges commerciales. Sur le plan professionnel, il est donc irréprochable. Toutefois, entre l'exercice consciencieux de son métier et le cocooning maternel, il y a sa part d'ombre qui s'étend sur le vaste territoire du temps libre que lui laisse sa fonction commerciale. Comme il est d'une redoutable efficacité professionnelle, il conclut très rapidement ses contrats et commandes, ce qui lui offre du temps et des moyens, notamment les frais de déplacements et la voiture supportés par l'entreprise.

*

Depuis quelques jours, Ardennes a remarqué Laurence, une jolie jeune femme de trente-deux ans, dans l'entreprise Achard SA d'Arpajon qui édite des journaux et folios publicitaires sur le département de l'Essonne. Laurence travaille au service commercial de son client et n'a donc pas de rapport direct avec Jean-Michel qui traite ses affaires essentiellement avec le service achat. Lui cependant, dominé par d'autres motivations, a décidé de la mettre à son tableau de chasse. A chacune de ses visites il accroit ses démonstrations de charme ce qui aujourd'hui parait avoir atteint un degré en net évolution. Elle s'est entre-autres confiée à lui, en lui livrant:

– Je m'ennuie souvent quand je quitte le boulot le soir .

Il n'en fallait pas plus pour mettre le chasseur en embuscade. A 16 h 30, heure de sortie des bureaux de Achard SA, Ardennes attend, dans sa voiture garée dans la rue à quelque distance, le passage de la jeune femme et la suit jusqu'au centre commercial ou elle se gare, prend un caddy et le pousse vers la galerie marchande. Il l'imite en espaçant son jeu d'une minute, tout en ne la perdant pas de vue. Il pousse son chariot, y place une bouteille de champagne, un paquet de chips puis des gâteaux apéritifs et s'avance discrètement vers Laurence. Elle est à cet instant, surprise de se trouver nez-à-nez avec lui et laisse échapper:

– Oh! Monsieur…

– Le monde est petit, ironise-t-il.

– Vous faites vos courses ici, pourtant vous habitez Haubourg, n'est-ce pas?

– Je vais chez une amie passer la soirée, alors j'apporte du champagne.

– Vous allez passer une bonne soirée, je suis jalouse, plaisante la jeune femme.

– Vous ne faites jamais la fête? Vous devez vous embêter.

– Vous savez, je suis seule la semaine, mon mari part souvent.

– Ah, au fait, que fait-il?

– Il conduit des trains à la SNCF. Je ne le vois pas pendant plusieurs jours et quand il rentre, il est fatigué et il dort.

– Vous êtes donc toute seule?

– Oui, enfin, j'ai ma fille.

– Vous avez une fille, si jeune? Quel âge a-t-elle?

– Elle a eu quatorze ans le mois dernier.

– Est-elle aussi jolie que sa maman?

Laurence esquive sa réponse, confuse et flattée à la fois.

Tout en poursuivant ses propos suaves, le flatteur parvient à la voiture de la jeune femme et l'aide à placer ses sacs de courses dans son coffre, puis lui propose de l'aider jusqu'à la porte de son immeuble. Un quart d'heure plus tard, il est devant la porte de son appartement. Il a pris la bouteille de champagne en même temps qu'il plaçait les deux sacs de Laurence dans l'ascenseur. Et pour finir, il propose:

– Cette bouteille de champagne n'attend que d'être bue chez vous.

La jeune femme se laisse faire, elle n'est pas insensible au charme de Jean-Michel. Comme elle a un peu de temps, Sandrine, sa fille, ne rentre que vers 19 h 30, de chez son amie Delphine où les deux lycéennes révisent ensemble leur cours, boire un verre ne lui déplairait pas. Alors, ils s'installent dans le salon. Laurence y apporte un seau à champagne où elle place la bouteille, des verres et un plat pour y disposer tout ce que son invité, un peu précipité, a apporté. Mais elle n'a pas le temps de servir ni le champagne ni les petits gâteaux, Ardenne l'attrape pas la taille et l'attire vers lui pour l'étreindre d'un baiser fougueux, tout ce qu'elle n'a jamais. Son mari est un homme introverti dont les assauts se font attendre et, la plupart du temps, c'est elle qui doit entreprendre. Avec cet amant, les choses se font beaucoup plus instantanément avec une brusquerie caressante qui attise Laurence. Les vêtements sont vite retirés et l'étreinte est sauvage. Il la prend sous lui, la retourne, la redresse, la fait basculer. Toutes les niches de plaisir et de jouissance sont explorées. Laurence entre dans une cascade d'orgasmes jusqu'à retomber dans le creux du canapé exténuée. L'étreinte a duré longtemps en même temps que les minutes se sont envolées sans savoir les retenir. Ardennes la regarde maintenant comme un gibier qu'il a accroché à son tableau de chasse et dont il ne sait déjà plus ce qu'il va faire.

Laurence regarde alors sa montre et s'écrie:

– Sept heures! Mon dieu, Sandrine va arriver.

Elle se rhabille rapidement tandis que lui en fait autant.

– Je vais dire que tu es un collègue que j'ai invité pour dîner ce soir.

Et dévisageant son amant, elle le prie:

– S'il te plait reste ce soir. Tu peux appeler tes amis avec mon téléphone.

– C'est bon, je vais rester. Ces amis-là se passeront bien de moi.

Laurence est soulagée. Elle range rapidement les verres, et la bouteille de champagne au réfrigérateur puis dispose des couverts sur la table de la cuisine.

Sandrine entre à cet instant-là. Elle est un peu surprise de la présence d'un homme chez ses parents, mais Laurence lui explique qu'il est là pour travailler ce soir avec elle sur un dossier pour l'entreprise Achard. Elle semble convaincue, d'autant que le charme de ce bel homme commence à opérer sur l'adolescente.

La dîner est rapidement préparé avec les courses faites au centre commercial. L'instant du dîner est agréable pour les deux femmes que le jeune homme parvient à extraire de leur routine. Lorsque le repas est terminé, Laurence rappelle discrètement à sa fille qu'elle a des cours demain matin et doit en conséquence aller dormir tôt. Sandrine se retire avec quelques regrets, elle appréciait les bons mots et le charme de ce beau visiteur.

Laurence, elle, a hâte de reprendre avec son amant, dans sa chambre et sur son lit cette fois, des agitations sexuelles qui la grisent déjà.

Jean-Michel Ardennes est un amant aux performances extrêmes et à la vitalité exceptionnelle. Laurence s'en souviendra. Mais, pour le moment elle dort profondément. Il consulte sa montre posée sur le chevet, il est minuit. Il se lève, sort de la chambre qu'il referme derrière lui, fait quelques pas dans l'appartement silencieux et se rend aux toilettes pour uriner. Dans la cuisine, il se verse un verre d'eau du réfrigérateur, puis range la bouteille et referme sa porte. Ensuite il marche pied nu, de nouveau dans le couloir, s'arrête une seconde devant la porte de Sandrine, réfléchit quelques secondes et finit par appuyer doucement sur la poignée. Il entre et referme la porte derrière lui sans un bruit. Puis il s'approche de la jeune fille endormie et glisse doucement sa main sous la couette chaude. Elle se réveille lorsque sa main touche la peau de son ventre.

– Qui c'est? demande-t-elle, d'une voix engourdie et enfantine.

– C'est moi, ta maman a demandé que tu sois gentille avec moi.

– Maman?

– Tu es une femme maintenant…

Sandrine ne comprend pas. Elle tente de repousser l'assaillant, mais sans force réelle.

Maman a dit que… pense-t-elle.

Son petit plaisir volé, Ardennes recouvre la jeune fille qui pleure doucement, en lui susurrant:

– Ça va aller, tu es une femme maintenant. Ne dis rien à ta maman, elle va être très jalouse de toi.

Il quitte la chambre, retourne à celle de Laurence qui dort toujours profondément, s'habille rapidement et sans bruit, puis sort de l'appartement, de l'immeuble, récupère son véhicule pour s'éloigner de la ville.

*

Chaque semaine, chaque voyage du directeur commercial d'Impritech est émaillé de prouesses sexuelles.

Comme tout le personnel d'Impritech, il est chagriné d'apprendre la mort violente de Maggy Hugs au Royaume-Uni. Il semble regretter la collègue compétente et active mais se dit aussi qu'elle aura été un échec cuisant. Une bonne paire de claques. Cette anglaise dont il n'a pas su ou pu trouver la clé des sens, lui aura résisté. Malgré trois tentatives.

Un mois passe, février s'achève et tout le monde a oublié Maggy et sa mort horrible, les juges enlevés et découverts assassinés dans cette belle et impassible ville de Haubourg.

Ce jour-là, Jean-Michel Ardennes découvre un petit billet sur le parebrise de sa voiture qu'il a garée, le temps de passer dans la rue des Arènes faire quelques emplettes pour l'anniversaire de sa maman ce soir:

Je passe chez toi vers 17 h 30. Je suis de passage. J'ai envie... Je n'aurai pas beaucoup de temps, "M".

Il se gratte la tête quelques instants pour deviner qui est cette "M", mais il en eu tellement des "M", … … comme il a eu des "B", autant que des "J" ou des "C".

Alors la sève monte en lui. Puisqu'elle n'a pas beaucoup de temps, cela tombe bien parce que lui ne peut en aucun cas manquer l'anniversaire de sa maman. Il sera à 19 heures à la maison. Entre-temps il aura *baisé* cette "M".

Il arrive dans sa garçonnière, il est 16 h 45. Ardennes prend le temps d'aérer les pièces, tendre les draps et la couverture du lit, vérifier dans le tiroir du chevet, les préservatifs, le lubrifiant intime, les godemichés au cas où "M", souhaiterait une double pénétration. Il referme les fenêtres et tire les tentures, puis allume les éclairages tamisés. Il passe à la salle de bains, se déshabille totalement, prend une douche, se brosse les dents, se passe un peu d'eau de toilette, enfile un peignoir de satin, des nu-pieds, puis va à la cuisine où il avale un verre d'eau. Tout est prêt. Il consulte sa montre il est 17 h 29. Une minute plus tard on frappe à la porte. "M" est ponctuelle… Depuis deux heures il a fait défiler dans sa mémoire des dizaines de visages de conquêtes, des Mathilde, Manon, Monique, Muriel, mais maintenant il va savoir qui est cette "M".

Le jeune homme ouvre sa porte sur le couloir sombre dont l'éclairage est en panne depuis deux jours et sent instantanément le métal d'un canon sous sa gorge. Il recule dans l'entrée de l'appartement, à mesure que l'arme avance et s'enfonce avec force dans son cou. La porte claque bruyamment et il se retrouve face à un homme barbu, grand qu'il ne reconnait pas tout de suite.

– Tourne-toi! lui intime l'homme d'un ton comminatoire.

Jean-Michel obéit et se laisse ligoter docilement les poignets dans le dos, les chevilles et enfin bâillonner. L'intrus serre tellement fort le foulard sur sa bouche qu'il sent celle-ci s'agrandir et la commissure des lèvres se déchirer.

Il regarde hébété son agresseur qui lui demande:

– Sais-tu qui je suis?

Ardennes fait signe de la tête que non. Pourtant la voix est familière. Encore quelques secondes et ça y est, il retrouve en même temps qu'il ressent un malaise profond et lointain. Cette voix d'outre-tombe c'est celle de celui qu'il a contribué à pousser à terre, celui à qui il a pris la femme pour la rejeter ensuite comme un mouchoir de papier utilisé.

Marc Barroux?

Il le croyait mort et incinéré. Comment est-ce possible? A moins que ça soit son fantôme. Ardennes se sent mal, terriblement mal.

Marc le regarde avec un profond dédain et lui jette:

– Je ne vais pas perdre de temps avec toi. Tu vas payer ce que tu dois à ma femme et ensuite ce que tu me dois.

Le pourfendeur de femmes, violeur de fillette, ne comprend pas. Le bâillon sur sa bouche bloque toute plainte, gémissement ou pure protestation. Mais pourrait-il protester? La simple interrogation qui traverse son esprit comme un éclair, c'est que veulent dire les mots *tu vas payer*? Il est renseigné dans l'instant qui suit.

Marc lui écarte son peignoir, approche le bout du silencieux de l'automatique de son sexe et appui sur la détente. Dans un simple bruit de bouchon de champagne, le sexe explose. Ardennes se plie en avant, la douleur est atroce. Barroux le retient et l'entraîne vers une chaise de la cuisine où il le force à s'asseoir et lui dit:

– Voilà pour Josette. Maintenant tu vas payer pour ce que tu m'as fait.

Ardennes ne comprend rien. Il n'entend plus tant la douleur qu'il ressent dans son bas ventre est brûlante. Le coup part dans un second *pop* de bouchon de champagne et l'atteint entre les yeux. Il se plie en avant et bascule, mais Marc le retient et le pousse fermement pour le caller contre le dossier de la chaise. Il lui glisse une carte de tarot, *Le Diable*, entre les mains qui replient sur ses cuisses et lui redresse la tête en direction de la porte d'entrée.

Marc promène rapidement son regard dans les différentes pièces de cette garçonnière avec un profond sentiment de dégoût et quitte finalement les lieux en tirant simplement la porte derrière lui, tout en enveloppant précautionneusement la poignée de son mouchoir.

Jean-Michel Ardennes est découvert le soir-même par ses parents qui, ne le voyant pas arriver pour l'anniversaire de madame Ardennes, se sont rendus à l'appartement de leur fils.

Informé par le service d'urgences, Paul Lavoisin se rend immédiatement sur les lieux.

Il enrage de ce qu'un quatrième cadavre lui échoit dans cette affaire dont il sait maintenant que le mobile est clairement la spoliation de l'héritage de Marc Barroux.

Il faut trouver d'urgence Josette Barroux, elle est la clé de cette énigme.

Sébastien Barbizier

Sébastien Barbizier a reçu en décembre 1980, une belle promotion en récompense de l'excellent travail fourni comme responsable des comptes d'entreprises à la BCBM et plus particulièrement dans le traitement du contentieux avec l'ancien propriétaire, dirigeant de la SA Impritech. Il devient dès le 5 janvier 1981, le directeur de l'agence de la BCBM à Nevers.

La vie est magnifique, un bien meilleur salaire et une position de *patron*, avec des droits sur tout ce qui est sous lui et, sa hiérarchie à plus d'une heure d'ici… Barbizier est un homme qui, dès son entrée dans la banque, a rapidement compris qu'il pouvait écraser ceux qui sont au-dessous de lui, pourvu qu'il sache caresser tout ce qui est au-dessus.

Le premier miracle se produit dès janvier. Une cliente de longue date de l'agence, Madame Germaine Vigneureux, veuve, depuis une dizaine d'années, d'un gros viticulteur de Sancerre demande à rencontrer Sébastien Barbizier, le directeur, comme elle en avait l'habitude avec son prédécesseur.

Germaine Vigneureux est une dame âgée de 89 ans qui vit depuis quelques années à Nevers dans une belle maison bourgeoise, propriété familiale depuis un siècle. N'ayant pas eu de succession, elle vend depuis le décès de son époux les parcelles de vigne, au fur et à mesure des opportunités, et place le fruit de ces ventes à la BCBM.

La dame entre lentement dans le bureau, s'appuyant sur sa canne, accompagnée par une employée des guichets. Sébastien se lève pour l'aider à s'installer dans un des deux fauteuils face à lui.

– Bonjour Madame Vigneureux je suis heureux de vous accueillir, je m'appelle Sébastien Barbizier, je remplace Monsieur Beauvais qui a été muté à notre siège de Haubourg depuis le 5 janvier. Que puis-je faire pour vous être agréable?

– Etes-vous bien au courant de mes placements dans votre banque?

– Bien entendu, Monsieur Beauvais m'a tout à fait informé et j'ai de nouveau consulté votre dossier ce matin. Nous continuerons à vous assurer le meilleur service.

– Je suis passé ce matin chez maître Cassin, mon notaire, pour signer la vente de nos parcelles de vignes de Bue et j'en ai reçu le paiement en chèque, plus un paiement en espèces que l'acheteur a souhaité faire pour économiser sur les frais de notaire et les taxes. Alors, je vous ai apporté tout ça. Il faut m'offrir de bonnes conditions.

– Vous aurez le meilleur taux, je m'y engage, affirme le banquier sans hésitation.

– Alors, voilà, dit la dame, le chèque et dans cette enveloppe, il y a les espèces représentant le dessous de table.

– Bien, je vais enregistrer tout ça.

Alors Barbizier remplit soigneusement un bordereau de remise du chèque de deux millions cent cinquante mille francs, puis ouvre l'enveloppe et compte les billets qui y ont été glissés en vrac.

Il compte deux cent cinquante-deux mille sept cent soixante-dix francs. De toute sa carrière dans la banque, c'est la première fois qu'il est en contact tactile avec des billets en si grand nombre. Il a toujours navigué dans des fonctions où l'argent restait virtuel, des chiffres sur du papier quatre-vingt grammes. Il ressent tout à coup quelque chose d'étrange le parcourir, une sorte de vertige qui le prend depuis le ventre et remonte dans le dos, le long de la colonne vertébrale. Il trie ensuite les coupures et en fait des petits tas, les Pascal de cinq cents francs, les Delacroix de cent francs, les Quentin de la Tour de cinquante francs et enfin les Debussy de vingt francs.

Il relève les yeux et regarde la dame qui lui sourit gentiment.

Il reprend sa tâche et dispose quatre liasses de cent billets de cinq cents francs plus un billet seul, une liasse de cent billets de cent francs, deux autres liasses de cent billets de cent francs qu'il pose sur le bord de son bureau, une liasse de cinquante billets de cent francs plus deux billets de cent francs, trois liasses de cent billets de cinquante francs plus un billet de cinquante francs seul, une liasse de cent billets de vingt francs et enfin un billet de vingt francs seul.

Il remplit ensuite le bordereau de remise d'espèces et, tout en regardant l'octogénaire assise là, devant lui, il glisse sa main gauche le long de son bureau, ouvre discrètement le tiroir bas et d'un coup de coude fait tomber les deux liasses posées sur le bord du plateau. Enfin, il totalise deux cent trente-deux mille sept cent soixante-dix francs sur le document folioté qu'il fait signer à la dame toujours souriante et captivée par ce jeune banquier aux petits soins pour elle et son argent.

C'est son premier coup. Il vient de subtiliser vingt mille francs à une vieille dame.

Il trouve un charme suave dans cette belle rentrée d'argent en marge.

Madame et monsieur Barbizier formulent depuis longtemps le projet de construction d'une maison. Ils se décident, en ce début d'année, à se lancer dans *l'aventure* puisque Sébastien assure que des primes nombreuses vont lui être versées régulièrement par la banque.

Fort de son premier ex*ploit*, le jeune responsable de l'agence de Nevers entend utiliser sa position. Il remarque qu'à l'instar de Madame Vigneureux, plusieurs clients aisés et âgés de son agence ne contrôlent jamais leurs comptes, il se décide donc à leur prélever des petites sommes. Pour cela, il ouvre un compte bancaire au Crédit Lyonnais, un autre à la BNP et un troisième au Crédit Agricole, par prudence dans des villes différentes ou villages environnants, et effectue des virements réguliers depuis les comptes de ses clients. En février, les petits montants deviennent des montants moyens et en mars, des sommes plus conséquentes. L'escalade dans cette appétence est rapide. Mais comme il est prudent, il retire chaque semaine l'argent détourné pour le conserver dans une armoire du sous-sol de la maison en location qu'ils occupent avec sa femme. Fin mars, il dispose de plus de cinquante mille francs.

*

Depuis une semaine, Marc Barroux qui circule dans Haubourg comme un poisson dans l'eau, épie les allers et venues du banquier, sa prochaine cible. Ce responsable de la BCBM qui l'a poussé à la ruine en coupant judicieusement le crédit court-terme d'Impritech, puis fait saisir ses biens récemment hérités. C'est lui qui a fait mourir de chagrin sa vieille amie Thérèse. Marc a décidé de procéder très rapidement à son exécution.

Il a repéré et noté que Barbizier se rendait tous les jours à Nevers. Puis qu'il rentrait à Haubourg dans sa maison le soir vers 19 h 15, 19 h 30. Sa femme est infirmière à l'hôpital universitaire de Haubourg. Ses horaires sont une journée de vingt-quatre heures suivie de trois jours de congés.

Madame Barbizier est plus jeune que son époux, vingt-cinq ans tout au plus. Barroux a appris qu'ils n'étaient mariés que depuis un an et n'ont pas encore eu d'enfant.

Aujourd'hui mardi, Madame Barbizier prend son service à 6 heures. Elle ne rentrera donc que demain vers 7 heures. Marc décide alors de rendre visite à son époux dans la soirée si rien ne vient perturber ce plan, comme une arrivée impromptu de visiteurs par exemple. A 21 heures, il sonne à la porte du banquier. Il ne reçoit pas de réponse. La clarté bleue d'un téléviseur se diffuse au travers des persiennes. Il sonne deux nouvelles fois quand enfin l'entrée s'éclaire au travers du verre cathédrale de la porte. C'est Sébastien qui ouvre, il est en peignoir et mules; visiblement à sa coiffure hirsute et son teint blafard, il s'était assoupi devant son poste. Il regarde son visiteur nocturne d'un œil interrogatif. Il paraît soucieux de quelque chose mais Marc sent que son inquiétude n'est pas en rapport avec lui personnellement, ni les morts autour d'Impritech. Non il est tout simplement tourmenté par ses récentes petites malversations. Il souffre depuis peu d'insomnies, puis de cauchemars dans lesquels il se voit convoqué par sa direction générale et lorsqu'il entre dans le grand bureau du PDG, toutes les vielles personnes qu'il a escroquées sont là de chaque côté, menaçantes.

– Bonsoir Monsieur Barbizier, je souhaiterais vous entretenir de nos affaires lorsque vous étiez au siège de la BCBM, responsable des comptes d'entreprises, avance Barroux.

– Mais, proteste immédiatement Barbizier. Je n'ai plus aucune rapport ni responsabilité avec cela depuis décembre dernier.

– Je le sais, répond le visiteur, mais il demeure des reliquats qui n'ont jamais été purgés. Puis-je entrer?

Barbizier scrute ce grand gaillard barbu sur son pas de porte. Il ne le connait pas. Il est certain de ne jamais l'avoir croisé dans la banque, alors, une petite fraction de seconde, il se sent rassuré. Le visiteur fait mine d'entrer, devançant l'invitation de son hôte qui finalement faiblit, recule et le laisse pénétrer dans le couloir avant de refermer la porte derrière lui.

Chacun semble demeurer dans l'expectative d'un geste, d'une parole de l'autre, comme suspendus dans le temps. Puis Marc demande:

– Allons-nous parler ici?

– Euh... Non, rétorque enfin Barbizier, entrez dans le salon.

Puis quelques mètres plus loin, toujours debout, il reprend:

– Que voulez-vous exactement?

– Je voudrais vous parler de l'entreprise et de la maison dont j'avais hérités de mon oncle.

– Oui, et alors? rétorque le banquier, agacé.

– C'était une belle demeure bourgeoise et une magnifique entreprise que nous possédions dans la famille depuis mon grand-père.

Tout à coup, la mémoire revient à l'esprit du financier. Il se remémore la voix de l'homme devant lui. Quelqu'un qu'il avait chassé de ses pensées depuis longtemps. Il ne comprend plus et dit candidement:

– Mais vous êtes mort. Que venez-vous faire ici aujourd'hui?

Puis, il se rend compte de sa bêtise et commence à avoir peur de ce fantôme qui réapparait après avoir été calciné dans un accident de la route. Il recule au fur et à mesure vers la cheminée au fond de la pièce, butte dans le serviteur faisant tintinnabuler, pelle, brosse et pince d'âtre.

– Je... Je peux vous donner de l'argent, marmonne-t-il. J'ai... J'ai une grosse somme d'argent ici dans mon sous-sol, je peux vous la donner. Venez, je vais vous la montrer.

Marc qui n'a plus prononcé le moindre mot, mais a extrait son *automatique* de la poche intérieure de sa parka, lui fait signe de passer devant.

– Suivez-moi, suivez-moi, continue de marmonner le banquier, terrorisé, c'est en bas, je vais tout vous donner.

Dans le sous-sol devant l'armoire métallique, Barbizier se sent ridiculement redevenu petit, comme un enfant qui s'apprête à recevoir la correction que son père va lui infliger. Il sort un gros sac de toile qu'il ouvre devant Marc et montre des liasses de billets en vrac espérant retarder la main vengeresse qui va s'abattre d'une seconde à l'autre sur lui.

– Prenez-tout, c'est à vous.

– Il y a combien? demande Marc.

– Cinquante mille francs, peut-être plus, assure l'autre en poussant le bagage vers lui.

– D'où ça vient?

– De la banque.

– Vous avez encore escroqué quelqu'un? interroge Marc sans attendre de réelle réponse, ne doutant pas de l'origine peu honorable de cet argent.

– C'est-à-dire... se contente de répondre Barbizier sans pouvoir trouver autre chose à dire.

– Vous pensez-donc que cette somme pourra compenser tous les dégâts que vous avez fait dans ma vie?

Le banquier est coupé net dans sa tractation. Il regarde Marc sans plus rien faire que d'attendre l'exécution du verdict.

Barroux le vise soigneusement et appui sur la détente avec un profond sentiment de dégoût. Le corps tombe en arrière et va se caler contre l'armoire métallique où le sac d'argent est projeté. Marc lui redresse la tête et glisse entre les doigts la carte de tarot *Le Bateleur*. Puis il quitte les lieux aussi discrètement qu'il était arrivé en emportant le sac de billets puisque tel était le souhait du mort.

L'Étoile

Le corps de Jean-Michel Barbizier est découvert en fin d'après-midi de mercredi par Eloïse, son épouse. Toute la journée de mercredi cette dernière pensait son époux à son bureau de Nevers et ce n'est qu'en descendant au sous-sol pour faire une lessive à la machine qu'elle l'a découvert allongé sur le sol.

Paul Lavoisin reçoit un nouvel *électrochoc* lorsqu'il apprend cette dernière exécution dans la saga *Impritech – Barroux.* Il commence à se poser des questions sur la capacité de Josette Barroux, jeune femme frêle de vingt-quatre ans, à commettre tous ces assassinats.

Un rapport d'enquête provenant de Scotland Yard sur l'assassinat de Maggy Hugs arrive le jour même sur le bureau du commissaire français et confirme ses doutes.

Les enquêteurs britanniques ont recueillis plusieurs témoignages durant leurs investigations:

Le caissier de l'épicerie Queensway Food & Wine a confié aux policiers que Maggy Hugs était connue comme fidèle et régulière cliente. Il dit surtout avoir remarqué, au cours des soirées précédant son meurtre, un homme, grand, cheveux châtains et portant une barbe, semblant la suivre. Ce personnage est entré dans le magasin à sa suite, a acheté des pastilles de menthe une fois, une canette de Coca Cola, une deuxième fois, ou fait d'autres achats aussi anodins, mais a quitté l'établissement aussitôt à sa suite.

Une habitante de l'immeuble de Bayswater Road où demeurait Miss Hugs a vu, le matin du vendredi 6 février 1980, un homme barbu de grande taille devant sa porte, au rez-de-chaussée. Il a fait mine de s'être trompé de numéro d'immeuble et a tourné les talons lorsqu'elle est passée à côté de lui et l'a questionné sur la raison de sa présence dans l'immeuble.

Madame Longfield, la mère d'un jeune garçon, prénommé James, est venue témoigner spontanément au Notting Hill Police Station. Le soir de ce même vendredi 6 février, elle a découvert dans la poche de son garçon trois billets de £10. S'étonnant qu'il soit en possession d'une telle somme, elle l'a menacé des foudres du ciel s'il n'avouait pas où il les avait volés. Le jeune James s'est alors liquéfié et a raconté ce qu'un homme avec un léger accent français lui avait demandé de faire. Il a même pu se souvenir du numéro de téléphone, composé par lui, et du nom de Miss Hugs indiquant que l'homme roulait à bord d'un vieux van jaune de la marque Bedford. Cette étrange anecdote a été rapportée immédiatement au central de Victoria Street.

Le Bedford a été retrouvé le 2 mars sur les quais de Portsmouth, il avait été volé le 2 février à un antiquaire d'Ashford. Un trousseau de clés appartenant à Miss Hugs a été découvert coincé dans les plis d'une couverture sur le plateau du van. Ceci corrobore qu'il s'agit bien du véhicule utilisé par le meurtrier pour commettre l'enlèvement. On suppose qu'il est ensuite monté à bord d'un ferry pour quitter l'Angleterre.

Une autre information arrive à Haubourg, une heure plus tard le même jour. Elle verrouille totalement la dernière théorie qui germe dans l'esprit de Paul Lavoisin. Un procès-verbal de constatation de la police judiciaire de Paris indique en substance:

A la suite du mandat d'amener délivré à l'encontre de Josette Graçay épouse Barroux, les agents du commissariat du 10° arrondissement, envoyés par deux fois à l'ancien domicile du couple Barroux, 1 rue d'Enghien, n'avaient pas obtenu de réponse lorsqu'ils avaient sonné à la porte. Ayant reçu une demande insistante de la police judiciaire de Haubourg, Le commissaire du poste "Louis Blanc" a fait intervenir un serrurier pour pénétrer dans l'appartement, qui du reste n'était pas verrouillé, ni même simplement fermé à clé. Ils y ont fait une "macabre découverte". En effet le corps de Josette Barroux, dont la mort a été causée par un tir d'arme à feu dans la région du cœur, se trouvait dans le salon, en position assise et tenant dans sa main une carte de jeu de tarot, "L'Étoile". Le médecin légiste fait remonter la mort à plus de trois mois, bien que le corps enfermé dans un appartement clos, non chauffé se soit parfaitement conservé.

Lavoisin conclut tout haut:

– La malheureuse est hors de cause!

Il réunit à nouveau son staff pour faire un point à partir de ces importantes informations et dit:

– Nous savons maintenant que notre tueur en série est un homme de grande taille aux cheveux châtains et portant une barbe.

– J'ai une information dans ce sens, annonce, Pierre Kohn, un jeune inspecteur récemment intégré à l'équipe. L'enquête de proximité menée hier, par nos hommes dans l'entourage de Jean-Michel Barbizier, rapporte également la description d'un homme d'une trentaine d'années, grand, cheveux foncés et portant une barbe, circulant à bord d'une fourgonnette du type Renault *Estafette* blanche. Il a été aperçu à Haubourg auprès de la maison de la victime dans les jours précédents et même le soir présumé du meurtre. Un témoin habitant Nevers dit avoir vu un homme, du même signalement, garer une fourgonnette blanche à proximité de l'agence de la BCBM et y pénétrer le mercredi 4 mars, son attention avait été attirée par l'état vétuste du véhicule dont les bas de caisse étaient rouillés, ce qui tranchait avec l'allure correct du conducteur. Les employés de la banque ont confirmé qu'un individu correspondant au même signalement est entré dans l'agence pour se renseigner sur le nom du directeur.

– Tout va dans le même sens. Nous avons un signalement précis. Nous pouvons lancer les recherches de l'individu et du véhicule.

Jeudi 2 avril 1981 sur la radio nationale RTL, au journal de 8 heures, le journaliste Pierre-André Mazotte annonce:

Rebondissement dans l'affaire du tueur en série de Haubourg. La liste s'allonge puisque l'on a découvert deux nouvelles victimes du Tueur au jeu de tarot. Hier était retrouvé assassiné dans son sous-sol, Jean-Michel Barbizier, le directeur de la BCBM. Ce dernier avait été en responsabilité du dossier d'Impritech l'année dernière. Dans la même journée on apprenait que le corps de Josette Barroux, la veuve de Marc Barroux, était découvert à son domicile parisien. C'était celle-là même que la police suspectait jusqu'alors d'être à l'origine des quatre premiers meurtres de la série, à savoir, les deux juges Haubourgeais, une citoyenne britannique ayant exercé des responsabilités financières au sein de la société Impritech et, enfin, le responsable commercial de cette même entreprise, Jean-Michel Ardennes. La police s'oriente maintenant vers un homme de grande taille, cheveux foncés et portant une barbe. Le signalement de ce suspect provient de plusieurs lieux où ont été commis ces assassinats. Décidément cette affaire Impritech recèle bien des mystères. Le nombre de morts s'élève désormais à huit si, en extrapolant, on ajoute les morts accidentelles, le 1er juin de l'année dernière, des précédents propriétaires de l'entreprise, Marcel et Philippe Barroux puis Marc Barroux, lui-même en octobre. Le mystère sur ces accidents demeure lui aussi entier.

La presse écrite, nationale et régionale reprend les mêmes révélations avec pour certains quotidiens un titre *à la une* sur la largeur de page.

Le Tueur au jeu de tarot

Les informations diffusées nationalement sur les ondes et dans les quotidiens n'ont pas échappées à Marc Barroux alias Yves Bernardin, reclus dans sa maison de Saint-Mandé. Il va devoir modifier son apparence maintenant que celle adoptée, depuis qu'il est entré dans la peau de son ancien ami Yves, a été mentionnée par plusieurs témoins et est donc connue de toutes les polices. Il éclaircit la couleur de cheveux en les décolorant en gris, presque blanc, et rase aussi sa barbe, ne conservant qu'une moustache épaisse à la *Georges Brassens*.

Marc va s'obliger à quelques semaines d'inactivité afin que se relâche un peu l'attention des forces de police à la recherche du *Tueur au jeu de tarot*. Sa colère n'est pas totalement retombée, ni sa vengeance assouvie, mais il a besoin de se ressourcer avant de poursuivre sa *guerre*. Il devra ensuite se rendre de nouveau à Haubourg pour punir celui qui s'est rendu coupable de la pire des trahisons: celle d'un ami. Cet ami se nomme Armand Febvre, celui qui a sournoisement manigancé dans son dos, alors qu'il avait sa confiance, comme il jouissait préalablement de celle de son oncle.

Marc a presque tout oublié de sa vie antérieure, il ne lui revient en mémoire que la mort de Josette. Pas son histoire affective, son mariage, ses moments de bonheur ou d'agacement avec elle, mais seulement sa mort. Cette terrible seconde où il a décidé et appuyé sur la détente de son arme. Il pense aussi souvent à Gabrielle, cette jolie et fraîche jeune fille qu'il a attrapée par la main alors qu'elle allait entrer sur l'épouvantable sentier de la prostitution. Il pense à elle parce qu'elle a touché son âme alors qu'il pensait ne plus en avoir. Le tueur impitoyable qu'il est devenu n'est pas totalement dénué d'humanité. Mais soudainement ces pensées lui échappent, balayées par sa haine envers ceux qui l'ont humilié. Il en reste encore de vivants, il doit les éliminer.

*

A Haubourg, le commissaire Paul Lavoisin se creuse l'esprit pour deviner qui peut avoir ainsi saisi le glaive meurtrier de Némésis pour venger la famille Barroux. Il a obtenu de Sylvain Froger, le juge d'instruction en charge des affaires d'homicides intervenus à Haubourg, une autorisation d'exhumation des corps de Marcel et Philippe Barroux pour vérifier que ceux-ci sont authentiquement les leurs. Cette investigation n'ouvrira aucune piste nouvelle. Il a entrepris de faire expertiser également le corps de Marc Barroux, mais malheureusement pour lui, Josette Barroux avait demandé aux pompes funèbres de Gien, dès que la gendarmerie lui a rendu le corps de son époux, le 19 novembre, de procéder à son incinération. Elle avait alors en tête de tirer un trait sur sa vie avec lui et de faire rapidement valoir ses droits d'héritière de ses biens. Par ailleurs, à la même époque, l'épave de la voiture calcinée avait été rendue à la compagnie de location de voiture, sa propriétaire, qui l'a alors faite broyer dès décembre pour la refonte de métaux par un ferrailleur recycleur de véhicules.

A raisonner froidement et sur les faits mêmes, se dit Lavoisin, je ne peux pas matériellement parlant, exclure que Marc Barroux ne soit pas vraiment mort dans l'accident, ni carbonisé, et que ce soit en fait lui le *Tueur au jeu de tarot*. Ou, serait-ce alors son fantôme? Mais je ne crois pas aux fantômes comme je ne crois pas au Père Noël.

Au départ de son enquête, le commissaire avait fait rechercher parmi les proches de l'héritier *spolié*, un vengeur possible. *Le vengeur* plus précisément car les analyses des projectiles retirés des corps de toutes les victimes ont pu déterminer avec certitude leur provenance de la même arme. Si peu d'éléments dans cette enquête offre une certitude, celle-là au moins existe. La question qui a demeuré longtemps pour Paul Lavoisin était: Quel ami serait capable de dépenser autant d'énergie, déployer de tels moyens, faire preuve d'autant de hargne pour commettre, sans erreur, ces assassinats?

Les minutes s'écoulent, les heures défilent et les jours se suivent autour de cette interrogation sans que rien ne vienne ni corroborer ni contredire cette évidence.

Mais Paul Lavoisin est, lui, secrètement convaincu que Marc Barroux n'est pas mort et qu'il est le *Tueur au jeu de tarot*.

Si cette conjecture est vérifiée, il va falloir trouver Marc Barroux avant qu'il commette un autre assassinat. Le policier se livre à un certain nombre d'hypothèses pour déterminer qui pourrait être une prochaine cible potentielle. Il dresse d'abord la liste des personnes assassinées et leur degré d'intrication de chacune d'elle dans le mobile du tueur:

– Les deux juges qui ont rendu des décisions défavorables à Barroux,

– Maggy Hugs l'envoyée du groupe américain *Koehble Printing Inc.* qui a tramé toute la stratégie pour la captation de Impritech,

– Le banquier Sébastien Barbizier qui a manœuvré pour saisir le reste des biens de la famille Barroux,

– Le directeur commercial Jean-Michel Ardennes qui a volé la femme de Marc Barroux,

– Sa femme elle-même pour la punir de l'avoir abandonné aux pires moments.

Puis Lavoisin ouvre une liste de victimes potentielles. Dans cette liste, Lavoisin fait figurer:

– André Favard de l'étude notariale *Grungier & Favard* qui a établi les actes de reprise d'Impritech au bénéfice de Koehble,

– Edouard Lapointe l'avocat qui a obtenu des juges les décisions défavorables à Marc Barroux,

– Gilbert Novailles, l'huissier de Justice, qui a délivré des actes et fait saisir la voiture de Marc Barroux, ultime humiliation infligée au jeune PDG déchu, selon le témoignage de sa secrétaire, Geneviève Pyhre,

– Pierre Chabot directeur de l'agence de la BNP et enfin,

– Janine Garceau directrice de l'agence du Crédit Lyonnaib bien que ces deux derniers semblent avoir été peu impliqués dans le *complot* contre la famille Barroux.

A cette liste, le commissaire ajoute in fine Armand Febvre devenu le PDG d'Impritech aux bottes de Koehble. Il a pris la place de Marc Barroux à ce poste prestigieux qui semble-t-il selon les potins en ville il convoitait.

Le policier énonce à ses hommes, lors de sa réunion de crise, que six personnes sont à protéger, quatre seulement si l'on considère Pierre Chabot et Janine Garceau comme cibles secondaires.

Un policier britannique est venu de Londres pour se joindre à cette réunion afin de mettre en commun les résultats des investigations et de coordonner les actions pour retrouver le *Tueur au jeu de tarot*. Scotland Yard estime de son côté que Alan Hughes, le président de KPMI c'est à dire Koehble Printing Management International à Londres, pourrait être une prochaine cible du tueur car il a été l'ordonnateur suprême de *l'achat* d'Impritech. Il est aussi le propriétaire de la majorité des actions du groupe Koehble. Les policiers français et britanniques conviennent d'une stratégie similaire: protéger discrètement les personnalités désignées tout en organisant autour d'elles un mécanisme de pièges pour capturer le tueur. Sans même les mettre dans la confidence ils vont donc les utiliser comme appâts.

Gabrielle

Deux semaines se sont écoulées. Marc Barroux se trouve désormais dans une situation on ne peut plus confortable car il a reçu une nouvelle carte d'identité, un nouveau passeport et un nouveau permis de conduire. En effet, il a effectué, en toute transparence, des démarches à la préfecture de police pour obtenir ces documents officiels avec sa *vraie photographie* après avoir déclaré *volé*, son portefeuille. Le certificat de naissance d'Yves Bernardin a été obtenu sans aucune difficulté à la mairie de Maubeuge. Il a aussi été en mesure de fournir comme justificatif de domicile, des quittances de loyer à ce même nom, celles officielles du propriétaire de la maison de Saint-Mandé puisque c'est sous ce nom qu'elle a été louée. Le fonctionnaire de l'état civil n'a pas décelé la moindre manœuvre fallacieuse et a délivré les documents requis par Yves Bernardin, alias Marc Barroux, quadragénaire avancé aux cheveux gris.

Marc a aussi acheté un nouveau véhicule pour remplacer la vieille Estafette abandonnée dans un terrain vague à Carrières-sur-Seine après y avoir mis le feu pour effacer toutes traces d'empreintes et indices divers. La nouvelle voiture acquise, dans les mêmes conditions que précédemment, sur le marché parallèle de Saint-Mandé, payée en espèces avec une immatriculation et carte grise barrée, est un break 404 Peugeot de 1967, bleu ciel délavé, au kilométrage imprécis, le compteur indiquant 24550 km, ce qui est hautement improbable. Le vendeur prétend avoir remplacé le moteur et la boîte à vitesse. Marc constate seulement que les pneumatiques sont en bon état et qu'elle roule bien, sans bruits suspects côté mécanique. Il l'a choisie pour une qualité essentielle: la discrétion. Il tient avant tout à se déplacer dans un véhicule banal et répandu. Sur le plan financier, il dispose toujours de l'impressionnant trésor de guerre *légué* par son lieutenant braqueur de banques. Il reçoit également le versement mensuel de sa pension de retraite auxquelles sommes se sont ajoutés les cinquante mille francs de Jean-Michel Barbizier.

Une circonstance s'est produite dans le passé récent de Marc. Cette circonstance est la rencontre de Gabrielle. Elle devait être un bref passage dans le cheminement de sa quête de vengeance. Mais depuis son image revient périodiquement dans ses pensées. Le désir de la revoir le tourmente, d'autant plus qu'il se sent seul certains soirs lorsque ses pulsions de vengeance l'abandonnent.

Alors un après-midi d'avril, il quitte sa banlieue ouvrière pour aller se promener dans les jardins infiniment plus chics des Champs-Élysées. Le printemps explose partout dans les allées boisées, autour des places. Il demeure assis sur un banc à rêver, respirant l'air frais puis, finalement, se décide à marcher jusqu'à la rue du Cirque et à grimper les six étages du petit escalier qui conduit au niveau des anciennes chambres de bonnes où se trouve l'appartement où l'avait conduit Gabrielle en décembre dernier. Devant la porte, il s'arrête un instant pour écouter les bruits dans l'immeuble. Le brouhaha de la rue et des champs Élysées au loin arrive ouaté par les murs épais et éloigné par la hauteur du bâtiment. Il perçoit une faible musique à l'intérieur, un morceau de jazz aux accents tziganes, Django Reinhardt, suppose-t-il. Il hésite encore quelques secondes puis frappe trois petits coups. Il ne reçoit pas de réponse, alors il frappe plus fort et à cet instant la musique s'arrête et il entend:

– Oui, voilà, une seconde!

Puis la porte s'ouvre et Gabrielle apparait. Elle vient visiblement de s'extraire d'un travail absorbant. Des livres ouverts sont étalés sur la table et aussi sur une chaise. Elle regarde un bref instant son visiteur comme un *Deus ex machina*. L'instant passé, elle réalise qui est devant elle et s'écrie d'un éclat de voix spontané et étincelant:

– Yves! Toi ici, mon dieu quel bonheur! Je n'osais plus espérer te revoir un jour.

– Eh bien me voici. J'avais aussi envie de te revoir.

– Tu m'avais dit de ne pas essayer de te revoir, qu'il fallait que j'oublie.

La jeune femme se jette dans les bras de Marc et se serre contre lui. Il est totalement troublé par cette démonstration d'affection et la serre aussi. Puis il tourne son visage vers le sien, trouve immédiatement ses lèvres qui se collent contre les siennes et sa langue qui fraye un passage en force vers la sienne. L'embrasement est tel que Marc a juste le temps de repousser, du bout de sa chaussure, la porte derrière lui avant de se laisser emporter par ses sens, attiré par elle vers le lit. Les vêtements sont retirés avec impétuosité. Elle ôte son tee-shirt et son soutien-gorge en un tournemain, et son jean, et sa culotte dans le même mouvement des pouces. Puis la jeune femme contribue aussitôt à retirer le pantalon de Marc et entraîne le sexe viril, dur, vers le sien pour l'engloutir dans un torrent chaud et ruisselant. Son orgasme jaillit du plus profond d'elle-même comme une éruption volcanique que des mois d'attente et de désir endiguaient en secret.

Quand enfin la sérénité regagne la chambre, les nouveaux amants se regardent pour se découvrir. Leur étreinte a été fulgurante mais la pénombre qui baigne maintenant la pièce rapporte une histoire plus profonde.

– Lorsque je t'ai quitté à Haubourg en décembre dernier, confesse Gabrielle, je suis revenue comme tu me l'avais demandé à Paris et j'ai abandonné la Mercedes à la Gare de l'Est. Mais quand je me suis retrouvée seule ici, j'ai senti que tu me manquais déjà. J'ai aimé cet épisode avec toi, ce moment intense. J'aurais voulu que notre aventure dure et que l'on reste ensemble. Depuis j'ai espéré que nos routes se recroisent. J'ai souffert de devoir respecter ce que tu m'avais demandé. Et puis que faire, je ne savais pas comment et où te retrouver. Je n'ai eu de nouvelles de toi qu'au travers de tes exploits rapportés par les journaux. Merci, merci d'être revenu.

– Toi aussi, tu me trottes dans la tête depuis. J'ai plusieurs fois été sur le point de refaire le chemin jusqu'ici, mais ce que je fais ne se partage pas facilement. Il n'est pas souhaitable que tu sois confrontée à cela. Ma haine et ma colère me font commettre des actes violents dont je ne m'étais jamais cru capable. Alors jusqu'à aujourd'hui j'ai maitrisé cette force qui m'attire vers toi.

– Je veux savoir, dis-moi. J'ai besoin de tout savoir de toi.

Alors Marc, calmement, à voix basse, raconte comment un jour sa vie a basculé. Les assassinats des personnes qui ont tramé, accompagné et autorisé ce complot contre lui pour le dessaisir de ses biens. Comment Thérèse, la vieille gouvernante de sa famille depuis ses grands-parents est morte de chagrin, et comment son premier meurtre, celui de Josette, celle qui méritait le moins de mourir, a été le verrou ultime de son inhibition partie en éclats.

– Elle t'a trahi, murmure Gabrielle. Et elle allait encore te trahir malgré ses promesses répétées. C'est ton instinct de survie qui a guidé ton bras.

– C'est vrai, je ne supporte pas la trahison, acquiesce Marc. Malgré moi, j'ai tiré sur celle que je venais tout juste d'étreindre, juste parce qu'elle me trompait encore en se dérobant pendant mon sommeil. Elle allait me dénoncer, ou faire je ne sais quoi de stupide. Par sa bêtise, elle aurait révélé que je n'ai pas péri dans l'accident, ce qui m'aurait fait courir des risques. Tout comme la trahison, je n'ai jamais accepté ni le vol, ni le viol, ni la duperie, mais c'est un autre moi-même, un tueur froid, qui a jailli dans la voiture accidentée quand j'ai vu mon ami, mort à côté de moi. Je venais à peine de le retrouver et il a été tué à ma place. Je voudrais que cela s'arrête et retrouver la paix, mais, aussitôt, cette violence remonte en moi. Je crois qu'elle cessera quand le dernier qui m'a trahi, celui qui se disait mon ami, aura été puni, tout comme l'homme qui a tout orchestré pour spolier les biens de ma famille, mes biens!

– Je veux être avec toi. Je veux t'aider, assure avec gravité et conviction la jeune femme en prenant le visage de Marc dans ses mains et le fixant droit dans les yeux. Nous ne pourrons pas, tu ne pourras pas vivre avant que cela soit fait. Alors nous allons le faire ensemble, comme ce que nous avons fait pour le juge Eckhart.

Puis elle l'embrasse encore longuement sur la bouche, dans sa bouche, sa petite langue lui fait l'effet d'un piment doux et épicé de mille saveurs inattendues. Ses baisers coulent sur ses yeux, son visage et dans son cou. Ses lèvres effleurent sa peau en suivant un sentier le long de sa poitrine et de son ventre pour enfin capturer son sexe et s'en délecter lentement, longtemps, des minutes infinies comme une condamnation au plaisir éternel. Marc n'en peut plus de l'éruption volcanique qu'il sent poindre en lui. Il lui caresse les cheveux en glissant ses doigts dans le fond de ce champ de blé que le vent fait frémir. Ses mains passent lentement sur ses joues, autour de ses lèvres à la frontière de sa propre peau, suivant le mouvement continuel de leur cadence musicale et orchestré, métronome sensuel. Doucement il saisit son visage en l'écartant de lui. Il ressent cette tendre tenaille glisser, le tenir serré et enfin lâcher prise comme un coquillage qui abandonne sa roche. Il la saisit sous les bras et la soulève pour la faire glisser sur son ventre et sa poitrine. Son corps est dense et souple à la fois. Ses seins sont fermes, aux pointes dures comme des éperons. Insensiblement Gabrielle agrippe ses jambes dans ses cuisses qui se referment fermement comme de nouvelles tenailles et se pénètre lentement de son amant. Mais l'amante est la maîtresse de ces instants de volupté. Son corps tout entier s'est redressé et se tend en arrière pour capter totalement Marc qui l'observe dans l'obscurité tamisée d'une clarté extérieure. Il sent la chaleur et l'humidité débordante du sexe féminin qui débute une danse mesurée, harmonieuse et rythmée, puis impétueuse dont l'issue inéluctable est annoncée par une mélodie de petits gémissements suaves et cristallins.

Armand Febvre

Ce matin-là Armand Febvre arrive à son bureau. Deux visiteurs l'attendent dans le hall de l'entreprise Impritech. Les deux hommes se sont présentés à l'accueil comme étant d'anciens collaborateurs de l'imprimerie ayant un rendez-vous, mais il s'agit en fait de policiers: Pierre Kohn, un jeune inspecteur de vingt-cinq ans, tout au plus, et Denis Sully, inspecteur plus âgé, la soixantaine passée.

Ce dernier s'avance au-devant du PDG dès qu'il foule le sol du hall de l'entreprise, le prend par le bras, comme un ami de longue date, pour l'écarter du comptoir de l'hôtesse d'accueil et lui chuchoter:

– Nous vous attendions, Monsieur Febvre, explique Sully. Le commissaire Lavoisin nous a délégué pour assurer votre protection. Il semble d'après nos investigations qu'un homme ait décidé d'éliminer des personnes qui ont eu un rapport avec la succession de Marcel Barroux et la reprise de votre imprimerie par le groupe Koehble.

– Ah, bon sang, s'exclame Febvre. C'est l'explication des meurtres de Maggy et Jean-Michel?

– Oui. Vous pouvez y ajouter le juge Eckhart, le président Vignoux et Monsieur Barbizier avant-hier, ajoute le jeune inspecteur Pierre Kohn. Tous ces assassinats sont liés et ont été commis par celui que nous appelons le *Tueur au jeu de tarot.*

– Qui peut-il être?

– Quelqu'un qui a été lésé dans l'affaire de la cession au groupe Koehble, reprend Sully. Un seul nom revient: Marc Barroux.

– Mais il a été carbonisé dans sa voiture, s'étonne le PDG.

– Nous n'en sommes plus sûrs du tout, poursuit l'aîné des deux inspecteurs.

– Bon sang, reprend Febvre, la mine décomposée soudainement. C'est terrifiant!

– Vous vous sentez menacé? questionne Kohn, d'un ton mièvre.

– En première ligne! rétorque le PDG d'un ton sec et vif, presque courroucé.

– Nous allons organiser une protection autour de vous, ajoute Denis Sully pour conclure. Cependant, le commissaire nous impose et vous impose d'organiser cette protection comme un piège d'où le tueur ne devra pas s'extraire. Désormais, vous ne devrez rien entreprendre en termes de déplacement sans notre accord préalable. De plus, nous allons nous fondre dans l'entreprise. Vous allez justifier notre présence auprès de vous en nous présentant comme des conseils en management. Dites à vos collaborateurs que nous serons présents dans les lieux pour quelque temps.

Armand Febvre accepte de bonne grâce les instructions des policiers parce qu'il est terrifié. Il a compris que si Marc Barroux, vivant, est le tueur ayant déjà éliminé froidement six personnes pour avoir tramé un complot contre lui, que dire de ses propres actes:

avoir délibérément trahit sa confiance en truquant et falsifiant des facturations afin de créer volontairement une perte de chiffre d'affaires dans le but de déclencher un incident bancaire! Il sait qu'il a trompé celui qui le considérait comme son ami et qui lui avait donné toute sa confiance comme l'avait fait depuis des années son oncle et son grand-père, tout ça pour satisfaire une ambition personnelle. Maggy Hugs lui avait demandé ce *petit service* au nom de l'acquéreur, le groupe Koehble, contre comme contreparties, le paiement en espèces de la somme de deux cents mille francs et la promesse d'être nommé PDG d'Impritech, une fois cette dernière rachetée et tombée dans l'escarcelle des Américains. Armand n'a pas pu fermer l'œil durant des semaines après avoir commis cette tromperie et vu partir son ami à pied et sous la pluie, ce triste après-midi du 14 octobre 1980. Tout cela parce que la volée de rapaces avec laquelle il venait de se confondre et de se corrompre par pure vénalité avait décidé de ne lui laisser aucune issue honorable.

Armand Febvre a peur et doit vivre désormais sous la protection de la police. Mais protection veut aussi dire surveillance. Surveillance de sa personne et de ses déplacements, de sa vie. Et qu'est donc sa vie? Il est marié à Jeanne et a deux enfants, Magalie dix-neuf ans et Clément dix-sept. L'aînée est étudiante à la faculté de lettres et le cadet encore scolarisé au Lycée Jacques-Cœur. Pour eux, il n'y aura pas de complications, ils comprendront et admettront les contraintes imposées pour sa sécurité.

La famille Febvre habite à Saint-Germain, à huit kilomètres de la zone industrielle où est implanté Impritech, une maison neuve achetée en janvier de cette année, dans une toute nouvelle zone pavillonnaire issue de l'expansion urbaine de l'agglomération de Haubourg. C'est la somme reçue pour sa *trahison* qui lui a permis de réaliser cette acquisition, complétée par un prêt *amicalement* consenti par la banque BCBM et cautionné par son employeur reconnaissant, le groupe Koehble.

Armand Febvre a aussi une vie secrète composite.

Il a d'abord une maîtresse, Laurence Renan.

Laurence travaille à la Poste centrale de Haubourg où elle est inspectrice avec des horaires de brigade, ce qui lui offre du temps libre en après-midi, à peu près une demi-journée sur deux. Elle est aussi l'épouse de Fred Renan, contremaître chez Impritech, un couple sans histoire, ni enfant. Fred a été un collaborateur d'Armand Febvre à l'époque encore récente où celui-ci occupait le poste de directeur technique de l'entreprise. Renan exerce son activité en équipe du matin ou du soir suivant la semaine, ce qui donne à son épouse des plages horaires qui, combinées avec les siennes, lui permettent de s'offrir des fréquentes séances de débauche avec son amant. Un de ses amants, devrions-nous dire, car Laurence dispose d'une vitalité sexuelle débordante, proche de la nymphomanie.

Armand fréquente Laurence depuis un repas de fin d'année réunissant le personnel de l'entreprise dans un restaurant de la ville. C'était à Noël 1977. Laurence, ce soir-là, en *besoin* et à la recherche d'une *op-*

portunité à saisir avait été attirée par la hiérarchie de son époux, passivement étourdi bien que d'ordinaire maladivement jaloux. Depuis lors, plusieurs fois par mois, Armand retrouve Laurence chez elle, dans le quartier nord, où les Renan habitent dans une tour HLM totalement impersonnelle et anonyme. Armand vit ces moments d'encanaillement chez elle avec beaucoup de plaisir et, grisé, s'est même laissé aller dans l'entreprise, à octroyer sans difficulté des augmentations de salaire ou des primes au mari trompé sans que celui-ci ne s'en doute. Laurence est impudique et dévergondée. Elle offre à son amant les plus savantes finesses sexuelles qu'il n'osait même pas espérer avant de la connaitre. C'est-à-dire, tout ce qu'il n'a jamais eu avec Jeanne, son épouse modèle, femme au foyer, propre sur elle, catholique assidue à l'église le dimanche et bonne mijoteuse de plats pour sa petite famille.

Alors Armand est secrètement contrarié. Il ne va plus pourvoir s'écarter du chemin de retour vers le domicile conjugal, sauf de révéler aux inspecteurs de police ses *petites habitudes*.

Le PDG exemplaire s'adonne aussi à une autre pratique depuis l'époque de Jules Barroux et de l'ancien atelier d'imprimerie dans la vieille ville. Il était alors devenu un jeune chef d'atelier, le collaborateur assidu et dévoué du patron. Celui qui reçoit les commandes des clients, les ordonnance en fabrication et les livres. Le jeune Febvre avait rapidement observé que sa position lui permettrait de prendre certaines commandes de particuliers ou d'artisans à *son compte*, en octroyant des prix plus bas, et de se faire payer en espèces. Cette activité qui se perpétue, même mesurée, lui permet de percevoir un revenu complémentaire et régulier sans impôt. Là encore, se déplacer pour aller livrer lui-même des boîtes d'imprimés ou catalogues à *ses clients* va être compliqué par la présence des policiers.

*

Une semaine est passée. Armand Febvre a été très prudent et s'est conformé aux directives de la police. Pour ces petits arrangements de *petits travaux* à son compte, il n'a rien changé car il a observé que les policiers ne prêtaient aucune attention à cette activité parallèle. Il a donc continué à prendre des commandes, fabriqué et livré les documents imprimés à *ses clients* en ville ou dans la zone industrielle, même s'il est accompagné à distance par l'un ou les deux policiers qui vivent dans son ombre.

Mais il en est vite autrement pour son autre part d'ombre. Il sent jour après jour son besoin physiologique bouillonner en lui. Il doit trouver un moyen de contacter et passer un moment avec Laurence. Son mari, Fred Renan est de service à l'imprimerie cet après-midi jusqu'à 20 heures et, suivant le calendrier d'activité qu'elle lui a communiqué en début de mois, elle est libre. Alors, il l'appelle dès qu'il se trouve seul dans son bureau et la *belle* lui propose de la rejoindre vers 16 h 30 à son domicile comme d'habitude. Il explique aux policiers qu'il doit rendre visite à un employé souffrant pour discuter avec lui de travaux qui étaient en cours de réalisation lorsqu'il a été mis en congés maladie par son médecin. Arrivé dans le quartier nord, il parque sa voiture devant un immeuble éloigné de trois cents mètres de celui des Renan. Il entre sous le porche et se retourne pour vérifier que son *ange gardien*, l'inspecteur Kohn, se gare à proximité. Armand Febvre connait bien cet immeuble, car, en effet, le collaborateur qu'il a prétendu visiter y demeure réellement. Ce collaborateur qui, en réalité, est actuellement en congés payés pour la semaine. Il traverse un long corridor qui débouche dans une autre entrée de l'immeuble sur la face opposée, donc dans l'autre rue. Ensuite il marche à pas soutenus jusque chez Laurence où il passe une agréable *récréation*. Ce qu'il ignore, c'est que Denis Sully, l'autre inspecteur a également suivi, à une plus grande distance. Sully est un vieux renard. Durant la guerre il est entré à 20 ans dans la police et, à l'époque, il a appris à *filocher* des suspects. Il était, à cette époque peu recommandé de faire une erreur. Donc, puisque Febvre et Kohn se sont dirigés vers le versant *est* des bâtiments du quartier, lui est passé par le côté *ouest* et a vu Armand ressortir en catimini de l'immeuble pour marcher à grands pas vers une autre adresse. Il l'a pisté jusque chez les Renan où il a compris qu'il y avait un rendez-vous galant. D'ailleurs, sans trop employer de subterfuges, il a obtenu d'une voisine du même palier toutes les informations dont il avait besoin pour établir son rapport. La femme était tellement satisfaite de pouvoir enfin livrer à un policier tout ce dont elle est témoin depuis des mois. Elle qui aurait bien aimé avoir un amant qui l'aurait dévoyée de son chemin de routine et de solitude.

La semaine suivante, le scénario se répète. Les policiers laissent faire Armand, tout en le surveillant.

Cette fois, le commissaire Lavoisin, informé de l'activité extraconjugale du PDG, renforce le nombre de fonctionnaires autour du domicile de Laurence. Pour lui, il s'agit de constituer une *tenaille* autour de ce lieu car il subodore que c'est dans ce type de site informel que le *Tueur au jeu de tarot* va passer à l'acte et non dans l'entreprise.

Laurence

Dernières semaines d'avril 1981, la France est en pleine campagne pour le premier tour de l'élection présidentielle. Gabrielle et Marc se sont installés dans le centre historique de Haubourg. Ils occupent au 2 rue Victor Hugo, le petit appartement que Marc avait loué pour Thérèse. Il avait à l'époque réglé une année de loyer d'avance pour la vielle dame et caché les clés, sur une poutre du couloir, après son décès. L'endroit est discret, situé au 1er étage, au fond d'une cour avec un accès par un escalier vétuste dont ils ont seuls l'usage.

Le plan qu'ils ont imaginé, pour approcher et surveiller Armand Febvre est de faire embaucher Gabrielle par Impritech à un poste de secrétariat, suffisamment proche du PDG, ou encore standardiste. Le couple se déplace librement en ville. Lui, dissimulé derrière ses moustaches épaisses et ses cheveux gris de quinquagénaire et, elle, transformée par une perruque rousse et un rouge à lèvre carmin, une silhouette très éloignée du signalement donné par les témoins l'ayant vue en compagnie de Tanguy Eckhart le soir de sa disparition. La semaine, avant de quitter Paris, Marc a fait fabriquer, par le biais de son malfrat de vendeur de voitures à la Porte de Montreuil, une fausse carte d'identité pour Gabrielle qui se nomme maintenant Véronique Mongin. Ce nom est celui figurant sur la carte de sécurité sociale procurée par le même aigrefin.

De ce que celui-ci a dit à Marc, cette carte aurait été dérobée et vendue par un ambulancier de l'hôpital Saint-Antoine. Le numéro de Sécurité Sociale de la malheureuse propriétaire, décédée, de cette carte commençant par *2-50-02…* indique qu'elle était âgée de trente et un ans. Gabrielle qui n'en a que vingt-trois, doit se vieillir dans son aspect: *habillement et maquillage.*

Tous les matins, Marc descend jusqu'à la place de la Cathédrale où il achète les journaux à la *Maison de la Presse.* De retour, ils épluchent tous les deux les annonces d'emplois. Mardi, ils ont la chance de découvrir dans le *Journal du Centre* une annonce importante, indiquant:

La SA Impritech, groupe Koehble, en pleine croissance recherche pour accompagner son développement, des techniciens d'imprimerie, maquettistes… et un peu plus bas, une secrétaire bilingue pour seconder notre secrétaire de direction…

– C'est exactement ce qu'il nous fallait! s'esclaffe Marc ravi. Il faut maintenant te fabriquer un curriculum vitae pour ce poste. Comment te débrouilles-tu en anglais?

– Parfaitement bien, j'ai passé deux ans au pair à Cambridge après le bac. Je le parle couramment. Et comme j'ai fait allemand en troisième langue et que je n'étais pas mauvaise, nous pourrons inscrire secrétaire trilingue dans mon pedigree, conclue magistralement la jeune femme, non sans une certaine fierté.

– Nous allons t'inventer une expérience de dix ans dans une entreprise de Suresnes, *Comanodex*, que je connaissais bien. J'étais leur commissaire aux comptes. Ils ont fait faillite l'année dernière et ont été mis en liquidation au moment où j'étais déjà PDG d'Impritech, c'est mon ami Louis Grandjean qui me l'avait dit. Je vais pouvoir te mettre au courant de cette activité et si ces messieurs d'Impritech se prenaient de l'envie de demander des renseignements professionnels sur toi, ils seraient bien en peine d'en obtenir.

– Oui, mais depuis l'année dernière? rétorque Gabrielle.

– Eh bien, dis simplement que tu as profité de tes indemnités de licenciement pour faire un séjour linguistique de six mois en Californie par exemple.

– Ça marche!

Dans l'après-midi Marc achète une petite machine à écrire portable, un carnet de certificats de travail, et fait fabriquer des tampons au nom de *Comanodex* dans une petite boutique proposant toutes sortes de services, clés, gravures, tampons encreurs, etc. Les documents, curriculum vitae et faux certificat de travail sont élaborés par lui et le lendemain à 9 heures, Gabrielle se présente à l'entreprise pour y déposer sa candidature.

Dans l'attente d'être reçue par une certaine Jane Hughes, la directrice financière, administrative et du personnel d'Impritech, Gabrielle engage une conversation intéressée avec la réceptionniste-standardiste. Elle apprend ainsi que l'entreprise se heurte à de nombreuses difficultés pour trouver sur le marché de l'emploi de Haubourg des employés qualifiés.

– Le pire, confie la standardiste, c'est pour le poste de secrétaire qui vous intéresse. Madame Hughes a déjà fait trois essais malheureux avec des filles qui ne savaient pas aligner trois phrases dans un courrier en anglais, sans faire cinq ou six fautes, et je ne vous parle pas de leurs compétences pour s'exprimer dans cette langue. Vous comprenez, ici, nous appartenons à un groupe international, alors l'anglais… Oh, si vous parlez bien anglais, vous n'aurez pas de mal à obtenir le poste.

La femme a tout juste prononcé sa dernière phrase que son téléphone sonne. C'est pour indiquer à la candidate qu'elle doit monter et se présenter au bureau de la directrice.

Jane Hughes est une grande femme sèche d'une cinquantaine d'années, anglo-saxonne type. L'accueil est des plus froids. Elle adresse à Gabrielle un bref salut par un simple mouvement de tête, sans poignée de main. Elle lui indique, d'un autre mouvement, de la main à plat cette fois, le fauteuil devant son bureau et attrape brusquement les documents que la jeune femme lui tend, puis commence à les parcourir sans un mot. Enfin après quelques secondes de réflexion, elle la questionne nerveusement!

– Well, Miss Mongin. With such a brilliant career, why bother applying to a job here in Haubourg? Isn't life in Paris more exciting?

– I love Paris, but my fiancé was promoted to a new position with EDF and we had to relocate here.

– *Do you have any experience in international business?*

– *Yes, I do. With Comanodex, I would be in charge of all our foreign clients.*

– *Lovely... Plus you are fluent in English*[16], conclut Jane Hughes, d'un ton métamorphosé et s'exprime dès lors avec beaucoup de prévenance et en français. Combien voulez-vous gagner?

– Je souhaite bien gagner ma vie, mais je me plierais aux grilles salariales de l'entreprise.

– Pouvez-vous commencer demain matin?

– Absolument.

– Alors, Véronique, vous commencez demain matin 9 heures précises. Vous serez payée quatre mille francs mois pour quarante heures de travail les trois premiers mois, ensuite nous reverrons ces conditions si votre travail est satisfaisant. Appelez-moi Jane.

Voilà désormais Gabrielle dans la place. Jane Hughes l'a installée en vis-à-vis et dans le même bureau que Geneviève Pyhre, la secrétaire de direction. Cette dernière l'a foudroyée d'un regard mortel lorsqu'elle lui a été présentée. La vieille secrétaire est âgée de soixante et un ans et célibataire. Comment ne plus l'être puisqu'elle est mariée à l'entreprise? Elle est *le pilier* de cette entreprise depuis l'époque de Jules Bar-

---

[16] Bon, mademoiselle Véronique Mongin. Vous avez un beau parcours professionnel, pourquoi venir vous enterrer ici à Haubourg? La vie en région parisienne ne vous captivait plus?

– Ce n'est pas cela. Mon fiancé est ingénieur à l'EDF et a été muté ici. Alors je l'ai suivi.

– Etes-vous expérimenté dans les relations internationales?

– Oh oui, chez Comanodex, c'est moi qui gérais les relations avec nos clients étrangers.

– Bien, Bien, je constate que vous maîtrisez bien l'anglais…

roux et a su, au cours des années, se rendre indispensable en creusant un profond *fossé de défense* autour d'elle. Cette petite Véronique Mongin, fraîche et diplômée, qu'on lui impose pour la seconder représente en fait la *menace extrême* pouvant la pousser vers la sortie. Alors elle guettera chacun des faux-pas de la *jeunette* pour l'abattre.

Mais Gabrielle a vite compris que sa collègue sénior va lui mener une guerre déloyale si elle s'oppose à elle. Alors, elle adopte immédiatement un comportement de soumission et de reconnaissance en ses qualités et sa position hiérarchique. Pour chacune des tâches entreprises par Gabrielle, cette dernière agit avec adresse et laisse à son aînée la *paternité* de l'idée, de l'initiative ou même de la rédaction d'un texte tant en anglais qu'en français. Geneviève se fait berner par sa benjamine et se persuade que c'est elle qui l'utilise et la manœuvre.

La jeune femme a désormais toute latitude pour s'intéresser à l'activité et aux mouvements du PDG. Elle fait adroitement parler de lui, afin de recueillir les ragots et les *bruits* le concernant. C'est ainsi qu'elle apprend, ce que, semble-t-il, tout le monde sait, sauf le principal intéressé:

La femme de Fred Renan couche avec le patron.

Tout est venu, parait-il, d'une des ouvrières qui habite le quartier nord à proximité de la tour où demeurent les Renan. Elle aurait vu Armand Febvre entrer dans l'immeuble à plusieurs occasions alors qu'elle savait le contremaître, de service à l'imprimerie.

Le lendemain, Marc se rend à l'adresse des Renan pour repérer les lieux. Il se poste devant l'entrée de l'immeuble une demi-journée et repère les allers et venues des personnes. Il repère assez facilement Laurence Renan grâce à la description que des employées d'Impritech ont faite à Gabrielle, une femme de grande taille, la quarantaine, le teint hâlé comme une *aoûtienne* revenant de vacances, de beaux cheveux noirs, mais une coiffure anodine, et un habillement ordinaire, sans classe. La croisant un bref instant sur le trottoir, il la détaille avec précision et découvre dans cette personne au visage sans esthétique particulière, un charme saisissant émanant d'elle. Marc est surpris d'avoir ressenti à ce point une féminité extrême, presque animale, en Laurence Renan. Il se croyait plutôt immunisé, voire vacciné contre l'attrait des *femmes-femelles* et de leur attraction charnelle, pourtant là…

Du temps de son passage dans la société Impritech, Il n'avait jamais entendu parler de cette relation de son directeur technique avec la femme d'un contremaître de l'imprimerie. Il faut dire que son attention, à cette époque, était ailleurs et que les employés plutôt distants, ne lui auraient pas rapporté ce genre de ragot.

Discrètement, il suit Laurence jusqu'à la poste centrale où elle entre par une porte de service. Lui pénètre dans la salle du public et s'arrange pour l'approcher lorsqu'il l'aperçoit derrière un guichet. Il prétexte une demande de renseignements pour la questionner. Il se rend immédiatement compte de la facilité avec laquelle il est possible d'engager avec elle, pour l'homme qu'il est, une conversation badine voire frôlant la grivoiserie. A l'issue de ce premier échange, il obtient même une promesse de "prendre un verre", à l'extérieur, lors de sa pause.

A 16 h 02, Marc qui attend depuis une demi-heure à la terrasse de la *Brasserie de la Monnaie*, devant un demi de bière, voit arriver Laurence Renan un sourire prometteur sur les lèvres. Elle s'assied en mentionnant:

– Merci pour cette invitation, mais je n'ai qu'un petit quart d'heure. Que pouvons-nous faire en un tout petit quart d'heure?

– Boire un verre déjà, que prenez-vous? propose Marc.

– Oh, je vais prendre un café simplement. Peut-être pourrons-nous nous revoir avec plus de temps.

– Je l'espère, confirme Barroux, qui entrevoit la possibilité de *coincer* Febvre chez elle.

Laurence boit rapidement sa consommation et comme le verre de Marc est quasiment vide, elle lui propose:

– Je vais retourner à mon poste, si tu veux m'accompagner jusqu'à la porte?

– Bien sûr, je te suis.

Ce qu'il fait.

Une dizaine de mètres avant la poste, à l'entrée d'un porche, elle propose:

– Nous allons prendre ce passage, viens.

Et dans un corridor sombre, elle pousse une porte qui donne sur un local où sont entreposés divers meubles hétéroclites et étagères qui paraissent correspondre à du vieux matériel de tri de courrier.

– Viens ici, je vais prendre un petit acompte, murmure-t-elle en refermant la porte derrière eux.

Et sans aucune retenue elle dégrafe la braguette de Marc et y enfouie une main experte et douce, l'effet est immédiat. La sylphide dégage le membre durci et entame une fellation appliquée. La dame ayant achevé son entreprise, elle se relève en s'appuyant sur un tabouret. Marc encore sous l'effet du plaisir qu'il vient de ressentir, la regarde. Elle semble comme ivre. Ses yeux sont écarquillés. Elle passe ses doigts sur sa bouche, comme pour clore la séance et dit:

– Cette fois, il faut vraiment que j'y aille. Viens me revoir, on organisera quelque chose de mieux.

Et elle disparait par le côté gauche du corridor. Lui n'en revient pas. Cet épisode l'a stupéfié, dépassant tout ce qu'il pouvait imaginer.

– Sacrée mangeuse d'hommes, se dit-il.

Une chose est certaine, c'est qu'il ne pourra pas rapporter cette histoire à Gabrielle ce soir quand il va la revoir.

*

Le soir, Gabrielle de retour de sa journée de travail chez Impritech, lui fait son rapport:

– J'ai appris que des militaires habillés en ouvriers, armés, sont en permanence dans l'entreprise. Ils veillent dans le sous-sol, à la porte de l'atelier qui imprime des documents d'instructions militaires.

– Oui, je savais ça. Mais ils ne sont pas dangereux, ils sont là pour surveiller les commandes de l'armée.

– Je ne sais pas comment on va pouvoir coincer Febvre. Il est pratiquement toujours avec deux types qui le conseillent dans son management.

– Ah? Ce doit être des *envoyés* du siège de Londres. Moi, j'ai fait la connaissance de Laurence Renan et je dois la revoir. Il faudrait épier Febvre pour déterminer quand il se rend chez elle. Ça doit se passer quand Fred, le mari, est d'équipe l'après-midi et sa femme est du matin. Aujourd'hui elle travaillait l'après-midi. Il faudrait que tu te renseignes sur lui à l'usine pour les jours prochains.

Le couple passe la soirée à parler du plan qu'ils vont échafauder pour *liquider* Armand, le traitre. C'est chez Laurence que Marc conçoit désormais le mieux son action car ailleurs, dans l'enceinte de l'entreprise ou au domicile des Febvre, il imagine que la protection policière y est solidement établie. Puis ils évoquent ensuite leurs rêves d'existence après la fin de l'épreuve qu'ils connaissent actuellement. Marc renoue avec une certaine espérance. L'adorable Gabrielle lui apporte un désir de vie et l'extrait de ses pulsions morbides.

Ensuite, ils font l'amour. Cette fois Marc prend l'initiative contrairement aux précédents ébats lors desquels elle dominait. Ce soir, il a un besoin extrême de la posséder comme si son expérience inattendue de l'après-midi avait déclenché la recherche du paroxysme de sa virilité dominant le sexe féminin qu'il dévore.

Le calme est revenu dans la pénombre de la chambre éclairée par une toute petite lampe de chevet.

Gabrielle regarde Marc avec un sourire espiègle et lui dit:

– Ouah! T'as avalé un lion tout entier cet après-midi?

– Non, pas exactement.

– Alors t'as vu une femme. Si c'est ça, il faut que tu retournes la voir tous les jours.

Et puis, elle se met à rire de bon cœur, d'une hilarité enfantine et espiègle.

Le pendu

Le lendemain, Marc retourne dès le début de l'après-midi à la Poste Centrale et guette derrière les guichets la venue de Laurence. Un quart d'heure plus tard, elle apparait dans l'entrebâillement d'une porte de service qui ouvre sur la salle. Dès que le regard de Marc croise le sien, elle lui fait signe avec l'index d'approcher, pour lui dire:

– Je suis prise avec le receveur du bureau, je ne vais pas pouvoir sortir. Mais si tu le veux, viens chez moi demain, en début d'après-midi. Je ne travaille pas du tout demain et mon mari ne sera pas là après 13 heures. Voilà je t'ai écrit l'adresse sur ce papier. Surtout viens de bonne heure car après 16 heures je ne serai plus libre.

Après 16 heures je ne serai plus libre… se répète Marc. C'est sûrement qu'elle voit quelqu'un d'autre après 16 heures.

Le soir, les consignes sont données à Gabrielle. Elle doit s'informer sur l'emploi du temps de son PDG après cette heure-là, le lendemain. Ce qu'elle fait habilement en prétextant:

– Monsieur Febvre, je voudrais vous faire lire le rapport hebdomadaire avant de l'envoyer à Londres.

Puis-je vous déranger avant de partit ce soir à 17 heures?

– Non, répond aussitôt, le PDG. Nous verrons cela demain matin, je dois m'absenter vers 16 heures.

Elle appelle sur-le-champ Marc qui attend à la *Brasserie de la Monnaie* où il a pris l'habitude tous les matins d'y lire le journal devant un café, pour lui confirmer:

– Yves, mon chéri, comme convenu, tu vas pouvoir prendre ton rendez-vous chez le médecin.

Le message est passé, Barroux revient alors au 2 rue Victor Hugo, à l'appartement, pour préparer son intervention chez Laurence. Il vérifie que son sac à dos renferme bien son automatique avec le silencieux, deux chargeurs, des cartouches, une pelote de cordelette et une corde de marine lovée, plus épaisse, un bâillon, un rouleau de gros sparadrap, le jeu de tarot, sa cagoule, un flacon de chloroforme et des tampons d'ouate. Il avale quelques biscuits et un grand verre d'eau, puis s'assied sur le bord du lit où il fait le vide dans son esprit.

Il est midi. Il quitte l'appartement, une casquette sur la tête, dévale le petit escalier jusqu'à la cour et regagne sa voiture garée sur le parking de la mairie, à deux pas. Parvenu dans le quartier nord, il parque le break 404 dans une allée, éloignée de l'adresse des Renan où il se rend à pied, impassible, impavide. Parvenu à proximité de l'immeuble, il s'installe sur un banc de la contre-allée opposée, d'où il a une vue parfaite sur l'entrée. A 12 h 45, il aperçoit Fred Renan sortir et passer le long du trottoir d'en face, jusqu'à un véhicule garé à une cinquantaine de mètres. Marc patiente jusqu'à ce que la voiture ait disparu dans le flot de la circulation du boulevard et se lève pour se diriger vers le hall d'entrée. Il grimpe rapidement l'escalier sans emprunter l'ascenseur. Devant la porte des Renan, il s'arrête quelques secondes pour écouter les bruits de l'immeuble. Seuls lui parviennent des bruits étouffés de radio et de personnes qui parlent fort en mangeant, accompagné par la résonnance de fourchettes, de couteaux et d'assiettes. Il retire sa casquette, l'échange dans son sac avec la cagoule qu'il enfile. En quelques gestes synchronisés, il verse du chloroforme sur un tampon ouaté et replace la bouteille dans son sac qu'il pousse contre la porte, puis il cogne plusieurs fois sur le bois du ventail en simulant quelqu'un d'énervé et de pressé. La porte s'ouvre furieusement et Laurence apparait en peignoir de bain.

– Qu'est-ce que t'as encore oublié? jette-t-elle à celui qu'elle croit être son mari revenant récupérer ce qu'il aurait pu laisser chez lui quelques minutes plus tôt.

Elle n'a pas le temps de réaliser ce qui se passe. Marc la saisit, lui appuyant avec force le tampon chloroformé sur le visage. Elle se débat trois secondes puis ses muscles se relâchent. Marc l'étend sur le sol en accompagnant sa chute. Il récupère, d'un geste rapide, son sac sur le pas de porte et referme cette dernière en la bloquant avec le verrou.

Il retire sa cagoule qu'il remet dans son sac et soulève la dame endormie pour aller la déposer sur le lit d'une chambre ouverte dans le fond du couloir qu'il suppose être celle du couple. Il referme son peignoir, défait dans la lutte, la bâillonne avec un foulard trouvé dans le tiroir d'une commode, puis la ligote poings et pieds. Enfin, il la *saucissonne* et relie les attaches avec les barreaux de la tête et du pied du lit pour parer à une éventuelle agitation lorsqu'elle aura repris ses esprits. Puis Marc quitte la chambre qu'il referme derrière lui pour revenir dans le salon.

Il est 13 h 30. Marc écarte légèrement le rideau de la fenêtre donnant sur la rue et observe en bas pendant cinq à dix minutes les mouvements des uns et des autres. Il fouille ensuite dans son sac, en sort son automatique qu'il vérifie en manœuvrant la culasse plusieurs fois, visse le silencieux sur le canon, puis introduit un chargeur, et engage une cartouche dans la chambre. Il passe dans la pièce voisine, une salle à manger où il pose l'arme sur la table et fait le tour de la pièce en détaillant particulièrement le crochet de suspension du luminaire. Il extrait de son sac la corde qu'il passe dans l'anneau du lustre et se suspend comme il le faisait à l'exercice lors de son service militaire chez les parachutistes. L'anneau résiste à son poids.

– Il supportera le poids de Febvre, pense Marc. Ils l'ont prévu pour un lustre en cristal!

Patiemment, Marc observe par un interstice du rideau du salon les mouvements en bas dans la rue.

16 h 02, une voiture, une Renault 12 beige, se gare en face de l'immeuble. Personne n'en descend. Quelques minutes plus tard, Marc observe un autre véhicule, une Peugeot 404 noire cette fois, se garer à cinquante mètres environ derrière la R12. Personne n'en descend non plus. Il distingue très bien deux hommes assis à l'avant et, peut-être, un troisième à l'arrière. Au loin, tout au bout de la rue, au croisement avec le boulevard, Barroux remarque très distinctement des fourgons noir et blanc arrêtés, gyrophares clignotant. Marc comprend qu'une embuscade est en train d'être montée contre lui. Le bref instant d'angoisse passé, il se ressaisit. Tout à coup la sonnette d'entrée bourdonne accompagnée d'une forte vibration dans la cloison. Marc saisit son arme posée sur la table basse et se rapproche silencieusement de l'entrée, pour coller son œil au *judas* de la porte. C'est Armand Febvre qui est là. Il appuie une seconde fois sur le bouton de sonnette. Barroux tire alors le battant à moitié d'ouverture, tout en restant effacé derrière.

– C'est moi mon amour! clame le visiteur en foulant le sol de l'entrée de ce pas pesant, caractéristique de son ancien collaborateur, que Marc reconnait si bien.

Il se retourne pour chercher Laurence cachée, quand la porte se referme en claquant brusquement. Il découvre soudainement celui qu'il angoisse, depuis plusieurs semaines, de revoir un jour en face de lui.

– Ah, c'est toi, bredouille-t-il.

Il est devenu blême. Comme si un fantôme se tenait devant lui.

– Surpris? lui demande simplement Barroux.

– Ben… je m'y attendais d'un moment à l'autre depuis que j'ai appris que tu n'étais pas mort dans l'accident de voiture.

– J'ai vu en bas que tu ne sortais plus sans une escorte conséquente, ironise Marc.

– Oui, la police t'attend depuis le meurtre de Sébastien Barbizier, ils ont compris que ces assassinats n'avaient pu être commis que par toi. Alors ils me protègent, continue de débiter nerveusement le PDG en délicatesse, comme ils protègent Maître Favard, Lapointe l'avocat et Novailles, l'huissier.

– Parlons de toi maintenant! s'exclame Marc pour couper court à la litanie pathétique de son ancien ami.

– Je, je, je vais t'expliquer. Je ne pouvais pas faire autrement que de…

– De me vendre au plus offrant, complète Barroux.

– Je sais, je suis un salaud, conclut Febvre. Et maintenant?

– Eh bien maintenant, il faut payer l'addition, conclut Marc en relevant vers lui le canon de son arme.

– Tu, tu, tu ne vas pas faire ça… J'ai des enfants… Que va devenir ma femme… Les salariés et leur famille ont besoin de moi… continue de bredouiller le PDG.

Mais Marc ne lui répond pas, sa logorrhée l'insupporte, et appuie froidement sur la détente de l'automatique. Un bruit de bouteille de champagne, célébration morbide, une balle logée entre les yeux et le corps s'affaisse lourdement sur le parquet du salon. Sans perdre de temps, le justicier pose son arme sur la table basse, agrippe le cadavre énergiquement par les pieds, le traîne jusqu'à la salle à manger où la corde pend au-dessus de la table. Il y arrime solidement un pied, grimpe sur la table et hisse le corps. Le pied attaché est à un mètre cinquante du sol et la poitrine et la tête sont encore en appui sur le plateau. Il tracte de toutes ses forces la corde jusqu'à ce que le pied approche au plus près du plafond, forme un nœud de marine et serre l'extrémité de la corde sous l'anneau de suspension. Puis il saute de la table qu'il tire sur le côté de la pièce contre un buffet. Febvre balance maintenant dans le vide, pendu par un pied, la tête en bas. Marc sort de sa poche, la carte de tarot *Le Pendu* et la glisse dans la bouche du mort en refermant énergiquement la mâchoire pour qu'elle demeure bloquée.

Une fois cette tâche macabre accomplie, il souffle car l'effort pour soulever, aussi haut, le corps de Febvre, qui doit peser autour de soixante-dix kilos, a été d'une grande intensité. Son cœur bat à rompre quelques minutes encore, puis s'apaise progressivement. Marc revient au salon et observe de nouveau par la fenêtre, entre les rideaux, la rue et au loin le boulevard. Les voitures de police sont toujours aux mêmes places et leurs occupants n'ont pas bougé. Il se gratte un instant la barbe puis passe ses doigts derrière sa nuque et se frotte vigoureusement le crâne, puis il recule de la fenêtre et traverse le salon jusqu'au couloir.

Il saisit sous le plateau du guéridon de l'entrée, où est posé le téléphone, l'annuaire de Haubourg qu'il feuillette pour repérer le numéro du commissariat central. Il le compose en six tours de cadran. Après une bonne minute d'attente, au cours de laquelle la sonnerie bourdonne dans le vide, une voix répond enfin:

– Allo! Ici le commissariat central, j'écoute.

– Monsieur, implore Marc d'une petite voix, plaintive et bouleversée, ici l'étude Grugier et Favard, on a besoin d'aide. Un homme est entré dans le bureau de Maître Favard et l'a tué d'un coup de pistolet. Ma collègue a réussi à refermer la porte à clé. Il est coincé à l'intérieur mais il donne des grands coups dans la porte avec un objet. S'il réussit à l'ouvrir il va tous nous massacrer. Venez vite je vous en prie!

– Tenez bon, nous arrivons!

A l'autre bout de la ligne, le fonctionnaire semblant avoir été réveillé d'un assoupissement digestif, raccroche ébranlé et bat le rappel autour de lui:

– A l'aide! J'ai une urgence!

Quand un gardien de la paix sort d'un pas nonchalant d'un bureau voisin et lui répond:

– Que se passe-t-il?

– Il faut envoyer du monde à l'étude des notaires Grugier et Favard, le *Tueur au jeu de tarot* est là-bas où il vient de tuer Favard.

– Mais nous ne sommes plus que deux ici. Rappelle tout de suite le commissaire, ils sont tous partis dans le quartier nord.

Aussitôt, encore tremblant, le planton lance un appel radio:

– Ici central, appel prioritaire à toutes les voitures. Le *Tueur au jeu de tarot* est à l'étude des notaires Grugier et Favard. Il vient de tuer Maître Favard. Les employés ont réussi à l'enfermer dans le bureau mais ils ne vont pas pouvoir tenir longtemps. Il faut y aller d'urgence.

– Merde de merde, putain de bordel, on s'est fait baiser! s'égosille le commissaire Lavoisin en planque dans sa voiture à une rue de l'immeuble où est posté Barroux derrière sa fenêtre.

Marc qui a regagné son poste de guet derrière les rideaux de la fenêtre du salon, observe alors dans la rue, une demi-douzaine de véhicules décrocher de leur stationnement, toutes sirènes hurlantes et disparaître vers le boulevard, comme un essaim d'abeilles dans lequel on a donné un coup de pied.

Un sourire de satisfaction se lit sur ses lèvres. Il récupère son arme, en dévisse le silencieux, glisse le tout dans son sac et l'endosse d'un mouvement rapide. Sa casquette posée sur la tête, il quitte l'appartement tranquillement, toujours impavide. En bas de l'escalier, dans le hall, il ouvre la porte du local des poubelles, il l'avait repéré lors de son premier passage dans le lieu l'avant-veille, et entraîne un des containeurs sur le trottoir. Il le pousse sereinement jusqu'au croisement suivant, en observant prudemment qu'aucun policier n'est demeuré posté dans les parages.

*

Une heure plus tard, Gabrielle rentre d'Impritech et retrouve Marc dans le petit appartement, allongé sur le lit. Son visage est radieux, ses yeux brillants. Ce qu'il vient de vivre lui a offert l'une des plus extrêmes jouissances de sa vie. De toutes les morts qu'il a données dans sa quête de vengeance, celle d'Armand Febvre était la plus méritée, elle a été la plus belle. Gabrielle comprend et appose son doigt sur sa bouche pour bloquer les paroles qu'il s'apprêtait à lui adresser. Elle passe simplement sa main sur le tissu de son pantalon, le dégrafe doucement et saisi son sexe délicatement. Ses lèvres et sa langue façonnent l'autre extrême plaisir qu'il reçoit en cette fin d'après-midi.

L’étude Grugier & Favard

Une horde de policiers, arme au poing ou à bout de bras, accompagnés d’un vacarme indescriptible, pénètrent dans le couloir de l’étude des notaires Grugier & Favard. Le personnel, baigné par la douce quiétude d’un après-midi ordinaire, tressaillit dans un mouvement d’ensemble, aussi peu savamment orchestré. Le commissaire Lavoisin qui suit les trois premiers fonctionnaires engoncés dans leur gilet pare-balle et le képi plus ou moins en équilibre sur leur tête, comprend, en une fraction de seconde, au visage des employés hagards, qu’il vient de se faire berner.

Il lâche d’un ton désabusé à Sully à côté de lui:

– Bon, je pense qu’il faut maintenant aller chercher le cadavre d’Armand Febvre chez sa maîtresse. Dites au médecin légiste qu’il nous accompagne. Inutile de perdre de temps.

Une quart-heure plus tard, tout le monde est à pied d’œuvre devant l’immeuble des Renan. Les policiers ont demandé à Impritech la venue du mari de Laurence pour ouvrir la porte de l’appartement afin d’éviter de l’enfoncer au bélier. Lavoisin pénètre le premier dans le couloir. Il hume une légère odeur de poudre, et jette un bref coup d’œil dans le salon, puis dans la salle à manger où le cadavre d’Armand Febvre est suspendu au plafond par un pied, comme un quartier de porc dans la salle froide d'une charcuterie. Il retire la carte de tarot de la bouche comme l'étiquette du prix d'un article en solde, ou encore un ticket de loterie décroché d'un mât de cocagne à la fête du village et qui donne droit à un tour d'attraction supplémentaire. Le commissaire regarde avec amertume la carte de tarot qu'il tient en main et le dessin du pendu suspendu par un pied, relève les yeux vers Febvre et se dit que, décidément, le *Tueur au jeu de tarot* a de l'humour.

D'autres policiers découvrent dans le même temps, Laurence saucissonnée et rigidement attachée à son lit. Défaite de ses entraves, elle retrouve avec contentement la liberté de ses mouvements. Depuis des heures l'immobilisation contrainte de ses muscles devenait pénible à supporter et ses membres s'ankylosaient douloureusement. Les enquêteurs l'interrogent avec insistance, mais elle ne peut donner aucune description de son agresseur, ne l'ayant aperçu que brièvement étant donné la fulgurance de son assaut sur elle. Elle peut seulement préciser qu'il était masqué par une cagoule.

Paul Lavoisin s'assied dans un des fauteuils du salon et regarde dans le vide vers la fenêtre qui laisse filtrer les derniers rayons d'un soleil couchant au-delà des barres d'immeubles de cet horrible quartier nord. Il se remémore le déroulement de l'histoire et se rend compte qu'il n'a jamais eu aussi peu de certitudes. Il est profondément meurtri de n'avoir pas pu, de n'avoir pas su, éviter ce nouvel assassinat. Laurence le trouble soudainement dans son absence et le ramène au présent en lui proposant une tasse du café qu'elle vient de faire couler pour tout le monde. Fred sort quelques bouteilles de bière de son réfrigérateur pour ceux qui ne boivent pas de café. Il regarde son épouse d'un œil assassin. Dans la salle à manger, deux policiers décrochent le pendu et l'allonge sur une civière. Le médecin légiste examine la dépouille. La vie du petit monde de Haubourg reprend son cours.

Revenu à ses responsabilités immédiates, le commissaire donne instruction, avant l'arrivée des journalistes, de ne livrer aucun détail sur les évènements de l'après-midi. Le procureur se chargera d'informer la presse demain, après qu'une réunion de travail aura établi un nouveau plan d'action pour retrouver et mettre hors d'état de nuire le *Tueur au jeu de tarot*. Les enquêteurs ont subi une réelle déconvenue, ils ont maintenant un besoin déterminé de retrouver une certaine confiance en eux avant de poursuivre leur tâche.

*

Le lendemain, jeudi, Gabrielle alias Véronique Mongin se rend à son travail comme si rien ne s'était passé la veille. Elle arrive dans une entreprise sereine. Visiblement personne n'est encore au courant de la mort d'Armand Febvre, même si les conversations vont bon train au sujet des opérations policières du centre-ville et le remue-ménage dans le quartier nord, chacun allant de son propre commentaire.

Du côté du commissariat central, une réunion des enquêteurs, procureur et juge d'instruction se déroule dans la grande salle du troisième étage.

Les dernières recherches, au cours de la nuit, d'un éventuel suspect ressemblant à un homme d'une trentaine d'années, grand, cheveux foncés et portant une barbe ou encore au signalement de Marc Barroux dans les hôtels de la ville et des environs, comme les campings, pensions de famille, gites ruraux, ont été vaines.

Un point presse est prévu pour midi trente, les journalistes y ont été conviés. Ils sont impatients d'avoir des informations sur l'énorme chambardement policier de la veille au centre-ville et dans le quartier nord.

Marc, lui, se rend en toute désinvolture à la poste pour y revoir Laurence. Il doit faire cela pour gommer tout rapprochement qu'elle serait susceptible de faire entre son agresseur, le meurtrier du PDG d'Impritech, et lui. Il se poste quelques minutes devant les éventaires d'imprimés et fait mine d'en chercher un pour envoyer un mandat. Laurence l'aperçoit alors qu'elle passe déposer un dossier à une guichetière et lui fait un signe discret de la main pour l'inviter à s'approcher d'un autre guichet plus à l'écart, fermé et où elle va faire semblant d'y rechercher quelque chose.

– Qu'est-ce que tu faisais hier? lui demande Marc en feignant d'avoir été déçu, j'ai frappé à ta porte pendant cinq minutes. Il était quatorze heures quinze… comme tu m'avais dit, en début d'après-midi…

– J'ai eu un gros problème, je n'ai pas pu t'ouvrir.

– Que s'est-il passé? questionne le jeune homme en adoptant un air très inquiet.

– Je ne peux pas encore t'en parler, mais si tu veux, passe me voir ici demain. Je te dirais. Maintenant je dois travailler.

– Entendu, j'essayerai de passer demain mais je ne suis pas sûr car je dois partir dans l'Est deux ou trois semaines pour mon travail, prétexte-t-il, pour la préparer à sa disparition définitive.

– Passe me voir quand tu seras revenu, conclu Laurence, gênée devant ses collègues, de se montrer trop longtemps avec lui.

Le weekend passe. La secousse créée chez Impritech, et plus largement en ville par l'assassinat spectaculaire d'Armand Febvre, est balayée par un séisme: le tourbillon politico-révolutionnaire qu'est l'élection d'un président socialiste en France, François Mitterrand, faisant naître toutes formes d'espoirs chez nombre de citoyens qui se sentent soudainement libérés d'on ne sait quel joug.

La semaine suivante, Gabrielle qui est devenue, en peu de temps, très appréciée de Jane Hughes, elles échangent en anglais le plus clair de leur temps, lui confie que son fiancé va bénéficier d'une mutation en Grande-Bretagne, à Rainham dans la banlieue de Londres et qu'en conséquence elle devra prochainement donner sa démission. Gabrielle sait depuis plusieurs jours que Jane n'est autre que la sœur aînée d'Alan Hughes, le président et principal actionnaire du groupe Koehble. Pour préparer l'approche de ce dernier, la prochaine victime désignée, Marc et elle, ont imaginé qu'une position d'employée au siège de Londres serait idéale, à l'instar de sa présence chez Impritech ces deux dernières semaines.

Désagréablement surprise de l'annonce de Gabrielle, Jane avoue qu'elle serait peinée de perdre une aussi sympathique et compétente collaboratrice et propose de s'enquérir si le siège européen du groupe ne serait pas à la recherche d'une secrétaire trilingue. Le lendemain c'est chose faite, Gabrielle peut partir travailler à Londres, accompagner son fiancé sans perdre son emploi.

Foster Lane

Gabrielle et Marc quittent la France pour s'établir quelque temps en Angleterre. Afin de prendre un maximum de précautions et ne pas risquer de se faire reconnaître par la police aux frontières françaises à Calais ou Dunkerque, ils se rendent en premier lieu à Bruxelles par la route et y passent une nuit dans un hôtel proche de la gare du Midi. De là, ils se dirigent par le train ensuite vers Ostende, et embarquent sur un ferry pour Ramsgate dans le Kent. Ils empruntent également un train de la British Rail jusqu'à la gare de St. Pancras à Londres où ils arrivent le dimanche 31 mai. Lors de son précédent séjour dans la capitale britannique, Marc s'était installé une semaine dans un petit hôtel du quartier de *Bow Church* dans *East London*, les quartiers populaires et cosmopolites de la capitale britannique. Ils ne retourneront pas dans le même établissement, inutile de faire remarquer qu'il est de retour à Londres, toutefois, de par son extrême mixité sociale et ethnique, le quartier lui semble idéal pour y résider. Ce critère est important pour ne pas attirer le regard des autorités. Ils résideront donc dans un autre hôtel, *The Blue Star Lodge* tenu par une famille pakistanaise.

Gabrielle est à une vingtaine de minutes par la ligne de métro *Central* de la station St. Paul's, à proximité de Foster Lane où se situent les bureaux de KPMI. Jane Hughes a organisé avec le siège du groupe son accueil dans les premiers jours de juin. Elle pourra alors prendre ses fonctions au gré de son arrivée en Grande Bretagne. C'est ce qu'elle fait sans perdre de temps et se présente dès le lundi matin. Elle se voit confier le poste de secrétaire de Philip Campbell, le directeur des fusions acquisitions. Ce dernier, lui dit-on, a récemment intégré la société en remplacement de la regrettée Maggy Hugs. C'est un jeune Américain de vingt-cinq ans, diplômé de Harvard, ayant ensuite occupé un poste de stagiaire au siège du groupe Koehble à Chicago. D'après ce que Gabrielle constate rapidement de sa personnalité, il est un grand gamin enjoué et extraverti qui pense surtout à placer un bon mot dès qu'il le peut. La première matinée dans son cadre de travail inédit est tramée de conversations avec plusieurs de ses nouveaux collègues qui viennent tour à tour parler, avec elle, de l'assassinat récent d'Armand Febvre. Tout le monde paraît inquiet de ce nouveau drame, nouvelle violence envers le groupe Koehble, dernière outrance envers eux après que Maggy Hugs puis Jean-Michel Ardennes ont été tués. Chacun angoisse que leur tour soit également programmé par le *Tueur au jeu de tarot*. Marc sera ravi ce soir quand elle lui relatera quelle terrible ambiance règne dans les rangs des troupes de son prédateur, le groupe Koehble. Gabrielle savoure déjà pleinement ce moment où elle va lui relater ce climat et prépare ses effets. Une déconvenue vient cependant assombrir la facilité avec laquelle la jeune française est parvenue à s'infiltrer dans l'antre d'Alan Hughes, l'ennemi de Marc. En effet, elle apprend que ce dernier est à Chicago, au siège général du groupe, ce qui est le lieu habituel d'où il exerce ses fonctions. Il ne vient à Londres, et d'une manière générale en Europe, que lors de négociations et transactions importantes. Il faudra donc pour le couple attendre le prochain voyage de l'Américain.

Quelques jours passent et Marc s'impatiente. Il ne supportera pas éternellement d'attendre sa proie ici à Londres. Alan Hughes se sent à l'évidence menacé à la suite de la succession de morts qui ont endeuillé les lendemains du rachat d'Impritech, d'autant que Scotland Yard n'aura pas manqué de l'enjoindre à une extrême prudence en se maintenant éloigné de l'Europe. Mi-juin, Le Français est décidé à s'envoler pour Chicago afin de mettre à exécution son plan là-bas. Gabrielle recueille discrètement toutes les informations sur sa situation aux Etats-Unis pendant que lui prépare matériellement son voyage: visa, billets d'avion et programmation de ses déplacements sur place, location de véhicule. Il n'emportera pas d'armes, celles-ci étant, de notoriété publique, facile à se procurer dans le pays. Le vol British Airways Londres-Chicago est planifié pour le mardi 16 juin à 9 h 30. Mais la veille, un concours de circonstance va bouleverser ce plan. En effet, par un pur hasard, Gabrielle se trouve dans la salle des télex en attente d'un message en provenance d'Espagne, relatif à une opération d'investissement que traite son patron, Philip Campbell. C'est alors qu'elle voit défiler une confirmation de réservation de l'hôtel *Le Castellet* à Cannes pour Madame et Monsieur Alan Hughes. Les dates sont du 27 juin – 3 juillet. Cette information claque comme un éclair de flash dans son esprit. Son émotion est telle qu'elle regarde instinctivement, au travers des vitres de la salle, pour s'assurer des présences autour d'elle. Aucun autre employé n'est présent dans les couloirs de l'autre côté des cloisons de verre. Personne ne doit comprendre qu'elle a vu ce message sous peine de compromettre l'intégrité de la confidentialité du renseignement. Alors, rassurée, elle regagne son bureau, reprend son travail et évite de retourner vers les télescripteurs. Une collègue lui apporte un peu plus tard le fameux message attendu, en provenance d'Espagne. A midi, lors de sa pause, Gabrielle s'empresse de communiquer la nouvelle à Marc depuis une cabine téléphonique de St. Paul's. Cette nouvelle disposition l'enchante littéralement. Il partait aux Etats-Unis drapé d'une crainte certaine d'avoir à organiser et perpétrer sa vengeance en terrain incertain, loin de ses bases, dans un monde culturellement différent. En France, à Cannes, tout lui semble plus facile, même s'il décide de s'y rendre seul. Parce que Gabrielle doit se maintenir, ici à Londres, à son poste de vigie chez KPMI.

Marc quitte l'Angleterre et Gabrielle le soir même. Il voudrait arriver à Cannes plusieurs jours avant l'Américain. Il embarque à minuit sur un Ferry à Ramsgate pour une traversée vers Ostende particulièrement houleuse. Une forte houle secoue violemment l'énorme bâtiment et des lames de quatre à six mètres déferlent sur les coursives. Au matin un peu groggy par sa nuit chahutée, il attrape un train pour Bruxelles où il récupère sa voiture parquée en longue durée dans un garage proche de la Gare du Midi.

Un jour plus tard il est à pied d'œuvre sur la Côte d'Azur. La pluie cesse enfin, mais, l'été paraît ne pas se décider. La température ne dépasse pas vingt degrés et sur la Croisette les vacanciers qui s'y promènent sont emmitouflés dans des vêtements chauds. Sur la plage, peu sont suffisamment courageux pour oser quitter leur transat et se risquer à une baignade. Barroux s'installe dans un hôtel-restaurant du Cannet, *Les*

Oliviers, sur les hauteurs de la ville. C'est un hôtel modeste dans un quartier populaire, éloigné du bord de mer, fréquenté principalement par des familles, des ouvriers du bâtiment travaillant sur des chantiers de construction dans les environs ou quelques voyageurs de commerce, de passage, habitués à l'établissement. Marc passe un appel téléphonique à Gabrielle avec qui il parle cinq minutes, dîne sur la terrasse au béton fissuré et disjoint, le petit *luxe* du lieu, puis monte rapidement se coucher. Il est flapi après sa nuit de voyage sur le ferry, d'abord, et, ensuite, des mille deux cent cinquante kilomètres d'une route difficile en raison de conditions météorologiques désastreuses. Tout au long de son parcours jusqu'aux rives de la Méditerranée, il a structuré son plan d'action, bien conscient que le président américain du groupe Koehble bénéficiera des meilleures attentions de la police française sans exclure des possibles gardes du corps privés. Alors, il doit, en premier lieu trouver la meilleure position possible, situation qui pourrait être simplement de se faire embaucher par l'hôtel *Le Castellet.* Les neuf jours d'avance qu'il a sur la date d'arrivée prévue de Hughes doivent être employés à cette fin.

Le lendemain matin, Marc passe un appel téléphonique *habile* au concierge du palace:

– Je suis le représentant de la *Société Protex* nous sommes une entreprise de protection rapprochée. Puis-je vous proposer nos services?

– Désolé monsieur, notre établissement est déjà en contrat avec votre confrère *Serpol* depuis de nombreuses années. Il nous donne toutes satisfactions, aucune raison d'en changer...

Dans la matinée, Marc ainsi renseigné, peut présenter sa candidature de garde de corps auprès de cette compagnie de police privée *Serpol* dont il déniche aisément l'adresse à Nice près de l'aéroport.

La secrétaire qui le reçoit, lui confirme aussitôt qu'en raison de la saison d'été qui débute, de son profil d'ancien militaire, officier parachutiste qui plus est, sa candidature est la bienvenue chez *Serpol*. Elle lui présente aussitôt une fiche cartonnée qu'il doit compléter de son identité et ses coordonnées. L'employée contrôle ces informations avec sa carte d'identité, sa carte militaire de réserviste et celle de sécurité sociale qu'il lui présente. Enfin, elle lui indique que du fait de sa localisation à Cannes, les missions lui seront confiées en priorité dans cette ville. Au cours de la conversation qui suit avec elle, Marc apprend avec satisfaction que le palace Le Castellet est le principal client de *Serpol* à Cannes. Il y a donc quelques chances qu'il y soit dépêché. L'autre client étant Le Martinez où l'agence est moins présente.

Pour s'introduire dans cette organisation Marc a utilisé, *officiellement* l'identité d'Yves Bernardin. Il se devait de rendre crédible ses aptitudes par la présentation de cette carte de réserviste avec son grade. Il est conscient du risque ainsi pris, de perdre cette excellente couverture qu'il possède depuis octobre dernier, mais il sait de toutes manières qu'il approche de la fin de sa quête de vengeance, même si, par ailleurs, il n'a pas encore idée de ce que sera sa vie ensuite. Bien que la présence de Gabrielle à ses côtés a fait émerger depuis quelques semaines le germe d'une espérance, celle d'une vie nouvelle avec elle.

Trois jours passent. Marc ne s'éloigne guère du téléphone posé sur le zinc au bout du bar de l'hôtel. Il lit beaucoup les journaux locaux, les guides touristiques de la Côte d'Azur. Il se renseigne également par téléphone sur les locations de bateaux à moteur. Lundi soir, il descend sur le port de La Napoule pour prendre possessions d'un *Starcraft Open*, un bateau équipé d'un puissant moteur hors-bord qu'il loue pour deux semaines et déplace immédiatement pour aller l'amarrer dans le port de Cannes où il paye un anneau aussi pour une même durée. Le tout est réglé en espèces. Barroux n'écarte pas l'éventualité qu'il ne puisse pas approcher sa cible par le biais d'une mission de *Serpol*. Aussi, il prévoie d'autres moyens d'agir comme celui de se déplacer sur l'eau vers un yacht dont les touristes fortunés raffolent et sur lequel le couple américain pourrait naviguer dans la journée, voire plusieurs journées. Selon les dires d'un badaud croisé sur le vieux port au pied du Suquet, les gros bateaux de plaisance loués à la journée par des milliardaires de séjour dans les palaces de Cannes, naviguent surtout vers Monte Carlo pour son casino. Si ce n'était le cas, il est possible qu'ils aient envie de s'approcher d'une crique des Iles de Lérins où à l'ouest sur la côte découpée de l'Esterel, alors, le bateau loué sera indispensable. Marc regagne ensuite La Napoule par le bus, qui fait la liaison sur la côte, pour récupérer la Peugeot. Mardi soir, il reçoit un appel de *Serpol*. Le correspondant qui dit être le responsable de service indique à Marc qu'il est requis les deux semaines à venir pour une protection de personnes au *Castellet*. Marc l'interroge sur la nécessité de posséder une arme pour cette mission. L'homme semble hésiter une bref instant puis rétorque que non, Il doit seulement emporter avec lui des vêtements de rechanges pour la durée de la mission. Il le verra le lendemain à 8 heures dans l'entrée du personnel du palace et lui remettra à ce moment-là toutes les informations pour la journée; de plus il lui confiera une arme. Il en parle au téléphone un peu plus tard avec Gabrielle. Cette dernière n'a pas d'information sur le séjour du président du groupe sur la Côte d'Azur, si ce n'est que certains membres du personnel auraient évoqué son absence pour quelques jours du siège de Chicago.

A 7 h 45, Marc pénètre par la porte d'entrée du personnel dans Le Castellet. Dix minutes plus tard un grand gaillard entre également dans le grand vestibule où se situe la pointeuse du personnel. Il reconnait aussitôt en Marc son *homme*.

– C'est toi Yves Bernardin? demande-t-il à Barroux.

– Oui, c'est moi.

– Bien, merci d'être à l'heure. Je suis Serge Pinelli, le directeur de *Serpol*. Voilà, ta carte professionnelle au nom de *Serpol*. Je vais t'expliquer. Tu vas te rapprocher du concierge de l'hôtel et lui donner cette première enveloppe, elle officialise que tu es notre agent pour la protection de Madame et Monsieur Bob Remington. Ce sont des Américains qui sont en visite à Cannes pour dix jours. Tu devras les accompagner partout où ils iront durant leur séjour. S'ils se séparent, tu restes toujours avec lui. C'est lui le *colis*. Tu pourras déjeuner et te reposer uniquement lorsqu'ils seront enfermés dans leur chambre. Il y a une alcôve auprès des suites, tu pourras y dormir sur une banquette. Je suis joignable en cas de problème. Mon numéro de téléphone est inscrit ici dans cette seconde enveloppe qui contient duex mille francs pour tes frais et voici également une arme, c'est un Beretta 9 mm, conclut-il en tendant une enveloppe épaisse de papier Kraft froissé, tenue par un bracelet de caoutchouc et un automatique dans un étui de cuir râpé. Tu sais t'en servir?

– Oui, pas de souci.

– Alors, je te laisse à ton job. Passe au bureau à Nice quand tu auras terminé cette mission pour qu'on te paye.

Pinelli n'est pas plus prolixe que ça. Il disparait aussitôt par la porte du personnel et laisse Marc qui doit demander son chemin à deux femmes de chambres qui passent et pouffent de rire à la question. Elles désignent ensemble, d'un doigt synchrone, un long corridor sale et marqué de traces de chocs, qui s'enfonce dans le bâtiment.

Les Remington

Durant les trois premières journées, Nancy et Bob Remington déambulent dans les boutiques de luxe de la Croisette. Ils marchent peu sur le bord de mer, trop venté et frais à leur goût. Ils se lèvent tard et passent des heures entre le bar de l'hôtel et les restaurants en vogue de la ville. Ils sont gais et attentionnés envers leur garde du corps qu'ils interpellent et plaisantent comme avec un vieil ami. Lui est un homme grand au look irlandais, mince, d'une quarantaine d'années, et, elle une sorte de midinette blonde, maquillée à outrance, toute droit sortie des studios d'Hollywood, vingt-cinq à vingt-sept ans. Le peu d'indiscrétions que Marc obtient, c'est d'elle qu'il les a. Notamment qu'ils habitent à *Gold Coast*, le quartier huppé de Chicago, une belle maison du 18e siècle que son époux a acquise il y a cinq ans et fait restaurer à grand frais. Elle se vante de la haute situation dont ils jouissent, son époux étant le président du syndicat des imprimeurs américains. Enfin, ils doivent être rejoints samedi dans la journée par un couple d'amis avec lequel ils ont programmé deux journées en mer à bord du *Laguna verde*, un yacht de cinquante-cinq mètres qui *trône* dans le port les jours où il n'est pas de sortie. Les mots de *syndicat des imprimeurs*, *samedi* et de u*n couple d'amis* résonnent dans l'esprit de Marc qui entrevoit une lueur dans ce qu'il considérait, depuis mercredi, comme une occupation sans intérêt, une perte de temps dans l'espoir de croiser Alan Hughes d'une minute à l'autre dans le sillage des Remington gageant que des

Américains en vacances à sept mille kilometres de chez eux se rapprocheront à un moment ou à un autre autour d'un verre au bar de leur hôtel commun. Mais là, cette chance était inespérée s'ils sont amis et ont en commun un projet de virée en bateau.

La nuit, Marc se réfugie dans l'alcôve à l'extrémité du couloir desservant la suite occupée par Nancy et Bob Remington. Il s'en échappe cependant vers six heures du matin pour remonter au Cannet, à l'hôtel *Les Oliviers* où il récupère le reste de ses vêtements, son automatique et le silencieux ainsi que la carte de tarot *L'Empereur* qu'il réserve à Hughes, puis règle sa note au veilleur de nuit. Il ne reviendra plus à l'hôtel. Avant de regagner le palace, il appelle Gabrielle d'une cabine téléphonique sur La Croisette. Elle se sent de plus en plus isolée à Londres et n'attend que de recevoir de Marc l'ordre de le rejoindre. Mais lui, la raisonne et la supplie de patienter.

Ce n'est plus qu'une histoire de quelques jours. Après on ne se quittera plus, lui promet-il.

Dimanche 13 heures, le couple Remington est attablé sous la verrière du grand restaurant, où est servi un brunch gargantuesque à une affluence BCBG affairée autour des tables. Marc est assis sur une banquette dans un angle éloigné de la salle adjacente d'où il a une vue sur les deux Américains au travers du propylée qui ouvre sur la véranda. Un garçon de service a déposé sur la table, devant lui, une grosse tasse de café fumant, un verre de jus d'orange et un large panier de viennoiseries qu'il avale avec un certain plaisir. A l'extérieur, fait nouveau depuis ces derniers jours, un soleil radieux inonde la rade de Cannes, transperçant dans toute sa puissance les baies vitrées du palace, comme pour se faire pardonner son absence au cours des jours précédents. Marc sent soudainement comme une onde magnétique le traverser. Un autre couple s'approche de ses protégés et c'est une explosion d'éclats de voix de leur part, de plaisanteries et de rires sans retenue, créant un certain désordre dans l'assistance des résidents occupés par leur matin culinaire calme.

Marc a enfin la confirmation sonore de ce qu'il espérait depuis quelques jours:

– *Hi! Allan and Jennifer. Finally you are here. Did you have a nice trip?*[17]

A cet instant, deux hommes qu'il n'a pas vu arriver prennent place, sans préalable de civilité, sur la banquette juste de l'autre côté de sa table. Le premier s'adresse à Marc pendant que l'autre assez grossièrement attrape un croissant dans le panier et mord goulument dedans:

– Salut camarade! Nous avons une petite mise au point à faire avec toi. Je suis l'inspecteur Arnaud Labarti de la DST et mon collègue américain Jim Bossier du FBI. Nous sommes là pour prendre soin de nos visiteurs Madame et Monsieur Allan Hughes. Je sais que tu es un privé et que tu veilles à la bonne santé de leurs amis, Nancy et Bob Remington. Alors, on va te laisser

[17] Salut! Allan et Jennifer. Merci, enfin, vous êtes arrivés. Avez-vous fait un bon voyage?

faire ton boulot à condition qu'on ne t'ait pas trop dans les pattes. Capito?

– Euh, ben oui, se borne de répondre, Marc, embarrassé d'avoir été abusé par cette intrusion inattendue.

– Nous te surveillons depuis deux jours. Tu es plutôt discret et t'as l'air de bien faire ton travail. As-tu remarqué quelque chose de spécial?

– Comme quoi? demande Marc, toujours un peu soufflé de cette confrontation qui lui paraît presque irréelle.

– Quelqu'un qui tournerait autour du couple Remington, par exemple.

– Non, à dire vrai, je n'ai rien remarqué. Pourquoi? Y-a-t-il une menace précise?

– Pour Nancy et Bob Remington, rien de particulier, mais pour notre ami Alan Hughes qui est un soutient financier important du parti républicain, il se passe qu'on meurt énormément depuis quelque temps dans son entourage professionnel, précise avec sérieux l'agent de la DST.

L'Américain qui termine le dernier pain au chocolat du panier se contente de hochements de tête à chaque affirmation de son collègue français.

Enfin, les deux hommes se lèvent. Le fonctionnaire français clos l'entretien par:

– On reste en contact!

Et l'Américain donne une solide tape sur l'épaule de Marc en ajoutant:

– *Hi buddy! Keep your eyes open.*[18]

*

Après cet intermède déconcertant, Marc se sent entré dans une souricière qui ne s'est pas encore refermée sur lui. Des agents de la DST et du FBI l'ont surveillé au cours des deux derniers jours et il ne s'en est même pas rendu compte. Il se pensait méfiant et vigilant, ce qu'il vient d'apprendre est une belle démonstration d'un point faible. Il devra désormais avancer extrêmement prudemment.

Dans l'après-midi les Américains se séparent. Les *Hughes* restent dans leur suite où ils récupèrent de leur décalage horaire. Pendant ce temps, leurs amis font un tour en ville puis sur le port en fin d'après-midi où ils montent à bord du *Laguna verde* afin d'y préparer, avec le commandant de bord, la sortie en mer prévue pour les deux jours suivants. Marc les suit. Il en profite pour visiter ce magnifique bâtiment et faire des repérages. Il se dit que ce qu'il envisage sera compliqué à réaliser en raison de la présence des fonctionnaires de la DST et du FBI. Malgré tout, c'est lors du déplacement sur le yacht qu'il doit liquider Hughes car il sera alors proche de lui durant ces deux jours et nuits. Ensuite les deux couples d'amis se sépareront probablement et cela en sera terminé de cette opportunité.

[18] Salut mec! Garde les yeux ouverts.

Une fois son acte accomplit, il devra disparaître en ne laissant aucun moyen à la police de le retrouver. Cette dernière ne devra donc pas être en mesure de faire un lien avec l'identité d'Yves Bernardin qu'il utilise. Or c'est à ce nom qu'il a rempli une fiche d'identification chez *Serpol* à Nice. Cette fiche il faut la faire disparaître. Cette évidence est on ne peut plus claire désormais dans son esprit.

Dans la nuit qui suit, il se trouve à nouveau dans l'alcôve où il passe, depuis trois jours, ses heures de repos, et de veillée nocturne durant le sommeil de ses *protégés*. Avec lui, se trouve un agent de la DST de service nocturne, Bernard Metz. C'est un Alsacien un peu plus jeune que Marc qui a quitté récemment l'armée de terre pour entrer au service de la sécurité du territoire. Marc sympathise avec lui sans difficultés, aidé par la cordialité que génèrent les heures de veille en commun lors desquelles il ne se passe pas grand-chose. Vers minuit, Barroux invente un prétexte pour s'absenter et le sert innocemment à son cooccupant d'alcôve:

– Je suis complètement bloqué ici depuis trois nuits et je commence à m'emmerder sérieusement. J'irais bien sauter ma *souris*, si tu pouvais me couvrir une heure ou deux…

– C'est bon, répond l'autre. Vas-y! Je reste là, je veillerai sur tes tourtereaux. Il ne se passera pas grand-chose cette nuit. Ça sera à charge de revanche, mon vieux, il faut bien se filer des coups de mains entre nous, assure Metz avec son accent alsacien en *relief* typique.

Barroux récupère sa voiture et fonce à toute allure par la route de la côte jusqu'à Nice. Les bureaux de "Serpol" se situent à l'ouest de la ville, derrière l'aéroport, route de Grenoble dans une ancienne villa du début du siècle, à la façade défraichie, transformée en petit immeuble d'activités. Le quartier est désert à cette heure de la nuit hormis autour des halles, c'est-à-dire le MIN, Marché d'Intérêt National, mais celui-ci est à l'autre extrémité de la voie, au croisement de la pénétrante de l'autoroute. Marc gare sa voiture à une cinquantaine de mètres de l'entrée et s'approche en longeant l'allée de platanes. Il enfile sa paire de gants et grimpe sur les barreaux du portail en fer forgé afin de l'escalader. Puis il fait de même pour atteindre le balcon du premier étage. Là, il donne un coup de genoux dans la vitre de la porte fenêtre et décroche la clenche en passant la main entre les bris de vitres en suspension. La pièce dans laquelle il se retrouve doit être le bureau de Pinelli, le directeur. Elle est éclairée par un puissant dernier quartier de lune, ce qui permet de voir suffisamment et de n'utiliser la petite lampe torche que pour la vision en détail et proche. Il passe ensuite par une porte intérieure non verrouillée et se retrouve dans le secrétariat, là où il a été reçu lors de sa visite quelques jours auparavant. Il ouvre le classeur métallique dans lequel il a vu la secrétaire ranger sa fiche après l'avoir remplie, cherche, en tenant sa lampe entre ses dents, parmi les noms à la lettre "B", Bernardin et l'en extrait. Sur une étagère où il avait aussi observé la secrétaire prendre la fiche cartonnée neuve, il en saisit une vierge et la remplit en indiquant de fausses informations: Berandin, Yvon, fausse adresse, etc. Il repositionne cette fausse fiche à la place de l'autre qu'il plie en quatre et place dans sa poche intérieure, puis referme le meuble. Il cherche ensuite s'il existe un livre du personnel où la secrétaire aurait pu reporter ces informations. Après une rapide fouille des armoires, il déniche, en effet, un gros registre noir intitulé *Agents occasionnels*, mais le dernier collaborateur inscrit remonte au mois de mai, ce qui signifie que la secrétaire a été négligente. C'est parfait. Marc revient dans le bureau de direction et compulse le bloc éphéméride en tournant à rebours les pages des jours sur les anneaux métalliques jusqu'au mercredi 24 juin 1981. Il est noté *8 heures Castelet Yves Bernardin*. Par chance Pinelli a utilisé un crayon papier. Alors, Marc gomme soigneusement les lettres "es" et "ar" qu'il remplace par "on" et "an". Maintenant, il doit créer un motif de cambriolage. Il fouille un peu partout, dans les tiroirs et armoires non encore visités et déniche une petite caisse métallique où l'entreprise range ses espèces et plusieurs carnets de chèques. Il casse la serrure de la caisse avec un coupe-papier trouvé sur le bureau de la secrétaire et empoche les quelques billets et pièces qui s'y trouvent, puis place les carnets de chèques dans la poche intérieure de son blouson. Il laisse toutes les traces de son *cambriolage* bien visibles et quitte la villa par la porte d'entrée du rez-de-chaussée qu'il déverrouille en libérant les targettes haute et basse du second battant. En passant à Saint-Laurent-du-Var, il arrête la 404 sur le pont et lance les carnets de chèques dans le fleuve. Une heure plus tard, il retrouve Bernard Metz, l'agent de la DST assoupi sur la banquette de la pièce de garde. Ce dernier est réveillé par son arrivée et lui demande d'une voix ensommeillée en consultant sa montre:

– Alors, t'as bien baisé? T'as pas perdu de temps mon gaillard!

L'accent guttural et trainant de l'Alsacien fait sourire Marc.

*

Lundi, il est 8 h 20, Marc et Bernard Metz, l'agent de la DST, avalent le café et les viennoiseries qu'un serveur leur a apportés. Le concierge monte un peu plus tard à l'étage pour informer Marc qu'il doit se tenir prêt, Il va partir dans une limousine avec ses *protégés* vers le port où ils embarqueront à 14 heures à bord du *Laguna verde* pour une croisière de deux jours. Leur retour est programmé pour jeudi dans la journée.

– T'es du voyage? demande-t-il à Metz.

– Non, la DST n'accompagne pas le voyage en mer. Je crois savoir que seuls des mecs du FBI seront à bord. J'aurais bien fait une petite croisière, moi! En plus il parait qu'on bouffe bien sur ce rafiot…

Marc est de plus en plus angoissé par le contexte dans lequel il va devoir évoluer. Jusqu'alors, il s'est heurté et a déjoué des policiers français et, d'un peu plus loin, ceux de Scotland Yard, mais maintenant il s'agit de beaucoup plus gros. Le FBI lui fait peur. D'une manière générale il n'aime pas les Américains. Il les trouve faussement *open minded*[19]. Pour Marc ils

---

[19] A l'esprit ouvert.

sont engoncés dans des principes ancestraux et religieux, moralistes à l'excès et surtout terriblement imprévisibles et maladroits. Deux semaines plus tôt il s'était résolu, l'angoisse au ventre, à partir pour les Etats-Unis, mais le changement de cap vers la Côte d'Azur était arrivée comme un réel soulagement.

Malgré tout, sa haine viscérale pour Alan Hughes l'emporte sur ses craintes et il va entrer dans la *cage aux lions*, comme un dresseur de fauves ou encore un toréador dans l'arène. Il voudrait seulement l'avoir déjà tué.

Le *Laguna verde*

Le *Laguna verde* va manœuvrer pour quitter le port de Cannes sous des bourrasques déchaînées. Le deuxième couple d'Américains arrive au port à la dernière minute, également en limousine, abrité jusqu'à son embarquement sous des parapluies en nombre. Depuis la coursive dominant le quai, Marc observe avec attention les hommes montant à bord à leur suite. Il reconnait très facilement Jim Bossier, le mangeur de croissants. C'est lui qui gravit en tout dernier la passerelle du bateau, juste précédé d'un autre homme plus âgé mais à la même touche de "barbouze" que lui. En ajoutant les deux autres personnages qui sont arrivés à bord en même temps que les Remington, Marc estime à quatre le nombre d'agents du FBI désormais sur le bâtiment. La seconde limousine démarre alors que la passerelle est retirée et que deux arrimeurs libèrent les cordages des bittes du quai. Nancy et Bob Remington se sont enfermés dans leur cabine dès qu'ils sont arrivés à bord. De ce fait Barroux a plus de liberté pour achever son observation. Il passe vers le poste de pilotage pour constater qu'un seul homme y est présent. Les autres membres de l'équipage, une dizaine au total, sont à la manœuvre ou dans les coursives. En changeant de bâbord en tribord, il peut apercevoir depuis l'autre coursive, le *Starcraft Open*, le bateau loué pour deux semaines et amarré sur le port de Cannes quelques jours auparavant. A cet instant, Marc imagine qu'il pourrait sans attendre, liquider Alan Hughes, sauter par-dessus le bastingage du yacht et nager jusqu'au hors-bord qui est arrimé à moins de vingt mètres de là sur les pontons de plaisance. Puis il s'échapperait par la mer jusqu'au port de Palm Beach avant que quiconque n'ait eu matériellement la possibilité de réagir. Il a son sac en bandoulière. Celui-ci ne devrait pas être d'une grande gêne pour lui qui est un très bon nageur. Cette idée ne fait qu'un tour dans son esprit. Il abandonne momentanément son bagage en le dissimulant contre un caisson de matériel de secours, après en avoir extrait son automatique, vissé le silencieux et engagé une cartouche dans le canon. Puis, l'arme dissimulée à l'intérieur de son blouson, il repasse sur la coursive de bâbord pour observer où sont passés les Hughes. A cet instant, il se rend compte que le couple contemple, depuis la terrasse de poupe, la ville sous l'orage embrasée par un feu d'éclairs successifs. Soudainement, une bourrasque traverse l'arrière du bateau. Les Hughes et leurs gardes du corps battent en retraite vers l'intérieur du yacht et gagnent finalement leur cabine à l'instar de leurs amis moins téméraires. Les cabines des deux couples d'Américains sont proches, une à bâbord, l'autre à tribord, et sont séparées par la coursive centrale. Il n'est pas anormal pour les agents du FBI que Marc soit proche de celle de Remington, donc de celle des Hughes par le fait. Depuis cette croisée des couloirs, Marc observe un policier américain à chaque extrémité de la longue coursive centrale. Il profite d'un instant lors duquel ils sont distraits par les grondements de tonnerre assourdissants et l'orage redoublant d'intensité pour frapper à la porte de cabine d'Alan et Jennifer. Il entend alors la voix de ce dernier demander:

– *Who is it?*

– *This is Jim Bossier, sir.*[20]

La porte s'entrouvre et sans hésitation, Marc pénètre dans la cabine en donnant un fort coup d'épaule dans le battant, ne laissant pas la possibilité à l'Américain de le repousser. Celui-ci lâche un cri de surprise dès qu'il reconnait le Français:

– *What do you want, where's Bossier?*[21]

Marc lui répond en le menaçant du bout du canon de son arme pour le faire reculer dans l'espace intérieur. La cabine est une très grande suite et l'endroit où ils sont, un grand salon avec en fond une porte entrebâillée donnant visiblement sur une chambre. Marc lui fait signe de se taire en apposant son doigt sur sa bouche. De toute façon, son cri de surprise a été couvert par le bruit des moteurs du bateau et les secousses de la coque contre le quai additionné du brouhaha en fond de l'orage. Jennifer doit être dans la salle de bains en train probablement de reprendre sa coiffure mise à mal par la bourrasque, car Marc perçoit le ronronnement d'un sèche-cheveux. Il pousse la porte de séparation et invite Alan à reculer vers les fauteuils.

– *Sit down!*[22] lui ordonne-t-il autoritairement.

---

[20] Qui est-ce?
– C'est Jim Bossier Monsieur.
[21] Que voulez-vous, où est Bossier?
[22] Assois-toi!

Alan Hughes qui n'a visiblement pas l'habitude qu'on lui parle de cette manière, lui adresse un regard terrifié mais ne proteste pas.

– *I'm Marc Barroux.*

– *I figured*, concède l'autre.

– *It's now time to setttle your debts.*[23] lui annonce simplement Marc en lui logeant une balle entre les yeux.

L'Américain reste figé, droit et grimaçant dans son fauteuil, comme résigné dans son passage de vie à trépas.

Marc range immédiatement son arme dans la poche intérieure de son blouson et sort la carte de tarot *L'Empereur* qu'il lui glisse dans ses mains ramenées sur les genoux. Il regagne la porte d'entrée, glisse un regard à l'extérieur et aperçoit l'homme en bout de la coursive qui parle avec l'autre. Ils semblent emportés par une discussion houleuse et ne regardent pas dans la direction des cabines. Marc retire la clé du logement intérieur de la serrure de la porte, referme la cabine à deux tours avec et l'empoche. Puis calmement, il s'éloigne par le couloir transversal vers tribord. Parvenu devant la porte étanche qui ouvre sur le pont, il casse le verre du bouton alarme *Fire* qui déclenche instantanément les sirènes à bord. Sur la coursive latérale extérieure, il récupère son sac à dos de l'arrière du caisson, y enfouit son arme et l'enfile en serrant bien

[23] Je suis Marc Barroux.
– J'avais deviné.
– C'est l'heure maintenant de payer tes dettes.

les lanières, enjambe le bastingage et se laisse glisser dans l'eau. Entretemps le *Laguna verde* a largement dépassé le point d'ancrage du hors-bord. Aussi Marc doit nager une cinquantaine de mètres pour atteindre l'extrémité du ponton de plaisance qu'il contourne afin de saisir l'échelle arrière d'un voilier amarré et l'utiliser pour se hisser à bord. Il observe quelques secondes ce qu'il se passe du côté du yacht qui a stoppé en plein bassin, les sirènes d'incendie toujours hurlantes à bord. Puis il saute de la proue du voilier sur le ponton et marche tranquillement jusqu'à l'anneau d'arrimage du *Starcraft Open* qu'il libère, puis monte à bord. Il se débarrasse de son sac à dos devenu gênant ainsi que de son blouson trempé pour tirer la poignée du démarreur et lancer le moteur. Il jette un dernier regard vers le *Laguna verde* où règne une certaine agitation sur les ponts. Le cadavre d'Allan Hughes a dû être découvert et maintenant on le cherche, c'est certain. Deux agents du FBI regardent depuis la terrasse de poupe du yacht, l'un dans sa direction et l'autre à l'opposé, vers le quai de départ. Marc se rend compte que pour quitter le bassin il va devoir longer le yacht et s'exposer à un tir d'armes des agents qui ne vont pas manquer de le reconnaitre au passage. Alors, comme il aperçoit un voilier se diriger vers lui dans le même chenal pour sortir du port, il patiente, le laisser passer devant lui et se colle sur son tribord, le temps de doubler le yacht. Ainsi que Marc s'en doutait, ses poursuivants scrutent le voilier qui longe le *Laguna verde* et lorsqu'il ne couvre plus la vue sur le hors-bord, des voix hurlent ce que le Français perçoit bien distinctement:

– He's on the speed boat just there. It's the French guy with the Remingtons.

– Shoot him![24]

Des rafales de tirs déchirent la quiétude du ronronnement du moteur des bateaux avançant à faible allure. Marc se jette dans le fond de son embarcation, mais il ressent une violente brûlure à sa cuisse gauche. Il est touché. Le barreur du voilier est atteint également par les tirs maladroits des Américains et bascule en arrière dans l'eau du bassin. Le Français se relève vers la manette des gaz et pousse la vitesse de sa propulsion pour prendre de l'erre et repasser sous le couvert du voilier qui a viré maintenant en travers du chenal. Des coups de feu claquent encore mais le hors-bord a pris de la vitesse et est désormais hors de portée des balles des agents du FBI. Le *Starcraft Open* dépasse le sémaphore du port et file à pleine vitesse sur les vagues de la baie de Cannes. Marc constate que sa blessure saigne beaucoup et le fait souffrir. Il relâche alors légèrement la poignée des gaz et son embarcation retrouve le calme suffisant, sans secousses, pour lui permettre d'improviser un garrot de fortune avec du cordage qu'il entoure sur le haut de sa cuisse. Il va lui falloir maintenant abandonner rapidement son embarcation qui va devenir repérable. En suivant le rivage, il se rapproche de l'endroit où est stationné son break Peugeot. C'est dans une impasse qui longe la voie ferrée derrière l'hôtel Martinez. Enfin, il y est. Il décide alors d'accoster là, en accélérant au maximum avant de lancer le hors-bord sur la plage de sable et l'échouer. Par

---

[24] Il est là dans le hors-bord de l'autre côté du voilier. C'est le Français qui accompagne les Remington.

– Tue-le!

chance les conditions météorologiques épouvantables ont chassé les vacanciers et Marc peut traverser les rangées de transats vides sans se faire remarquer. Il poursuit sa fuite en boitillant, remonte l'escalier qui conduit au niveau de la promenade, traverse la Croisette et disparait dans l'impasse où il retrouve sa voiture. Il souffle enfin quelques minutes. Les paroles d'une chanson de circonstance lui reviennent à la mémoire:

♫ *Parlez-moi de la pluie et non pas du beau temps.*

♫ *Le beau temps me dégoute et m'fait grincer les dents.*

♫ *Le bel azur me met en rage...*[25]

Merci, se dit Marc. Merci à cet orage salvateur. Sans lui je serais mort. Mais il faut maintenant déguerpir de Cannes.

*

Lundi 29 juin, une nouvelle parvient à Londres en fin d'après-midi dans les bureaux du Groupe Koehble et fait l'effet d'une bombe dont la déflagration se propage de bureau en bureau en quelques minutes. Gabrielle apprend ainsi que le Président du Groupe, actionnaire majoritaire vient d'être assassiné, le matin même, durant ses vacances à Cannes. L'anecdote de la carte de tarot accompagne la nouvelle. Elle comprend ainsi que Marc a atteint son but, mais elle n'a pas de

[25] Georges Brassens.

nouvelles de lui depuis la veille dimanche, ce qui fait grandir son inquiétude.

Enfin une demi-heure plus tard, un appel lui parvient. Une voix masquée qu'elle reconnait lui demande de rentrer chez elle, en l'occurrence à son hôtel. Comme il est justement l'heure de quitter son travail, elle range ses affaires personnelles dans son sac et se dirige vers St. Paul's pour gagner la station de métro et rentrer à Stratford au *The Blue Star Lodge*. Marc l'appelle une demi-heure plus tard.

Il lui dit:

– T'as appris?

– Oui, ça a été comme un coup de tonnerre ici. Toi, comment vas-tu?

– Je suis arrêté sur une aire de l'autoroute de l'Estérel. J'ai été blessé à la jambe gauche. Ce n'est pas grave et je ne saigne plus, mais je ne peux pas conduire facilement car il m'est très difficile de débrayer pour passer les vitesses. Il ne faut cependant pas que je traine car la gendarmerie ne va pas tarder à lancer des recherches et mettre en place des contrôles aux barrières de péages.

– Que dois-je faire? demande Gabrielle inquiète par ce qu'elle entend.

– Fais ta valise, il faut que tu quittes Londres au plus tôt, lui dit-il. Prends un avion pour Marseille, on se retrouve à Marignane. Je vais tâcher d'y aller du mieux que je peux. Je te retrouve devant l'aérogare.

– Sois prudent.

Gabrielle rassemble ses affaires dans son bureau afin de ne rien laisser derrière elle qui pourrait par la suite permettre à Scotland Yard de l'identifier. Elle prend une minutie particulière à effacer ses empreintes dans tous les endroits où elle se souvient avoir posé les mains, meubles, poignée de porte machine à café … Elle fait de même à l'hôtel avant de le quitter.

Le premier avion qu'elle peut prendre, la conduit à Marignane mardi matin, au milieu de la matinée. Marc attend depuis la veille dans la 404, garée sur le parking en face du terminal. Il y a dormi la nuit entière. Gabrielle le repère après quelques allers et venues au travers des rangées de véhicules. Elle a acheté avant de partir de Londres des pansements, du désinfectant pour lui dispenser des premiers soins et a apporté des vêtements propres qui lui permettent de se défaire de ceux qui ont été trempés lors de son passage dans le port et ont séchés sur lui.

Ils peuvent enfin rentrer à Paris où Raoul, le vendeur de voiture du *marché libre* derrière le périphérique à Saint-Mandé *dégote* un médecin complaisant qui extrait la balle de la cuisse et le soigne.

La troisième personne

A Haubourg, le commissaire Paul Lavoisin reçoit un télex de Scotland Yard l'informant du meurtre, à Cannes, du président du groupe Koehble. Dans le même temps une information similaire en provenance du Ministère de l'Intérieur parvient également dans son service. Il est déçu et à la fois hors de lui d'avoir encore été berné par le *Tueur au jeu de tarot*, bien que, sur la Côte d'Azur, il n'en soit pas responsable. Après avoir échangé sur cette affaire avec son collègue de Cannes et appris que le *Tueur au jeu de tarot* s'est joué d'une équipe de la DST, ajoutée à une autre du FBI, Lavoisin se sent tout à coup moins complexé par ses contreperformances des mois derniers, ici à Haubourg. Mais il pense qu'il doit maintenant s'attendre à ce qu'ayant tué le principal responsable de sa ruine, Marc Barroux, alias le *Tueur au jeu de tarot* pour tout le monde, ne va pas tarder à refaire surface dans sa ville. Il reste ici encore quelques personnes ayant été impliquées dans l'affaire de sa spoliation. Le policier est de plus en plus convaincu que c'est bien lui qui règle ses comptes avec ceux qui l'ont dépossédé de la fortune de sa famille. Il voudrait bien pénétrer les arcanes de ce tueur pour comprendre comment ce simple expert-comptable a pu se transformer en exterminateur fou, froid et méthodique, ne commettant aucune erreur. L'enquête qu'il a diligentée sur Barroux a bien fait ressortir une période de service militaire dans les paras, mais était-ce suffisant pour l'entraîner et le hisser à ce niveau d'expertise? Comment a-t-il pu se donner les moyens financiers et logistiques pour cette aventure sanglante? Voici de nombreuses questions auxquelles il n'a pas de réponse. Toutes les vérifications ont été faites dans les moyens matériels et financiers dont il disposait avant de disparaitre officiellement dans l'accident de voiture de Nogent sur Vernisson. Ses comptes en banque ont été bloqués, il n'a donc pas été possible pour lui d'en disposer, et ses biens ont été mis sous séquestre par la justice à la suite de l'ensemble des procédures judiciaires maillant l'affaire.

Dès le lendemain, le commissaire envoie deux de ses inspecteurs dans le Sud pour qu'ils recueillent les informations issues de l'enquête menée sur place. Pierre Kohn et Lionel Jobin rentrent de la Côte d'Azur quelques jours plus tard avec un dossier fourni de nombreux indices relevés par les enquêteurs cannois et niçois. Les deux éléments déterminants sont l'analyse des traces de sang relevées dans le hors-bord utilisé par le tueur pour sa fuite et des empreintes papillaires prélevées dans les multiples endroits qu'il a fréquentés au cours de sa présence, au *Castellet*, sur le *Laguna verde* et dans la limousine empruntée par le couple Remington. Paul Lavoisin fait immédiatement comparer ces indices avec le dossier médical obtenu plusieurs semaines auparavant du cabinet comptable *Joliet & Grandjean*. Les résultats sont sans appel, le *Tueur au jeu de tarot* est Marc Barroux. Les comparaisons de formules sanguines donnent une correspondance à cent pour cent. De plus les enquêteurs cannois ont pu déterminer lors de leur perquisition des locaux de la société Serpol chez qui le meurtrier s'était fait embaucher comme garde du corps, que l'identité utilisée par lui était Yvon Berandin. A ce titre le directeur de Serpol, Serge Pinelli qui a rencontré plusieurs fois le tueur se souvient que le nom utilisé par lui était plus Bernardin que Berandin et ne comprend pas pour quelle raison sa secrétaire a renseigné sa fiche d'identité avec ce nom de Berandin. Pinelli reconnait que le nom sur son agenda journalier est effectivement noté de sa main comme *Berandin* mais suppose que ce changement habile aurait eu lieu lors du cambriolage simulé, la nuit précédant le meurtre par le suspect lui-même. L'agent de la DST, Bernard Metz, qui était en surveillance cette nuit-là avec lui, confirme qu'il s'est absenté de son poste durant au moins deux heures pour une prétendue visite amoureuse à sa maîtresse. C'est donc un Yvon Bernardin qui est recherché, à supposer que les papiers d'identité civile et militaire présentés à la secrétaire de Serpol lors de son embauche aient été authentiques.

Paul Lavoisin dispose désormais d'un suspect parfaitement identifié, de sa photo à l'époque de son mandat de PDG d'Impritech, d'un portrait-robot de grande qualité qui décrit son apparence actuelle, ainsi que de son nom d'emprunt. Il va les diffuser très largement. Marc Barroux ne pourra pas passer dans les mailles du filet longtemps.

Le commissaire est de plus en plus passionné par ce dossier *Barroux*. Tout le galvanise. Marc Barroux le hante. L'histoire de cette saga familiale le captive en même temps qu'il ne comprend pas réellement ce qui s'est passé pour que cette belle aventure industrielle, connue et admirée de tous à Haubourg vire soudainement dans le drame le plus effroyable. Il passe plusieurs de ses nuits, oubliant famille, femme et enfants, à réécrire l'histoire depuis son début. Tout marchait bien pour Marcel Barroux et son fils Philippe qui s'apprêtait à lui succéder. Soudainement il y a eu cet accident sur l'autoroute le dimanche 1er juin 1980. Le policier constate là que l'enquête sur cet accident est *vide* d'approfondissements. Il y a bien une expertise succincte mais paraissant sérieusement réalisée, des éléments mécaniques par le garage Citroën de Nemours, toutefois, et c'est regrettable, aucune autopsie n'a été effectuée sur le corps des victimes. Seule l'analyse de sang a établi que le conducteur n'était pas sous l'emprise d'une boisson alcoolisée. Lavoisin relit plusieurs fois le rapport de gendarmerie sur les circonstances de l'accident:

Marcel et Philippe Barroux revenaient de l'aéroport d'Orly. Des éléments ont été trouvés dans le véhicule: une note d'un restaurant dans l'aérogare pour trois personnes, un ticket de parking avec l'heure de sortie à 20 h 50, une note de carburant de la station Total sur la RN7 au sud de l'aéroport qui indique 20 h 55. Le ticket d'entrée sur l'autoroute indique quant à lui 21 h 15. Il a été établi que la CX Citroën de Marcel Barroux, conduite par son fils Philippe roulait à environ 180 km/h (ce qui n'était pas inhabituel suivant le témoignage de plusieurs employés d'Impritech). Le véhicule a quitté sa trajectoire sur une portion de chaussée parfaitement rectiligne, pour aller s'encastrer dans les glissières de sécurité du raccordement autoroutier de l'A6 à la RN7 avant la commune de Dordives dans le département du Loiret. Puisqu'aucune défaillance mécanique n'a été décelée par le mécanicien du garage Citroën de Nemours sur l'épave de la CX accidentée, seule une défaillance humaine, un malaise, une crise cardiaque ou une autre affection pouvait éclairer ce mystère.

Paul Lavoisin se rend le lendemain matin chez le juge d'instruction Sylvain Froger en charge du dossier et sollicite une autorisation d'exhumation, une nouvelle fois, des corps de Marcel et Philippe Barroux, afin de faire procéder à une réelle autopsie et à l'analyse de leurs tissus biologiques dans le but de déterminer l'origine du malaise qui aurait pu affecter Philippe Barroux, le conducteur. Froger se laisse convaincre de rechercher dans cet accident, l'origine de la succession de meurtres commis par Marc Barroux.

Le vendredi 17 juillet, les résultats de l'autopsie parviennent sur le bureau du juge Froger qui convoque immédiatement le commissaire pour lui en faire part. L'analyse des tissus biologiques des corps des deux victimes fait ressortir, à valeur sensiblement équivalente pour les deux, une forte présence de mélatonine. Le juge et le policier tiennent enfin la raison évidente de l'origine de l'accident: aussi bien Philippe que Marcel Barroux ont été drogués probablement au cours du dîner qu'ils ont pris au restaurant d'Orly. Avec un effet retard, le somnifère a agi environ une demi-heure plus tard, soit vers 20 h 30, l'heure estimée de l'accident. Or la note du restaurant de l'aérogare d'Orly fait mention de trois couverts. Il parait donc comme une évidence que la troisième personne a, pour une raison inconnue, versé de la mélatonine dans la boisson ou dans la nourriture des victimes.

– Un peu plus d'un an après, conclut Froger, nous allons avoir beaucoup de difficultés à retrouver qui était cette troisième personne à la table des Barroux dans ce restaurant d'aéroport où des centaines de personnes défilent tous les jours.

Le commissaire répond par une moue dubitative.

L'impasse des Ateliers

La presse écrite, les radios et télévisions, diffusent largement des articles relatant l'affaire du *Tueur au jeu de tarot* sous les identités de Yvon Bernardin ou Marc Barroux, des photos récentes et plus anciennes de lui ainsi que le portrait-robot établi par le commissariat central de Haubourg.

Marc n'ose plus quitter son repaire du fond de l'impasse des Ateliers à Saint-Mandé. Au cours des derniers jours les journaux ont largement diffusé ce portrait-robot sur lequel il est parfaitement reconnaissable sous l'apparence qu'il avait adoptée depuis trois mois en décolorant ses cheveux en gris, presque blancs, et portant une moustache épaisse. Maintenant il est totalement rasé, plus de moustaches, plus de cheveux, et porte une grosse paire de lunettes en écaille que Gabrielle est allée chiner *Aux Puces* à Saint-Ouen. Mais ce subterfuge lui semble très insuffisant. Son nom, son prénom sont exposés au grand jour maintenant et son nom d'emprunt dévoilé, au détail près du prénom si proche, Yvon pour Yves. Il ne peut plus s'exposer à un contrôle d'identité. Il doit se procurer des faux papiers avant de pouvoir à nouveau apparaître au grand jour. En attendant, Gabrielle se charge de tout. Douce Gabrielle, si aimante qu'elle est prête aux pires risques pour lui. Lui qui ne ressent plus de haine depuis que son ennemi, Allan Hughes est mort sous sa balle, le visage tordu d'effarement de le reconnaitre. Il ne souhaite pas poursuivre sa quête de vengeance qu'il estime satisfaite. Maître Favard, le notaire, Lapointe, l'avocat et Novailles, l'huissier n'ont été que des pions dans le processus de trahison. Ils n'ont été responsables que de remplir leur pitoyable mission et s'il fallait arracher la vie à tous ces serviteurs de mauvaises causes et agents d'exécution le monde serait un champ de bataille sanglant en permanence comme au temps des grandes guerres.

Marc désire désormais que tout s'arrête. Que cette terrible histoire cesse et qu'il puisse vivre avec la femme qu'il aime et qui l'aime. Il est décidé. Il va tout organiser pour fuir et s'exiler là où personne ne pourra les retrouver.

Raoul accepte une fois encore de se charger de faire l'intermédiaire pour obtenir de faux papiers pour Marc. Ce dernier se rend Cours de Vincennes où il se procure des clichés de son nouveau visage dans la cabine du Photomaton de la galerie du Printemps-Nation. C'est la première fois qu'il sort de sa cachette depuis deux semaines. Le soir même il retrouve Raoul dans le bar habituel, le *Bistrot du Rond-Point*, à la Porte de Vincennes et les lui donne ainsi que les informations, nouveaux nom, prénoms, date et lieu de naissance, adresse, accompagné de quinze mille francs. en espèces. Raoul lui confirme que trois jours seront nécessaires.

Malheureusement le lundi suivant, Raoul annonce qu'il ne pourra pas fournir les papiers commandés, son *fournisseur* a été démasqué et arrêté par la police. Il ne sera plus opérationnel avant de nombreux mois. Raoul rend l'argent et les photos d'identité et indique en remplacement un autre personnage susceptible de fournir la même *prestation*. Il s'agit d'un nommé Kandinsky que l'on trouve dans un bar de Barbès *Le Trophée de Tanger*, mais en aucun cas Marc ne devra se recommander de Raoul. Ils ont entre eux un vieux contentieux qu'il ne serait pas bon de réveiller. Dans le lieu indiqué, le barman rétorque qu'il ne connait pas de Kandinsky et plusieurs clients aux allures d'habitués renvoient la même réponse. Alors, se dit Barroux, soit il n'existe pas ou plus, soit il a organisé une barrière de protection pour se garder d'intrusions policières. Alors, il quitte l'établissement, traverse la chaussée et s'assied sur un banc public à double-assise du terre-plein central, sous le pont du métro aérien. Il attend là un long moment, rythmé par le grondement des passages réguliers des rames de métro au-dessus de lui. Tout en parcourant le *France-Soir*, acheté place de la Porte de Montreuil avant de pénétrer sur le quai de la ligne 9, il ne perd pas de vue l'entrée du *Trophée de Tanger*. Des clients entrent et sortent du bar sans qu'ils soient susceptibles de correspondre à un faussaire en papiers d'identité. D'autres personnes passent aussi sur l'allée du terreplein, derrière lui, sans se soucier de sa présence, ni venir l'interpeller. Un peu plus tard, un homme sans âge, portant un vieux chapeau déformé et une veste en piteux état, promenant un petit chien marron au bout d'une ficelle servant de laisse, vient prendre place sur l'assise opposée. Il allume une cigarette et parle à son chien comme à un enfant. Puis dix à quinze minutes plus tard, il se retourne sur le côté et adresse dans le vide:

– Vous avez des photos à reproduire?

– Non, répond Marc qui interprète cette question comme lui étant adressée. J'ai les photos.

– Alors de quoi avez-vous besoin? rétorque l'homme de manière plutôt désagréable.

– Un passeport, une carte d'identité et un permis de conduire, précise Barroux, comprenant qu'il a Kandinsky en personne assis à côté de lui.

– Oh, mais c'est que ce petit monsieur a de gros besoins, mâchonne l'autre en retirant son chapeau et consultant à l'intérieur comme s'il lisait sa réponse inscrite dans le rond de son couvre-chef. Cela vous fera trente mille francs. payables en espèces à la commande. C'est dix mille balles par unité commandée. Quand tu seras près, vient t'asseoir de nouveau ici et attends que j'arrive.

– Je suis près maintenant et j'ai l'argent sur moi, se hâte de préciser Marc qui ne veut pas perdre de temps.

– Bon, alors donne-moi les photos, le nom, le prénom, la date, le lieu de naissance et l'adresse, que tu veux avoir sur tes papiers et passe-moi discrètement le pognon.

– Voici les photos et un papier sur lequel j'ai inscrit les informations et je vous donne l'argent dans quelques secondes.

Marc tend une envelope contenant ses photos d'identité et un morceau de papier à *l'homme au chien* puis entrebâille son blouson pour compter six billets de cinq-cents Francs dans sa poche intérieure qu'il plie et pose dans le chapeau que l'autre a glissé à l'envers à son côté.

– C'est bon, le compte y est, confirme Kandinsky après avoir empoché les *Pascals*. Reviens vendredi à la même heure, ce sera prêt. Fais attention que personne ne te suive. Sinon tu auras tout perdu!

Les jours suivants, dans l'attente de reprendre le chemin de Barbès, Gabrielle et Marc trainent à ne rien faire dans leur cachette au confort sommaire mais suffisant pour un couple jeune et amoureux. Ils font l'amour plusieurs fois par jour et par nuit, avides de vivre intensément, inventant et osant de multiples explorations de leur corps, et empruntant des chemins qu'ils ne soupçonnaient pas, des rythmes enivrants qui commandent aux sens. Ils ne sortent pas à l'exception, pour elle, qui va discrètement, vêtue d'habits défraîchis, découverts dans la maison, faire les achats de nourritures et boissons en changeant toujours de magasins et le plus éloigné possible de l'impasse des Ateliers pour ne pas attirer d'attention particulière sur elle. Pour tout autre achat, Gabrielle préfère emprunter un métro pour se rendre à Nation, au Printemps où l'anonymat est total. Elle y achète différentes perruques, homme et femme, et divers vêtements pour eux deux afin de se ciseler des allures peu répétitives.

Enfin, vendredi, Marc, reprend le chemin de Barbès où après d'infinies précautions, d'allées et venues dans le quartier, il reprend sa place sur le banc et lit le journal du matin. Une demi-heure plus tard, un homme beaucoup plus jeune que Kandinsky s'approche et lui demande:

– Pouvez-vous me permettre de regarder dans votre journal le résultat des courses?

Marc acquiesce et tend le quotidien plié en deux au garçon qui l'entrouvre, ne regarde rien, mais y glisse une enveloppe marron à l'intérieur avant de le rendre à son propriétaire. Ce dernier ouvre l'enveloppe. Les trois documents d'identité y sont et semblent d'excellente facture. Les informations renseignées sont exactes. Il fait un signe de la tête pour signifier à l'autre que tout est correct, ce que celui-ci attendait pour tourner les talons et disparaitre par la rue opposée au bar.

Un peu plus loin, au carrefour de la rue Belhomme, une voiture est garée avec deux hommes à l'intérieur observent la remise des faux documents d'identité à Marc Barroux. Kandinsky est l'un d'eux. Il est en compagnie d'un de ses sicaires, Thomas Romano. Kandinsky est en train d'échafauder un plan comme il en est coutumier, ce qui a été l'origine de sa brouille avec Raoul de Montreuil.

– Visionne bien la tête du gars, adresse-t-il à Romano. Tu vas le suivre sans te faire repérer. Je veux savoir où il *crèche*. Ce mec se cache de quelque chose qui pourrait bien être un casse pour lequel il est recherché. Dans ce cas, si j'ai bien reniflé la combine, il doit planquer de *l'oseille* chez lui. On va l'aider à s'en débarrasser.

Aussitôt, le malfrat sort de la voiture de Kandinsky et traverse le boulevard Rochechouart pour rattraper Marc qui a passé les barrières de la station aérienne de Barbès-Rochechouart. Il l'observe, déjà dans le haut de l'escalier, se diriger sur le quai de la ligne 8 en direction de Nation. A Nation, Marc remarque bien cet espèce de type, entre vagabond et laborieux de retour de sa journée de travail à l'usine, qui emprunte à sa suite le même itinéraire, mais ne lui prête pas l'attention qu'il devrait. Finalement, l'acolyte de Kandinsky lâche la trace de Barroux à l'entrée de l'impasse des Ateliers. Il note que celui-ci s'enfonce loin vers l'extrémité de cette voie étroite.

Orly Sud

C'est la troisième réunion des enquêteurs du commissariat de Haubourg autour de Paul Lavoisin dans cette France enfoncée au cœur des congés d'été. De nouveau les investigations sont au point mort. Les recherches pour retrouver la trace du *Tueur au jeu de tarot*, alias Marc Barroux, n'aboutissent à rien, comme cela en été mainte fois le cas tout au long de cette enquête depuis que cette affaire a débutée. Le meurtrier commet son méfait et disparait durant plusieurs semaines, sans que le commissaire ne reçoive le moindre indice du lieu où il se niche, puis un nouveau coup de gong retentit, le choc fulgurant d'un nouveau meurtre vient relancer la traque.

Pour poursuivre dans le sens de son intuition, le policier a obtenu du juge Sylvain Froger la délivrance d'une commission rogatoire pour saisir auprès du service de sécurité de l'aéroport d'Orly, les enregistrements de vidéosurveillance des zones d'écoulement des passagers pour la journée du 1er juin 1980. Les deux inspecteurs envoyés sur place pour cette saisie des supports magnétiques reviennent avec une centaine de cassettes U-matic de durées variables entre vingt-deux et soixante-quinze minutes, enregistrées dans les zones *passagers* des deux aérogares Sud et Ouest. Ils ont également obtenu le prêt de deux équipements de lectures qui sont installés dans une pièce dédiée à cet important travail de recherches. Quatre inspecteurs sont mobilisés par Paul Lavoisin pour se relayer au visionnage des enregistrements. Les portraits agrandis suivant plusieurs angles de Marcel et Philippe Barroux sont affichés sur le mur de la pièce. Les policiers ont pour mission, dans un premier temps, de repérer les séquences d'enregistrement où sont visibles les deux hommes. Les journées de recherches fastidieuses se succèdent pour les policiers, les yeux rivés sur leurs écrans et alternativement sur les portraits collés au mur. Les caméras du parking P1, du hall principal et de l'escalator central de l'aérogare sud ont enregistré les deux hommes lors de leur arrivée entre 17 h 35 et 17 h 48 puis leur départ entre 20 h 40 et 20 h 52. Une caméra les a filmés, entrant dans le salon des VIP où ils ont parlé environ deux heures avec deux hommes et échangé des documents. Un de ces hommes est reconnu immédiatement comme étant Alan Hughes, le président du groupe Koehble, récemment assassiné. Plus tard la caméra qui a filmé l'entrée du restaurant du troisième étage de l'aérogare sud, *Les Trois Soleils*, les montrent à 19 h 48 rejoindre une table où est déjà assis un homme avec qui ils vont prendre leur repas. Malheureusement, ce personnage est toujours filmé de dos et donc impossible à identifier. Marcel et Philippe Barroux sont attablés pour leur repas jusqu'à 20 h 40. Le troisième personnage les quitte à 20 h 38 mais par malchance pour les enquêteurs, là encore, il n'est pas identifiable, car son visage est masqué par un couple de voyageurs qui le précèdent lors de son passage dans l'entrée du restaurant. Toutefois il est parfaitement visible que les trois hommes semblent agités au regard de leurs gestes saccadés. Un court instant l'inconnu pointe Marcel Barroux de son index comme une sorte de menace accompagnant un propos. Les policiers poursuivent les analyses des vidéos pour tenter d'identifier cet inconnu dans d'autres endroits de l'aérogare. Le travail est parsemé de difficultés étant donné les centaines de personnes filmées aux horaires concernés. Les investigations sont de plus, rendues compliquées par la mauvaise définition des images U-matic ainsi que par la distance entre les personnes filmées et les caméras. En conclusion pour le commissaire, le seul motif de satisfaction à ce stade des recherches est que le mystérieux troisième convive, ayant partagé le repas des Barroux ce 1er juin 1980 à l'aérogare d'Orly Sud, est un homme de grande taille aux cheveux foncés. L'hypothèse d'une femme est ainsi écartée.

Au loin, l'Amérique, l'Australie ou ailleurs…

Depuis quelques jours, Marc se rend dans les différentes ambassades des pays où Gabrielle et lui envisagent de s'expatrier. Il a déjà entamé des démarches auprès des ambassades du Brésil, du Mexique et du Chili. Ces trois pays semblent pouvoir accorder des permis de séjour relativement facilement, leur réponse parviendra à Marc dans le courant du mois de septembre au plus tard. Mais pour une raison de maitrise de la langue, tant Gabrielle que lui opteraient davantage pour le Canada ou l'Australie. Alors, ils ont déposé des dossiers d'immigration, hier à l'ambassade du Canada, et, aujourd'hui, à celle d'Australie. Pour anticiper les préparatifs de leur départ envisagé de France, depuis leur court séjour à Londres, Marc a entamé un rituel de change de ses billets en devises étrangères, d'abord en Livres Sterling puis désormais en dollars américains afin d'avoir des billets négociables et convertibles dans n'importe quel endroit du monde. Pour cela il se rend dans différents bureaux de change de la capitale en privilégiant, moyennant une forte commission à l'agent, les officines peu regardantes sur l'identité du client. Son nouveau passeport lui permet d'entreprendre un certain nombre de démarches mais il demeure extrêmement prudent pour tout ce qui est banques et transferts officiels d'argent. Il préfère conserver l'intégralité de ses disponibilités en cash. Valeurs qu'il a dissimulées dans plusieurs endroits de la maison de Saint-Mandé plus une autre partie, dont les lingots d'or, dans le petit appartement de Gabrielle, rue du Cirque dans le 8e arrondissement. Finalement, Marc se rendant à l'évidence que le transport de ces lingots d'or, lourds et encombrants, sera un handicap, il les vend à un comptoir de métaux précieux. Gabrielle et Marc ne se rendent dans l'appartement de la jeune femme que très rarement, préférant la discrétion et l'espace infiniment plus vaste du pavillon de Saint-Mandé, engoncé dans les anciens bâtiments industriels du quartier. Les journées du couple sont très occupées par les préparatifs du futur voyage, l'implantation dans cette immense contrée lointaine. La révision de l'anglais et des subtilités australiennes et canadiennes, l'entrainement pour Gabrielle du maniement d'une arme maillent la vie du couple, qui s'extrait ainsi de l'angoisse d'être rattrapé par les limiers lâchés à leur poursuite.

Violence

La voiture de Kandinsky pénètre dans l'impasse des Ateliers et se gare en face de la maison occupée par Gabrielle et Marc, dans l'entrée d'un hangar désaffecté au portail rongé par la rouille, en suspension miraculeuse, que le vent fait trembloter à chaque rafale. Kandinsky en descend, accompagné de trois autres personnages aussi peu rassurants que lui. Romano est le second des hommes. Il est le suiveur de Marc qui a découvert cette *planque* puis repéré soigneusement les lieux en y revenant discrètement au cours de ces derniers jours. Le troisième est le jeune homme, un nommé Loulou, qui a remis à Marc, ce fameux jour, les nouveaux faux documents d'identité. Un troisième acolyte, Abdel, complète cette équipe de malfrats rossards.

Gabrielle est seule dans la maison où elle lit un livre dans l'attente du retour de Marc, parti à l'ambassade d'Australie pour y retirer les passeports après qu'ils auront reçu le cachet du visa pour l'entrée en immigrants dans le pays. Soudainement on frappe lourdement à la porte d'entrée. Elle ne répond pas, comme ils en ont l'habitude et replonge dans sa lecture jusqu'au moment suivant où les coups dans la porte redoublent en force et en intensité. A cet instant, elle s'approche de la fenêtre de la pièce du premier étage où elle était assise pour sa lecture dans un fauteuil d'un autre âge. Depuis l'interstice des rideaux, elle entrevoit trois hommes sur le palier mais ne peut distinguer leur visage. Elle ne répond toujours pas. Alors, muni d'un pied de biche, Romano enfonce le côté burin de l'outil dans le cadre de la porte et fait levier en forçant jusqu'au craquement sec du pêne de la serrure. La porte est maintenant largement ouverte et les trois hommes pénètrent dans le couloir du rez-de-chaussée accompagné du bruissement du vent qui s'engouffre à leur suite. Gabrielle s'est avancée vers l'escalier et les observe depuis l'angle du corridor du premier étage. Elle est paniquée et se rend compte qu'elle n'a aucun moyen pour se défendre. Marc l'a bien entraînée plusieurs fois au tir à l'automatique dans la forêt de Fontainebleau en lui disant que cela pourra toujours lui être utile, malheureusement les armes sont cachées au sous-sol derrière une vieille armoire qui bloque l'entrée d'une arrière pièce borgne où ils les dissimulent avec le trésor de guerre de Bernardin. Abdel, le quatrième luron est resté en observation dans l'impasse, contre la grille qui ferme le jardinet d'accès au pavillon. ses autres compères commencent à tout chambouler dans la maison avec autant de délicatesse qu'un rhinocéros dans la salle des céramiques anciennes du musée du Louvre.

– Cherchez partout, crie Kandinsky. Il doit y avoir du pognon planqué quelque part!

Après quelques minutes à explorer les pièces du rez-de-chaussée, renversé les meubles, déchiré les tapisseries et démonté les lattes du plancher sur une majeure partie des espaces où ils ont jugé que ce qu'ils recherchent peut s'y trouver, Kandinsky se met à hurler à ses acolytes:

– Montez au premier et fouillez tout! Moi je descends à la cave. Il faut faire vite. *L'autre* ne va pas tarder à revenir et je voudrais éviter un bain de sang!

En passant dans les pièces du premier étage, Romano et Loulou découvre Gabrielle dissimulée dans un débarras derrière un bric-à-brac qu'ils débardent sans délicatesse.

– Chef! Montez vite, beugle Romano dans la cage d'escalier. Montez vite, on a déniché une gonzesse planquée dans le cagibi à bordel.

Kandinsky arrive essoufflé sur le palier, étonné de la découverte d'une jeune femme dans cette maison qu'ils croyaient vide après avoir attendu dans la rue, à l'entrée de l'impasse le départ de Marc.

– T'es qui, toi la greluche? demande-t-il vulgairement à Gabrielle que les deux autres tiennent chacun par un bras.

– Je suis la locataire de cette maison. Et vous, qui êtes-vous?

– Nous sommes en affaires avec ton mec. Il se trouve qu'il a en sa possession des choses qui nous intéressent. Alors puisque tu es là, tu vas nous le donner sans faire ta crâneuse.

– Je n'ai rien qui puisse vous intéresser et rien qui ne vous appartienne. Que cherchez-vous?

– Des biftons, du blé, du pognon, du fric, voilà ce que nous cherchons et que tu vas gentiment nous filer.

– Nous n'avons pas d'argent ici, proteste Gabrielle

– Te fous pas de ma gueule, conasse ou je t'en colle une!

– Je n'ai rien pour vous. Vous devriez ficher le camp, avant que mon copain revienne et qu'il vous règle votre compte.

Mais la réponse de Kandinsky est une paire de gifles violente qui la déstabilise. Retenue par les deux autres malfrats, elle ne tombe pas sur le sol.

– On ne vas pas perdre de temps avec elle, conclue Kandinsky, agacé par cette effrontée qui ose lui résister. Ficelez-lui les mains et attachez-la à la rampe d'escalier. On va continuer à fouiller la baraque. Si on ne trouve pas, on va l'embarquer avec nous. Il faudra que l'autre nous refile son pognon s'il veut la récupérer vivante.

Après une bonne demi-heure de recherche infructueuse, Kandinsky décide de quitter la maison en emmenant Gabrielle avec eux. Avec une vieille bombe de peinture il écrit sur le mur du couloir:

On a ta gonzesse!

Et sur un papier, il griffonne:

Si tu veux la récupérer vivante, apporte 100 000 Fr. ce soir 23 heures au 12 chemin latéral Nord à Aubervilliers. Pose le sac dans le couloir.

Puis il plante ce message avec un couteau dans le *g* du mot gonzesse.

Deux heures plus tard, lorsqu'il revient à Saint-Mandé, dès qu'il pénètre l'impasse des Ateliers, Marc sent quelque chose d'inhabituel. Des bourrasques de vent et des averses soutenues de pluie s'abattent sur la région parisienne depuis le début de l'après-midi, mais ce n'est pas ce qui l'inquiète. Non, il ressent des ondes négatives qui le traversent. Arrivé devant l'entrée du jardinet, il trouve le portillon entr'ouvert, et enfin la porte d'entrée fracturée. Dans le couloir du rez-de-chaussée, il se retrouve dans un vrai capharnaüm et découvre l'inscription sur le mur ainsi que le message menaçant de tuer Gabrielle. Il ne sait pas qui a pu oser s'en prendre à elle mais subodore que ceci à un rapport avec l'homme qui l'a suivi le jour où il revenait de Barbès après avoir récupéré les faux papiers d'identité fournis par le fameux, l'étrange Kandinsky. Marc comprend, qu'en se rapprochant de ce malfrat, il a dû attiser certaines convoitises. Kandinsky a certainement subodoré qu'étant en quête de faux papiers, il pouvait être en cavale après une affaire d'argent, donc posséder des fonds importants. Il dévale aussitôt l'escalier du sous-sol pour vérifier si ses armes et son trésor sont toujours dans l'alcôve. Après avoir déplacé l'armoire que la bande de malfrats n'ont fait qu'ouvrir, il constate que tout est en place. En quelques secondes, il a pris la décision de ramasser toutes ses affaires qui remplissent deux grands sacs commandos et charge tout dans sa voiture. Il fait encore le tour de toutes les pièces du pavillon pour vérifier que rien ne restera de leur passage dans les lieux. Au premier, il trouve le livre de Gabrielle sur le plancher qu'il ramasse avec un pincement au cœur. Il ne reviendra plus ici. L'endroit est désormais particulièrement dangereux.

Un peu plus tard, il dépose ses sacs dans le petit appartement de Gabrielle dans le 8e arrondissement, ne conservant avec lui que son automatique, le silencieux et deux boites de cartouches qui remplissent ses poches, ainsi que le cartable de la jeune femme, vidé de ses documents universitaires et remplacé par des liasses de billets pour un montant de cent mille francs tel qu'exigé par les ravisseurs. Marc sent à nouveau cette colère sourdre en lui. Cette rage qu'il pensait à jamais éteinte, après avoir atteint les confins de sa vengeance et trouvé en Gabrielle l'apaisement salutaire. Il ne va pas se plier au dictat de ses adversaires. Son plan est de se rendre en avance à l'adresse indiquée et de repérer le lieu, d'y déposer le cartable avec la somme d'argent et d'attendre sur place mais à l'écart, la venue de son collecteur. Ensuite, il avisera selon celui ou ceux qu'il aura en face de lui.

Il est 20 h 30 lorsque la Peugeot pénètre dans le quartier et effectue un circuit passant par les différentes rues pour finalement venir se parquer dans la rue de Saint-Denis derrière une rangée de poids-lourds en enfilade. Marc marche à pied dans le chemin latéral Nord jusqu'au numéro 12 où il entre dans un couloir sombre et long. C'est un vieil immeuble, en partie délabré qui ne semble plus être occupé. En s'enfonçant dans ce passage, il débouche dans une cour intérieure remplie d'un bric-à-brac hétéroclite de carcasses de vélos, motos désossées, bidons ou encore meubles, puis dans celle d'un deuxième immeuble aussi vétuste que le premier mais semble-t-il occupé car du linge est pendu à une fenêtre. Le couloir conduit dans la rue opposée, la rue de Saint-Denis, là précisément où Marc a garé sa voiture.

– La ficelle est grosse, se dit-il. Ils ont prévu de venir récupérer le sac en empruntant ce chemin pour me berner.

Alors Barroux revient dans le premier couloir, y dépose le cartable sur le haut des premières marches de l'escalier qui dessert, au-dessus, des logements, semble-t-il vides, puisqu'aucun bruit n'en émane. Il gravit quelques marches et s'assoit tranquillement. Il attend patiemment tout en préparant son arme, vissant le silencieux et engageant une cartouche dans la chambre. Les trains défilent à grande vitesse sur les voies de l'autre côté de la rue. Puis le vacarme cesse jusqu'à une succession de nouveaux passages dans les deux sens et leur vacarme de serpents de métal. Son esprit vagabonde. Il revient sur sa vie qui était insipide durant ses années d'enfance, d'adolescence, de jeunesse puis même à l'entrée dans sa vie d'adulte. Sa rancœur envers son père qui a pris la décision de quitter l'entreprise de son grand-père, le privant, lui, d'un autre avenir que celui de devenir un comptable, un gratte-papier, même pas un scribouillard, un *chiffrouillard.* Celui qui, privé d'aventure ne fait que constater l'aventure des autres. Il songe à cette puissante haine sortie, il ne sait d'où, il ne sait comment, il ne sait pourquoi, du plus profond de son être, lorsqu'on l'a privé de ce *bien* dont il avait rêvé si longtemps. Son regard se perd vers le mur légèrement éclairé par la lumière diffuse des lueurs extérieures. Le plâtre sale apparaît dans les éclats de l'ancienne peinture délabrée de ce corridor hors d'âge qui forment une carte géographique improbable et pourrait convenir à une représentation de sa vie d'aujourd'hui. Ses pensées parcourent encore les méandres de son histoire récente puis reviennent au point départ et recommencent inlassablement le même chemin pour aboutir à la seule clarté dans son existence: *Gabrielle*. Elle qu'il s'était juré de protéger, d'elle-même depuis l'instant où elle s'apprêtait à se prostituer. Il a eu la volonté de la protéger des autres, certes, mais de lui aussi, de la vie vers laquelle il sentait qu'il risquait de l'entrainer. Dans la soudaineté de l'absence de passage de bruyants convois ferroviaires, Marc perçoit des bruits dans le petit immeuble au-dessus, dans les étages. Ce qui ne lui était pas parvenu de par le vacarme des rames de trains, du sifflement des véhicules de l'autre côté des bâtiments, qui les couvraient. Une, peut-être deux minutes de silence au total et des présences dans le lieu existent. Il y a donc bien des personnes ici, près de lui, dans ces logements qui lui paraissaient vides. Puis le vacarme des trains et des camions sur l'autre route reprend. Marc consulte sa montre, il est minuit. Personne n'est encore venu dans l'immeuble, ni pour récupérer la rançon, ni même pour une autre raison. Marc envisage de quitter son poste de vigie, en haut de son escalier, pour s'enquérir de l'origine des bruits quand une porte s'ouvre sur un palier supérieur et des voix échangent des propos brouillons. Une clarté apparait en même temps. C'est une lampe torche qui balaye en hélice la cage d'escalier. Des hommes parlent plus clairement:

– Loulou n'a rien vu venir par la rue. L'autre n'aura pas apporté le fric. Je descends quand même voir dans couloir, on ne sait jamais. Tu vas lui dire de zigouiller la gonzesse si je te le crie depuis le bas et on fout le camp.

Marc comprend que ce sont les ravisseurs de son amie. Ils sont là dans la maison. Gabrielle est là aussi, c'est certain puisqu'ils parlent de la tuer. C'est une chance inouïe. Il se lève et recule dans le couloir, dans l'ombre. Quand l'homme qui descend passe devant lui, une lampe à la main, Marc reconnait très nettement la démarche et le profil de Kandinsky. Il s'avance d'un mouvement rapide vers lui et le surprend si vivement qu'il manque de s'affaler dans l'escalier. Comme il se ressaisit et tente de braquer sa torche vers cette ombre qui s'est extirpé du fond du couloir du premier étage pour voir qui il est, Marc lui tire une balle dans la poitrine. Le corps s'affale sur les lattes du plancher avec le bruit d'un ballot de linge tassé. Marc ramasse sa lampe et gravit rapidement les marches jusqu'au 3e étage où se trouve un second personnage dont il reconnait le visage, dans la lumière s'échappant de l'encadrement d'une porte ouverte. C'est lui qui l'a suivi quelques jours plus tôt dans le métro. Ce dernier ne comprend pas ce qui se passe. Marc ne lui donne pas le temps de réfléchir et l'abat d'une balle dans le milieu du front. Un troisième individu, alerté par le chahut qu'il a entendu devant l'appartement où son complice vient de s'affaisser, sort brusquement en demandant:

– Bordel, qu'est-ce qui se passe là?

Il ne recevra d'autre réponse que la troisième balle de Barroux. Marc dévisage cet homme qu'il ne connait pas. C'est un arabe d'une trentaine d'années. Il est mort en conservant une expression d'interrogation paniquée sur son visage. Marc presque surpris lui-même de la facilité avec laquelle il a mis hors d'état de nuire ses adversaires pénètre dans l'appartement d'où ils sont sortis et traverse une petite entrée pour se retrouver dans une pièce vide et sans éclairage. Une autre porte à son extrémité est entrouverte et diffuse une clarté faible. Il s'en approche et aperçoit Gabrielle assise sur une chaise. Un quatrième personnage est derrière elle, la tenant d'une main par l'épaule et de l'autre lui appliquant la lame d'un rasoir de barbier sur la gorge sous un bâillon qui lui enserre la bouche.

– Tu bouges pas! Crie-t-il d'une voix plus angoissée que menaçante. Je la tue!

Mais il n'a pas le loisir de mettre sa menace à exécution. Le quatrième tir *ouaté* de l'automatique le stoppe net dans cette entreprise. Le rasoir tombe en ricochant sur le bord de la chaise alors que le jeune malfrat atteint par la balle, semble encore suspendu dans l'espace puis s'effondre comme un diablotin qui parcourt un chemin inverse pour se recroqueviller dans sa boite.

Marc défait rapidement le torchon crasseux qui muselait la jeune femme, en la questionnant:

– Ils sont combien?

– Ils étaient quatre, répond-elle avec une spontanéité enjouée retrouvée. Oh Marc mon amour, j'ai eu peur!

La trace du *Tueur au jeu de tarot*

Le propriétaire de la maison de l'impasse des Ateliers à Saint-Mandé remarque en établissant la quittance de loyer du mois de septembre que le nom de Yves Bernardin, son locataire, ressemble étrangement à l'identité de l'homme recherché par toutes les polices, le *Tueur au jeu de tarot*, sur lequel il a lu le mois dernier des articles dans les journaux. *Yvon Bernardin* est presque *Yves Bernardin.* Reprenant ensuite dans la pile des vieux journaux de fin juillet et début août, il retrouve la page publiant le portrait-robot qui ne lui laisse plus aucun doute, cet homme est son locataire. Dans un premier temps, il tremble de tout son corps. Cette peur panique lui dicte de ne rien dire, ni à sa femme, ni à personne. Mais les jours passant, il se rassure et trouve le courage de se rendre au commissariat de son quartier. Dans les heures qui suivent Paul Lavoisin est prévenu en même temps que des hommes de la BRI investissent le pavillon que Marc Barroux a occupé plusieurs mois. Malheureusement les lieux sont vides. Le commissaire de Haubourg, *monté* à Saint-Mandé dans la matinée, constate une nouvelle fois qu'il arrive trop tard.

Dépité il rentre l'après-midi à Haubourg, dans son commissariat. Il salut les policiers de permanence et se réfugie dans la salle où ont été installé les visionneuses de cassettes U-matic de l'aérogare d'Orly-Sud. Le travail de recherche et d'analyse des supports magnétiques a été suspendu après deux semaines de visionnage méticuleux. Il se passe et repasse les sections d'enregistrements où ont été repérés Marcel et Philippe Barroux le soir du 1er juin 1980. Puis fatigué de sa journée et lassé de cette enquête qui continue d'être stérile, il rentre chez lui. Il dîne avec son épouse et ses enfants, regarde la télévision en famille et monte se coucher de bonne heure. Il fait l'amour à sa femme en oubliant totalement son enquête, son travail, son commissariat et son obsession de mettre la main au collet de Marc Barroux. Pour la première fois depuis longtemps il est bien et s'endort contre elle paisiblement et profondément.

Dans la nuit, il se réveille en sursaut. Un cauchemar lui a fait revivre les douleurs ressenties tout au long de son enquête frustrante. Dans ce rêve il voyait le restaurant *Les Trois Soleils* et les gens qui s'y attablaient. Il y avait la table où se trouvaient les Barroux et leur mystérieux convive tournant le dos à la caméra de surveillance de l'entrée. Les serveurs allaient et venaient pour servir et débarrasser les tables. Dans le fond vers la baie vitrée qui s'ouvre sur les pistes, une famille, probablement des touristes s'il a pu en juger par leur tenue légère et décontractée, dînaient à une table ronde. Le père, la mère et trois enfants, trois garçons. A un instant, le plus grand des garçons se lève et recule, le dos contre la baie vitrée pendant que les autres se resserrent en le regardant. On aperçoit en arrière-plan le haut de l'empennage d'avions qui passent sur les pistes. L'adolescent ajuste un appareil photo et saisit l'instant familial. Maintenant Paul est complètement réveillé, mais les images de son rêve ne le lâchent pas. Il consulte sa montre posée sur le chevet, il est 3 h 12. Il passe le bracelet à son poignet, se lève et s'habille en vitesse. Il veut en avoir le cœur net. D'où ont pu provenir ses images qui meublaient son rêve? Vingt minutes plus tard, il pénètre dans le commissariat, surprenant les plantons, à demi-endormis dans le poste de garde, et monte dans la salle de visionnage des films d'Orly. Il fait à nouveau défiler les bandes de la caméra d'entrée du restaurant. Stop! Ça y est! Voilà ce qu'il a vu dans son rêve, ce qui est passé et repassé des dizaines de fois devant les yeux des enquêteurs, comme des siens. Tout au fond du champ de vision, devant la baie vitrée du restaurant, il y a sur le côté droit, visible juste à ras du pilier, cette table de cinq personnes qui dînent. A un bref instant, on peut observer, presque imperceptiblement un des garçons se lever et photographier sa famille qui le regarde. Il est debout vers les pistes, tournant le dos à la salle. Donc, sur le cliché, avec un peu de chance, le visage du convive des Barroux doit apparaitre. Paul ressent une immense joie, une satisfaction profonde. Il lui faut retrouver cette famille de touristes. Un couple et trois garçons qui ont dîné le 1er juin 1980 à Orly, et donc ont embarqué sur un vol un peu avant minuit ce soir-là.

Le visage du troisième homme

Sylvain Froger, le juge en charge du dossier des meurtres liés à l'affaire Impritech délivre des commissions rogatoires permettant aux équipes du commissaire Lavoisin de saisir les listes des passagers des vols ayant quitté l'aéroport d'Orly le 1er juin 1980 après 20 h 30. Encore une fois, la recherche est fastidieuse: 40 vols de 15 compagnies différentes ont décollés de l'aéroport, dans la plage horaire retenue. Après plusieurs jours de travail, aucune famille comprenant les parents et trois garçons n'est identifiée. La recherche est étendue aux vols ayant atterris dans la totalité de la journée. C'est alors de plus d'une centaine de vols dont il s'agit d'analyser les listes de passagers. Mais, là encore, aucun résultat probant ne ressort de cet examen. La décision est prise par le juge Froger de faire saisir les listes de passagers sur les vols du 2 juin.

En se rendant à l'aéroport avec une équipe de trois inspecteurs du commissariat de Haubourg, le jeune inspecteur Kohn, laissé en attente de ses collègues dans la voiture devant l'entrée des halls, a l'idée de meubler ses deux heures de temps libre, il entreprend de visiter les réceptions des hôtels de la zone aéroportuaire pour questionner les employés. Le résultat est immédiat. La jeune femme responsable des réservations de l'hôtel Hilton, charmée par le sympathique policier s'emploie avec toute sa détermination à rechercher l'information dans les archives de l'année 1980 et fournit les noms et nationalité d'une famille de cinq personnes ayant séjourné dans l'établissement durant la nuit du 1er au 2 juin. Il s'agit de citoyens américains, Mrs Lucy et Mr John Parsons ainsi que de leurs trois garçons, Bob, James et Arthur. Ils ont été logés cette nuit-là dans deux chambres, par la compagnie National Airlines après avoir été refusés d'embarquement sur leur vol d'Orly-Los Angeles du 1er juin pour une affaire de surbooking. Ils ont quitté l'hôtel le lendemain pour prendre, semble-t-il, indique la jeune réceptionniste, le vol du jour suivant. Satisfait de son initiative couronnée d'un succès immédiat, Pierre Kohn, appelle depuis le Hilton, la salle de coordination des vols. Ses collègues y sont plongés dans d'innombrables et interminables listes de passagers. Il leur annonce la nouvelle, leur indiquant de limiter leur recherche au vol du 2 juin pour Los Angeles de la National Airlines. En effet, Sully et Jobin ont immédiatement la confirmation que la famille Parsons est inscrite sur le trajet indiqué.

Bien que le jeune policier ait, lors de sa visite au Hilton, obtenu outre les noms des fameux passagers américains, leur numéro de passeport et leur adresse aux USA, le juge Froger officialise sa démarche d'approche des Parsons, par l'envoi d'une commission rogatoire internationale, via l'ambassade américaine, au ministère de la justice US.

Quelques jours plus tard, la réponse lui parvient des Etats-Unis. La police française est autorisée à se rendre en Californie pour y entendre Monsieur et Madame Parsons.

Le voyage est fixé au samedi 3 octobre. Paul Lavoisin s'est décidé à se rendre en personne au Etats-Unis. Il ne laissera plus rien lui échapper. Il est aussi tellement désireux de découvrir les fondements de l'affaire et le visage du mystérieux troisième homme à la table des Barroux ce soir du 1er juin 1980, qu'il n'enverrait personne à sa place. Pour récompenser son jeune inspecteur que le commissaire trouve décidément bien inspiré dans ses initiatives, il lui propose de l'accompagner dans son périple outre-Atlantique. Pierre Kohn maitrise bien la langue anglaise, il pourra l'aider dans les échanges avec les Américains. Les études linguistiques du commissaire Lavoisin sont loin derrière lui et il n'a jamais été doué pour les langues.

Les deux policiers français voyagent sur un vol TWA direct de Roissy-Charles De Gaulle à Los Angeles International airport. Après douze heures d'avion au cours desquelles à l'inverse de son inspecteur, le commissaire ne ferme pas l'œil un instant. Il est terriblement excité et impatient. Il voudrait déjà être arrivé à destination, en face des deux Américains et de leurs enfants. Les deux fonctionnaires français atterrissent à 16 h 50, heure locale. Ils sont accueillis par un lieutenant du FBI, Robert Moreno, qui les conduit à Santa Monica dans un splendide hôtel face à l'océan. Il les laisse s'installer et se remettre du décalage horaire. Ils ont la journée du dimanche et le lundi matin pour cela. Ce qu'ils font en profitant d'une douce journée d'octobre qui débute par le brunch dominical traditionnel dans la grande salle de restaurant au bord de la piscine. Puis, l'après-midi ils trainent sur *Ocean Avenue*. Comme convenu, Robert Moreno, accompagné d'un second policier, John Stern, arrive à l'hôtel dans le début d'après-midi du lundi, pour conduire les Français à Pasadena, à une heure de route au nord-est, chez les Parsons. Le rendez-vous avec eux a été fixé à 17 h 30 par le département d'état qui a reçu la demande de la justice française.

Paul Lavoisin et Pierre Kohn se laissent emmener dans la grosse Chevrolet qui les berce au rythme des irrégularités de la chaussée. Le jeune inspecteur alimente avec les deux policiers américains une conversation quasiment sans interruption. Il profite largement de cette opportunité d'exercer ses talents linguistiques. Robert Moreno parle un peu français avec un mélange d'accent espagnol et américain. Voyant que Paul reste timide dans leurs échanges, il lui adresse plusieurs fois quelques mots en français, traduisant les propos des deux autres. Enfin la voiture pénètre sur une large et longue avenue de Pasadena, bordée de palmiers, avec en toile de fond, les montagnes de San Gabriel.

Mrs Lucy et Mr John Parsons habitent dans un quadrillage de rues, une magnifique maison au fond d'une rue calme, derrière une immense pelouse bordée d'arbres. La Chevrolet pénètre et stoppe dans l'allée qui conduit à deux larges garages sur la droite.

Au second tintement du carillon d'entrée, la porte s'ouvre directement sur une immense salle avec vue à l'arrière sur un jardin de roses dans une cour privée où une piscine scintille de ses petits frissons d'air. Tout au long de la route pour venir de Santa-Monica, les policiers ont expliqué que le couple Parsons sont des Américains typiques de la classe des *WASP*, White Anglo-Saxon and Protestants[26] . Lui occupe un poste de direction à la municipalité de la ville et elle est professeur de français dans un collège privé. Tous les deux maitrisent parfaitement la langue française, ce qui parait chagriner Kohn qui se sent frustré de ne pas être aussi indispensable qu'il l'avait espéré.

C'est John Parsons qui accueille les visiteurs:

– Bonjour Messieurs, bienvenue dans notre humble demeure après avoir fait un si long voyage. Entrez, venez nous allons nous asseoir au bord de la piscine, il fait très doux, il faut en profiter, n'est-ce pas? Mais, laissez-moi tout d'abord vous présenter Lucy, mon épouse.

Enfin, après quelques minutes consacrées, de part et d'autre, à des civilités d'usage et à l'offre de boissons de Lucy Parsons, John aborde le but du voyage des français:

– Alors, Paul, dites-nous la raison de ce long voyage que vous avez fait vers nous, Vous enquêtez sur des crimes affreux, m'a-t-on dit?

– Oui, dans l'affaire sur laquelle nous enquêtons nous ne dénombrons pas moins de douze morts dont huit sont des meurtres avérés et les quatre autres des accidents suspects.

[26] Blancs, anglo-saxons et protestants.

– *Frightful!*[27] s'exclament Lucy et John Parsons dans la même réaction d'émotion.

– Oui, vous pouvez le dire, confirme le Français.

– Et que pouvons-nous faire pour vous? interrogent les Parsons.

– Dans nos investigations, nous avons vu sur les enregistrements de vidéosurveillance du restaurant de l'aéroport d'Orly, *Les Trois Soleils* que vous y aviez dîné le soir du 1er juin 1980 en compagnie de vos trois garçons. Est-ce bien exact?

– Oui, je me souviens, répond l'Américain après avoir jeté un bref regard à sa femme qui a acquiescé. Nous avions eu une déconvenue avec notre vol de retour après un séjour de deux semaines en Europe et surtout dans cette belle ville de Paris. La compagnie aérienne nous a obligé à demeurer une nuit de plus à l'hôtel pour nous décaler sur le vol du jour suivant. Enfin, ils nous ont gentiment payé un bon repas le soir, plus un autre le lendemain à midi ainsi que des chambres au Hilton. Ils ont même offert un billet gratuit pour un voyage de notre choix dans l'année suivante.

– Notre petite aventure, interpose Lucy Parsons, a-t-elle un rapport avec votre enquête?

– Indirectement oui, Madame, précise le commissaire. Lorsque vous étiez attablés, vous aviez d'un côté de vous la grande baie qui ouvre sur le tarmac et les avions.

– Oui, c'est exact.

– De l'autre côté, il y avait une table occupée par trois hommes.

---

[27] Terrifiant!

– Aucun souvenir, s'empressent de répondre de conserve les deux Américains.

– C'est tout à fait normal, assure Lavoisin. Ceci était un détail pour vous, et il y a plus d'une année maintenant de ça. Par contre, sur le film nous avons pu voir très distinctement que l'un de vos fils s'est levé à un moment et vous a pris en photo. Il avait alors le dos face à la baie vitrée. Ce qui signifie que dans le champ de cette prise d'image se trouvait la table des trois hommes qui nous intéressent. Avez-vous la possibilité de retrouver cette photographie?

Lucy et John Parsons se regardent longuement. Ils fouillent dans leur mémoire. L'épisode semble être diffus et lointain pour eux.

– A dire franchement, ose Lucy, je ne me souviens pas de cette photo, mais ce doit être notre cadet, James, qui nous a photographié alors. Il fait toujours des photos de tout et à tous les instants.

– Pourriez-vous rechercher ces photos d'Orly?

– Oui, c'est sans problème, il doit être là dans sa chambre s'il est rentré du collège. Si vous me permettez quelques instants, je vais aller le lui demander, conclut madame Parsons.

Elle s'absente pendant que son mari et les agents du FBI engagent une conversation sur un autre sujet, futile, avec des allusions amusantes qui déclenchent des rires concordants. Paul Lavoisin et Pierre Kohn ne rient pas, eux. Le premier est même envahi de l'angoisse qui précède l'annonce du *résultat*, la conclusion fondamentale, essentielle, comme un lycéen dans l'attente de l'affichage du tableau des admissions au baccalauréat. Les minutes sont longues, interminables.

Soudainement Lucy revient sur la terrasse accompagnée d'un adolescent dégingandé qui porte avec lui un gros album de photographies qu'il tend au commissaire avec un:

– *I'm James. Nice to meet you! Here are the pictures from my holidays in France. I sorted them by date.*

– *Thank you James,*[28] se contente de lui répondre Paul trop impatient d'ouvrir le classeur.

Paul Lavoisin feuillette fébrilement les pages du gros document pendant que, complètement happé par l'enjeu qui se déroule, Pierre Kohn s'appuie sans retenue sur l'épaule de son supérieur pour ne rien manquer de la découverte. Soudainement, voici les pages des clichés pris à Orly, dans le restaurant, et là devant leurs yeux incrédules, la photo.

Le commissaire français ne peut même pas prononcer le nom. Il lâche trivialement un:

– Putain, merde!

---

[28] Voici les images que j'ai prises en vacances en France. Je les ai classées par dates.

Le dîner

Dix-sept mois plus tôt à Paris.

– Allo! Marc, j'ai votre oncle au téléphone, annonce Louise, la standardiste du cabinet comptable *Joliet & Grandjean*. Il demande à vous parler.

– Merci Louise, je vais le prendre.

…

– Allo! Oncle Marcel, comment vas-tu. Quelle surprise de recevoir un appel de toi.

– Bonjour Marc, j'ai passé des moments difficiles après la mort de ta tante…

– Il y a presqu'un an maintenant.

– Oui, le temps passe vite. Et puis tu sais la vie de l'entreprise m'absorbe beaucoup.

– Que puis-je faire pour toi? rétorque sèchement Marc.

– L'entreprise va mal, nous courons au dépôt de bilan. La seule solution que j'ai est d'accepter d'entrer dans un groupe confrère qui a une assise financière beaucoup plus large que nous. L'avenir est aux groupes de plus de cinq mille personnes. Une imprimerie de trois cents salariés n'a pas de futur dans le contexte d'un marché hyper concurrentiel. Je dois penser à l'avenir de Philippe, sans compter qu'il me reste quelques années à faire pour arriver à ma retraite.

– Tu m'as tenu éloigné de l'entreprise, comme tu l'avais fait de son vivant avec papa.

– Tu es tout de même propriétaire de vingt pour cent des actions et tu dois accepter de les céder en même temps que nous.

– Là, comme ça? Je suis un peu pris au dépourvu. Tout ceci demande réflexion.

– Je te comprends. Philippe et moi devons rencontrer dimanche mes acheteurs à Orly, entre deux avions. Viens nous rejoindre, nous dînerons ensemble et nous pourrons parler de tout ça calmement.

Marc raccroche. Il est abasourdi. Alors qu'il croyait Impritech, l'entreprise familiale, l'entreprise de son grand-père, à la croissance spectaculaire ces dernières années, en bonne santé financière, il vient de comprendre que son oncle s'apprête à la céder. Tout ceci pour garantir l'avenir de son fils en même temps que de s'assurer les quelques années qui lui reste à cotiser pour obtenir sa retraite. Marc a toujours jugé Marcel comme un bon professionnel "imprimeur" et, dans son sillage, son cousin Philippe lui semblait doué pour les métiers du graphisme. Il lui a cependant paru qu'ils étaient trop des hommes de l'art pour être de vrais gestionnaires au sens économique et financier du terme. Ce qu'il subodorait est en train de se produire. Pourquoi n'avoir pas fait appel à lui. Marc le comprend hélas trop bien. Comme il avait quelques années auparavant éloigné son frère, le père de Marc, qui était un matheux, Marcel l'a aussi tenu à l'écart, lui le professionnel de la gestion comptable et financière. Alors que Marc rêve depuis des années de devenir chef d'entreprise, son oncle l'en a privé. Il le ressent plus que jamais comme une injustice. En tous cas maintenant, il faut les empêcher de vendre leur entreprise, cette entreprise familiale, son entreprise, même si la cession de ses actions, en même temps que celles de Marcel, devraient lui apporter une belle rentrée d'argent. Il se moque finalement de l'argent, il en a déjà suffisamment pour vivre.

A cours des quelques jours qui le sépare de dimanche et du dîner auquel il a été convié à Orly, Barroux réfléchi à un déroulement macabre. Si son oncle et son cousin disparaissaient subitement, c'est lui qui serait leur héritier. Ils n'ont pas d'autre famille. Alors il serait le seul à présider à la destinée de l'entreprise familiale et, cela, lui saura faire. Le plan est établi, il faut le mettre en place. Il doit trouver un moyen de provoquer leur disparition sans éveiller de soupçons. Le repas prévu peut être idéal pour leur faire avaler une drogue qui réduira leur reflexes au volant lors de leur retour ensuite vers Haubourg. Il se rend donc le jeudi après-midi à la bibliothèque universitaire, rue de l'Ecole de Médecine pour se documenter. Après comparaison de différents produits narcotiques il opte pour la mélatonine en cachet à dissolution rapide sans goût, qu'il se procure dans une pharmacie du Quartier Latin. Le soir même, Marc fait le test sur lui-même, de l'absorption d'un cachet de 2mg de cette mélatonine, mais il trouve que l'effet est insuffisant et double la dose. Comme il s'endort dans la demi-heure suivante jusqu'au matin, il opte pour cette dose de 4mg. Il insérera donc autant de cachets dans la bouteille de vin.

Le dimanche soir arrive. Le rendez-vous au restaurant *Les Trois Soleils* ayant été fixé par son oncle à 19 h 30, Marc se rend sur place en avance. Il demande la table réservée par monsieur Barroux et s'y installe. Il commande une bouteille de Sancerre, le vin favori de Marcel, et s'en fait servir un verre qu'il avale goulument jusqu'au bout, d'un trait. Il saisit ensuite la bouteille que le garçon a déposée dans un seau à glace sur le côté de la table et s'en ressert un deuxième verre, puis tout en la replaçant lentement au milieu des glaçons, y fait tomber, par son goulot, les six cachets de mélatonine. Trois minutes plus tard, il relève lentement le vin du seau pour mimer la lecture de l'étiquette tout en secouant légèrement le flacon afin de mélanger le somnifère.

Quelques minutes plus tard, Marcel et Philippe arrivent et s'installent avec lui. Ils paraissent souriants et satisfaits de leur entretien avec leurs futurs partenaires.

– Ah, Marc tu es déjà là. Tu n'es pas en retard, s'étonne Philippe.

– Non, réplique Marc.

– Bonjour Marc, je suis content de te revoir. Tu as l'air en pleine forme.

– Bonjour Philippe, heureux de te voir également. De vous voir tous les deux, se reprend Marc. J'ai déjà commandé du Sancerre et bu un verre en vous attendant.

Il remplit immédiatement les autres verres.

– Nous allons avaler quelques chose, dit Marcel, en examinant la carte tendu par le maître d'hôtel. Nous parlerons ensuite, le ventre plein cela sera mieux. Nous avons des choses importantes à voir avec toi.

Une fois les entrées et les plats principaux terminés, le service dans les aéroports étant généralement célère, en accord avec les impératifs de temps des voyageurs, Marcel glisse sa main dans le cartable qu'il a déposé sur le parquet à proximité de sa chaise et en sort une chemise en carton.

– Voici, dit-il sur un ton monocorde en glissant un document vers son neveu. Marc, comme je te l'ai dit au téléphone, j'ai décidé de rejoindre un groupe financier et je te demande de signer, comme nous-mêmes, ce protocole de vente de nos actions.

Marc jette un regard en diagonal au protocole, demeure silencieux quelques secondes et rétorque en pointant son oncle de l'index:

– Eh bien de mon côté, j'ai aussi réfléchi et je ne partage pas ta décision. Tu t'es bien gardé depuis des années de me tenir à l'écart de ces affaires de famille après avoir détourné papa de l'entreprise de grand-père il y a bien longtemps. Alors aujourd'hui, mon cher oncle, mon cher cousin, je vous dis non! Je ne signerai pas pour cette mascarade.

– Mais mon petit Marc, tu vas nous mettre dans une situation impossible. Ce protocole doit être remis signé demain au plus tard, sinon l'accord pris sera caduque et nous courrons à la catastrophe.

– Vous trouverez une autre solution que celle de vendre votre peau aussi facilement. Si tu m'avais demandé, j'aurais pu vous conseiller plus utilement. J'ai quelques compétences en matière comptable et financière.

– Tu veux me donner des leçons comme ton père, le grand mathématicien prétentieux, tu es aussi con que lui.

C'en est de trop, Marc roule nerveusement sa serviette en boule qu'il jette sur la table et quitte furieusement le restaurant, se heurtant, en sortant, à des personnes d'un groupe de clients devant lui.

Coral Bay

Quatre années se sont écoulées depuis ce mois d'octobre 1981 où le commissaire Lavoisin et son jeune inspecteur Pierre Kohn sont rentrés des Etats-Unis. Ils avaient rapporté avec eux ce qu'ils ont découvert à San Diego, Marc Barroux, alias le *Tueur au jeu de tarot* avait été le troisième homme du dîner d'Orly, suspecté d'être l'assassin de son oncle et de son neveu. Cette dernière information, si ce n'est qu'elle renforça la conviction sur sa culpabilité n'apporta rien de plus à l'enquête qui reste depuis en suspens. Les policiers avaient perdu depuis l'été précédent toute trace de lui. Ils n'ont jamais pu, non plus, déterminer qui était la fameuse jeune femme, sa complice dans le rapt du juge Eckart. Les seuls indices complémentaires aux témoignages recueillis, après la disparition du conseiller près la Cour d'Appel, ont été la probable réapparition de cette femme dans les jours environnants les meurtres d'Armand Febvre, puis d'Allan Hughes. En effet l'enquête française avait fait ressortir qu'une femme rousse nommée Véronique Mongin, âgée de 31ans, s'était fait embaucher par la société Impritech puis, très habilement, avait obtenu son transfert au siège de KPMI à Londres. A la suite des recherches faites sur son identité il était ressorti que celle-ci était fausse, tout comme les autres documents ayant été utilisés pour la constitution de son dossier d'embauche. Cette suspecte avait totalement disparu du jour au lendemain juste après l'annonce de la mort à Cannes du président du groupe. Paul Lavoisin pense que cette complice aura été l'informatrice de l'assassin lui permettant de commettre ses crimes.

Depuis, tant Marc Barroux que cette complice présumée n'ont jamais été retrouvés, ni même repérés. Ils se sont littéralement volatilisés. Des mandats internationaux ont été abondamment diffusés vers toutes les polices du monde, sans aucun succès.

*

Paul Lavoisin et son épouse Martine fêtent en cette année 1985, leur cinquantième anniversaire. Ils ont cet âge en commun en plus de leurs enfants, un garçon et une fille. Gilles, l'aîné est âgé de vingt-six ans. Il a quitté le domicile familial, après avoir achevé des études prometteuses à l'Ecole Supérieure de Commerce de Haubourg, pour passer une année en stage dans une entreprise de Sydney et s'y perfectionner en anglais. Cette entreprise, ayant été satisfaite de sa collaboration, a transformé l'année dernière, sa situation précaire en contrat durable. Il a donc annoncé à ses parents qu'il ne rentrerait pas en France avant la fin de l'année 1985, voire pour les vacances à l'été 86. Apprenant cette nouvelle en ouvrant une simple lettre de leur fils et décelant une larme dans le coin de l'œil de Martine, Paul prononce immédiatement des paroles réconfortantes:

– Soit, puisqu'il ne veut pas rentrer ici, nous allons aller le voir là-bas. Je nous offre des vacances d'été en Australie pour nos cinquante ans.

La décision est prise. Mais si cette disposition est adoptée dans l'instantanéité, il est plus compliqué en pleine période de vacances de dénicher des vols pour se rendre de l'autre côté de la planète. Finalement l'agence de voyage organise une succession un peu hétéroclite de vols tant à l'aller qu'au retour, mais qui va leur permettre d'accomplir leur voyage vers l'Australie. A l'aller, leur trajet se fait sur Air France de Paris via Abu Dhabi et Bombay à Bangkok où ils changent pour un vol sur Singapour Airlines jusqu'à Singapour d'où, après une nuit d'escale dans un splendide palace le *Marco Polo*, ils reprennent un vol direct pour Sydney sur la même compagnie. Leur trajet de retour est prévu trois semaines plus tard de Sydney vers Perth sur la côte ouest par Qantas, puis un vol de la Malaysia Airlines vers Kuala Lumpur ou après deux journées, en transit, ils reprendront un vol de la British Airways vers Londres et enfin vers Paris sur Air France. Finalement ils entrevoient ce voyage "morcelé" comme une chance et une opportunité de profiter des heures, demi-journées et même journées en transit pour découvrir des villes comme Bangkok, Singapour, Perth et Kuala Lumpur. Le couple est enchanté d'entamer ce long périple.

Le séjour de Martine et Paul Lavoisin avec Gilles à Sydney est un réel moment de plaisir. Les parents apprécient de retrouver leur fils après un an de séparation. Ils ont quitté un garçon à la sortie de l'adolescence, la période des quatre années d'études à l'école de commerce fait généralement perdurer ce caractère, ils retrouvent un homme désormais. Gilles a muri et observe ses parents avec une ascendance qui s'est inversée. Ces derniers, eux, se sentent tout à coup dans une posture moins affirmée mais s'en trouvent finalement fort satisfaits. Les occupations ensemble sont nombreuses, circuits, plages, promenades en bateau, visites de lieux dépaysant. Les jours de ce séjour défilent et l'heure de la séparation est déjà là.

Après un après-midi et une nuit d'escale à Perth que le couple a employées à une découverte rapide de cette ville du bout du monde et un bon restaurant, le *Derbal Yerrigan*, avec vue sur le fleuve Swan, Martine et Paul Lavoisin embarquent à 07 h 20 à bord de l'Airbus A300 de la Malaysia Airlines. L'avion est quasiment vide, à peine une vingtaine de passagers sur deux cent soixante-six sièges. Paul comprend la raison pour laquelle ils ont eu des places sur ce vol alors que tous les autres trajets étaient surbookés. Une heure et demie après le décollage, l'avion entre dans une zone de cumulonimbus et commence à être terriblement secoué. Les plateaux repas à peine distribués s'éparpillent dans les travées de sièges. Dans cette tempête démesurée, le commandant de bord annonce très vite que l'équipage est confronté à des anomalies de fonctionnement de l'appareil et qu'il lui faut prendre la décision d'un atterrissage d'urgence. Les passagers sont paniqués à bord, mais aucun cri ne fuse dans la cabine. Tous se recroquevillent derrière les sièges avant. Les secousses de la carlingue sont de plus en plus violentes et soudainement l'avion effectue un virage sur la droite puis amorce une descente rapide, en quasi piquée. Quelques secondes plus tard le commandant reprend la parole pour annoncer qu'aucun aéroport n'étant suffisamment proche de sa route, il a pris la décision de poser son appareil sur la piste d'une ancienne base aérienne, répertoriée dans son listing des pistes d'atterrissage de secours. Dix minutes plus tard, l'appareil touche violemment le sol de cette piste incertaine, roule dans un bruit épouvantable de chocs, rebondissements et secousses pour finalement, après une agonie semblant interminable, stopper net et se retrouver incliné vers l'avant comme s'il n'avait finalement pas quitté la position qu'il avait lors de sa descente encore quelques minutes plus tôt. Après un bref instant de stupeur, le silence regagne l'intérieur de la cabine. Dans cet espace, faiblement éclairé par les signalisations de sécurité et le peu de lumière que diffusent les hublots, les stewards grimpent le long du couloir central en ordonnant l'évacuation de l'appareil dans le calme par les toboggans déployés à l'extérieur. Après cette *acrobatie* le petit groupe de passagers et membres de l'équipage se retrouvent à une centaine de mètres de l'avion dans une position ridiculement spectaculaire, sorti en bout de cette piste délabrée, la carlingue enfoncée dans le sable et l'empennage vers le ciel. Le soleil brille à nouveau. Paul a serré longuement Martine dans ses bras en lui disant:

– Nous avons eu de la chance. Ce n'était pas notre jour.

Dans le lointain vers l'ouest, l'énorme amas des nuages sombres, cause du crash, s'éloigne lentement. Un vent léger soulève par instant la poussière du sol aride de cette base militaire désaffectée. L'endroit est désert et les quelques bâtiments clos sont le seul témoignage d'une ancienne présence humaine ici. Les infortunés survivants de l'accident sont assis côte à côte sur un muret de béton, possible ancienne fondation d'un baraquement démonté, et contemplent l'Airbus en échangeant quelques paroles déstructurées sur leur situation. Le commandant de bord les rassure en confirmant que l'appel de détresse, qu'il a passé avant de quitter son cockpit, va déclencher l'envoi de secours. Effectivement, une heure plus tard, un nuage de poussière dans le lointain annonce l'arrivée de plusieurs véhicules jaunes de pompiers suivis de véhicules de polices et ambulances qui déferlent en force sur le tarmac dégradé de la base.

La nuit est maintenant tombée sur l'Ouest australien. Les sinistrés ne pouvant pas être réacheminés immédiatement vers un nouvel aéroport, le plus proche est à plus de dix heures de route au sud, les autorités locales décident de les répartir dans les rares hôtels de la région. Un jeune policier vient vers Martine et Paul pour les prévenir de l'endroit où ils vont passer la nuit et probablement une journée à suivre, et peut-être une seconde nuit, en fonction des délais de mise en place du rappariement:

– *We'll take you to Coral Bay, there is a nice hotel owned by a French couple just like you.* [29]

Le *Maud's Landing Resort* est un petit ensemble hôtelier charmant. Les Lavoisin, comme six autres infortunés passagers fourbus de leur terrible aventure, s'y endorment tard après un repas préparé au pied levé par la cuisinière rappelée pour le besoin.

---

[29] Nous allons vous emmener à Coral Bay, il y a là-bas un bon hôtel qui appartient à un couple de Français comme vous.

Coral Bay est un petit village de la côte. Le rivage de sable fin est protégé de l'océan Indien par le récif de *Ningaloo Reef*. Les plages s'enfoncent lentement dans une eau turquoise à la rencontre immédiate de coraux splendides et de poissons colorés aux mille reflets. Le temps est doux, sans l'humidité. La végétation y est tropicale. Peu de monde y habite, une dizaine de maisons et cet hôtel constituent la seule présence humaine à des dizaines de kilomètres à la ronde.

Le lendemain matin, Gabrielle Durand, la propriétaire française accueille les deux Français, les premiers levés pour admirer l'océan aux reflets argentés par le soleil se levant à l'opposé. Elle leur apprend que son établissement accueille ordinairement des vacanciers, des touristes venus en quête de la découverte des spectacles offerts par les fonds sous-marins et leurs raies Manta et plus au large par la danse des baleines. La course folle des milliers de jeunes tortues à peine éclos pour gagner la mer et échapper aux frégates affamées est aussi une scène de la vie particulièrement émouvante. Avant que son époux et elle rachètent l'établissement en 1982, il était la propriété d'un vieux britannique, Edouard White, depuis cinquante ans. Après le décès de son épouse Jane, l'été 1981, celui-ci s'était décidé à rechercher un acquéreur pour rejoindre et finir ses jours chez sa fille et son gendre à Perth.

Les Durand se sont attelés, depuis leur arrivée à la direction du *Maud's Landing Resort*, à le moderniser et l'agrandir de plusieurs bungalows indépendants du corps principal. Ils ont eu la même année leur petite fille Charlotte qui est ainsi née dans ce *petit paradis*. Petit paradis qui accueillera dans quatre mois un autre bébé que la maman attend sous un ventre déjà bien arrondi. Elle explique que le seul inconvénient de cette situation géographique de Coral Bay est son éloignement de tout. Le médecin et l'approvisionnement sont à une heure, l'hôpital à trois.

Comme ils ont en projet d'organiser des petites croisières en mer, notamment pour permettre à leurs résidents d'assister aux spectacles des cétacés, son mari est parti il y a une semaine à Perth dans un chantier naval pour prendre livraison d'un *Watercraft boat* commandé l'hiver dernier. Il devait ensuite remonter en longeant la côte, mais en raison de la distance de six cents milles nautique, il ne sera pas rentré avant que Martine et Paul ait quitté Coral Bay. La jeune femme qui n'a pas rencontré depuis longtemps des Français, heureuse de retrouver un peu de sa culture, sympathise avec ces visiteurs impromptus. Elle aurait bien aimé qu'ils rencontrent également son époux.

En attendant des nouvelles de leur rapatriement, Martine et Paul profite de la plage et de quelques plongées avec un simple masque pour admirer la vie aquatique dense à faible profondeur.

Dans la soirée alors qu'ils dînent sur la terrasse devant un merveilleux coucher de soleil qui n'en finit pas de s'éteindre dans l'horizon pur de l'Océan Indien, un appel téléphonique vient les informer qu'un autobus passera à 7 heures le lendemain pour les emmener à la base militaire de la RAAF à Learmonth, plus au nord, où un avion de la Malaysia Airlines doit arriver à midi pour les embarquer et les emporter vers leur destination initiale de Kuala Lumpur. Martine appréhende de remonter dans un avion de cette compagnie qui a bien failli les *expédier* ad patres. Paul, beaucoup plus fataliste, la rassure. Les deux, en tous cas vont quitter Coral Bay, après deux journées particulièrement agréables dans cet endroit improbable d'où émane quelque chose de subtil et d'énigmatique. Gabrielle, la petite Charlotte, tout comme le personnel de l'hôtel, aux racines aborigène marquées ont séduit les deux Français. Les deux tout petits jours passés dans l'endroit leur ont paru une éternité tant ils se sentent désormais comme soudés à eux. Ils promettent de revenir à l'occasion d'un prochain voyage vers Gilles, leur fils. Ils passeront alors beaucoup plus de temps, c'est promis.

Vers cinq heures du matin quand Paul sort de sa chambre et hume l'air frais du matin, il remarque qu'un bateau est amarré au ponton de l'hôtel, vide ces derniers jours. Lorsqu'avec Martine ils gagnent la salle du restaurant pour y prendre leur breakfast, Gabrielle les y attend pour leur dire que son époux est rentré tard dans la nuit après de longues journées de navigation en cabotage depuis Perth. Il dort encore, mais elle promet qu'il viendra pour les saluer avant leur départ en bus.

Le bus est sur le terre-plein devant l'entrée de l'hôtel et les bagages des passagers chargés dans les coffres. Ces derniers entrent au fur et à mesure pour prendre leur place à bord devant les yeux attentifs du chauffeur silencieux. Cela va être au tour de Martine et Paul Lavoisin lorsque Gabrielle arrive en compagnie de son époux. Un grand homme brun d'une quarantaine d'années, au visage buriné par le soleil.

– Marc chéri, je te présente Martine et Paul, deux naufragés français de l'accident d'avion qui ont passé ces derniers jours ici.

Martine sert la main du nouveau venu, Marc Durand, en le complimentant sur son hôtel et la qualité de l'accueil qu'elle et son mari ont reçu ici après le choc de l'atterrissage forcé de leur avion. Puis elle embrasse affectueusement Gabrielle.

Paul avance comme un somnambule vers l'homme pour lui tendre également la main. Il a reçu un choc émotionnel puissant lorsqu'il a reconnu devant lui, Marc Barroux. Il se reprend, dominant ses émotions, sert la main de celui qu'il recherche depuis des années, et dit quelques futilités pour se dérober et laisser sa femme en avant dans ce dernier échange.

Tout au long du long périple de retour, le commissaire Paul Lavoisin ne prononce pas un mot au sujet de cette extraordinaire découverte qu'il est venu faire au bout du monde, là où il n'aurait jamais dû passer.

Redevenu le commissaire Lavoisin dans ses fonctions, Paul éprouve rapidement un sentiment entre dépit et inhibition. Il se sent lâche. Il ne comprend pas ce qui se passe en lui. Quelque temps plus tard, une visite va le sortir de son blocage.

Avertissement

Ce roman Le Glaive de Némésis est une œuvre de pure fiction. Toute ressemblance avec des personnes existantes ou ayant existées serait totale-ment fortuite.

Table des matières

Du même auteur

Le crépuscule de Némésis Janvier 2019

Le réveil de Némésis Mars 2018

La 3e porte de la loge Novembre 2016
Prix Maurice Bouvier du polar 2017 sous le titre
« Boomerang meurtrier – La 3e porte de la loge »

Qui t'a tuée? Avril 2016

Le glaive de Némésis Mars 2016

Les fruits amers, Mai 2015

Les héritiers de la loge Février 2015

Les vérités soustraites I, II, et III mars 2014

Le côté sombre de la loge Octobre 2013

L'ombre de mon ennemi Septembre 2013

ISBN: 978-2-37930-003-5

Achevé d'imprimer en Novembre 2019
par SEPEC NUMERIQUE
1 rue de Prony
Z.A. les Bruyères
01960 PERONNAS
Tél : 04 69 19 80 24

http://www.sepec-numerique.com/
Dépôt légal: mai 2018
Imprimé en France